后西剑安静看了片刻，收回的视线落向他前方的许知何。

　　月光月影停于她脸侧，都成了陪衬，子及她万一。

　　他明月儿是云上的月亮，也是他心头唯一的明月。

云上月

白芥子 著

时代出版传媒股份有限公司
安徽文艺出版社

图书在版编目（CIP）数据

云上月 / 白芥子著. -- 合肥 ：安徽文艺出版社,2024.3
ISBN 978-7-5396-7801-6

Ⅰ．①云… Ⅱ．①白… Ⅲ．①长篇小说－中国－当代
Ⅳ．①I247.5

中国国家版本馆CIP数据核字(2023)第118565号

出 版 人：姚 巍
责任编辑：宋潇婧　张妍妍　　　装帧设计：光学单位

出版发行：安徽文艺出版社　　　www.awpub.com
地　　址：合肥市翡翠路 1118 号　　邮政编码：230071
营 销 部：(0551)63533889
印　　制：三河市兴博印务有限公司

开本：880×1230　1/32　印张：9.5　字数：180 千字
版次：2024 年 3 月第 1 版
印次：2024 年 3 月第 1 次印刷
定价：49.80 元

目录
Contents

第一章 莫名分手

腕上的手链不经意滑下，落入脚下滚滚江水中。

许知月探身看了看，暗道可惜，这手链还挺贵的，先前忘了还给刘骁，现在也没法还了。

胡思乱想间，身后忽然响起声音："你在做什么？不想活了吗？"

晚十点，临城兴和国际机场。

入夜之后起了薄雾，却仍不时有亮着灯的飞机起飞降落，秩序井然。

塔台管制室中，值班管制员正等着送完最后一班机交班，耳机里响起清亮从容的女声。

"临城塔台，晚上好，星野5136，盲降进近跑道07R。"

仿若玉石叩击心上，管制员微微一怔，回神立刻回复："星野5136，晚上好，继续进近，跑道07R，修正海压1016。"

女声重复："继续进近，跑道07R，修正海压1016，星野5136。"

飞机驾驶舱内，许知月看了眼飞行模式指示器，说道："下滑道截获。"

机长示意："着陆检查单。"

许知月拿起检查单，一一对照核实，最后道："着陆检查完成。"

管制员的声音再次响起："星野5136，地面风300，3米每秒，跑道07R，可以落地。"

许知月："可以落地，跑道07R，星野5136。"

机长操纵着飞机平稳落地，滑行灯亮。

接入廊桥、建立地面电源后，许知月的心神随之放松下来，一样一样关闭仪器。机长乐呵呵地看着她做事，问她："小许啊，明天你生日吧？"

许知月笑道："是啊，师父，你要送我生日礼物吗？"

人称老倔头的星野航空副总机师严卫民只有在自家爱徒面前才会露出灿烂笑脸："礼物就没有了，明晚要是有空去家里吃饭，让你师母给你做顿好的。"

许知月"唔"了声，含糊道："明天可能不行……"

严卫民："约了姓刘的那个小子？"

许知月微笑。

严卫民叹气："那算了。"

许知月知道师父不太看得上她那个男朋友，没再多说。

下机时，严卫民顺嘴又问了句："你后天飞国际？"

"飞澳大利亚，"许知月道，"顺便去看看我妈。"

出机场快十一点，严卫民开车把许知月送到兰欣苑。那是离机场只有几公里的一个小区，公司里不少单身同事租住在小区里边。

许知月住九楼，进门开灯，家里没人。

同住的苏娉是星野的空乘，今天下午飞了，给她发了条微信说要在外头基地过夜，明天下午回。

许知月去冲了个澡，回房擦头发时有微信进来。

刘骁："明晚六点见吧。"

后面附了个定位，是江源路商圈的一家西餐厅。

许知月困得眼睛快睁不开了，那边又发来一条："早点睡吧，晚安。"

她也只回了一个"晚安"，关了机。

一觉到早上十点睁开眼，阳光自窗帘缝隙透入，许知月赖在床上没动，迷糊间想起今天是自己二十八岁生日了，长出一口气。之前几年的今天都在天上飞，难得今年碰上休息日，还没有那些各种各样的培训。

昨晚的"晚安"之后，刘骁没再发消息来，许知月冲咖啡时忽然想到，刘骁上一次约她还是半个月前。他也很忙吗？

四点半，许知月换好衣服准备出门，走到房门边又折回去，从床头柜抽屉里拿出了一条手链戴上。这是刘骁送她的情人节礼物，她之前一直没戴过。她不太喜欢这些首饰，工作时也不方便戴。

一身空乘制服的苏娉拖着飞行箱刚回来，见许知月准备出门，问她："月月，你要出去吗？去跟刘骁过生日啊？"

许知月笑了一下："是啊。"

苏娉不满道："我本来还想请你去吃火锅的。"

许知月："下次吧。"

苏娉看她穿的又是牛仔裤和衬衣，也没化妆，赶紧把人拦住，往自己房里拉："你有没有搞错啊，过生日约会都不知道打扮一下。"

许知月："不用吧……"

苏娉："用！"

苏娉坚持，拿出一件自己只穿过一次的红色修身连衣裙，一定要许知月穿。

"我就知道你穿这件比我好看，大美人虽然可以不施粉黛，但太朴素了也不行。"

苏娉唠唠叨叨逼着许知月穿上裙子，帮她把绑起的长发放下，拿卷发棒给她卷了个大波浪，再给她化妆。

许知月无奈："我要迟到了。"

苏娉："急什么，迟到了让他等着就是。"

许知月："别化太浓了。"

"不会，"苏娉盯着她的脸，可惜道，"长这么好看的脸，偏偏不当回事，你知道你是我们航司内部司花评选第一吗？"

许知月："……你们无不无聊？"

许知月确实长得美，鹅蛋脸、桃花眼、眼波明亮、美目生辉，且肤白细腻，高挑婀娜，别说男人喜欢，苏娉这个女人看了也动心。

可惜大美人都任性，许知月就是最任性的那个，从来不打扮自己不说，别的女人爱珠宝首饰、衣服包包，她只爱那能一飞冲天的钢铁巨鸟。

许知月会谈恋爱，其实很让苏娉意外。

许知月底子好，苏娉确实没给她化浓妆，只在最后帮她抹了个红唇，把自己那支新买来还没用过的口红塞许知月包里，强行送给她。

看着镜子里更显明艳耀目的美人，苏娉十分满意："这样才对嘛。"

许知月瞧着也觉不错，美眸轻眨，抛给苏娉一个媚眼。

出门时，许知月换上苏娉的七厘米黑色细高跟，别别扭扭地走出去。

穿这种鞋子更没法挤地铁，她不得不打车去江源路，这样一来反而早到了。

还不到六点，餐厅里人不多，许知月一进门就看到了刘骁坐着的背影，侍应生问几个人，她回了句"我有位子"，径直过去。

走近了才看到刘骁对面还坐了个人，一个年轻女人，许知月顿住脚步。

女人的声音不高不低，略显急促："刘骁，你答应了我会跟她说清楚，不能今晚就说吗？为什么还要等？"

刘骁犹豫不定道："今天她生日……再等等吧。"

"又是再等等，"女人的声音里已带上了怒气，"到底还要等到什么时候？你还是不是男人？这么点儿事情也要一直拖拖拉拉？"

刘骁："我说了会跟她提分手，过了今天我肯定会跟她说，你别一直坐这里了，她马上要过来了……"

女人气道："来就来，我是见不得人吗？为什么非要我躲着她？"

"不必躲着了，有什么话当面说吧。"

许知月突然插进的声音，打断了他们之间的对话。

刘骁惊讶地看向不知什么时候出现的许知月，只见她蹙着眉，眼神已经冷了。

那年轻女人则又羞又恼，尴尬起身，冲刘骁丢下句"你自己解决"，拎了包快步而去。

刘骁也站起来，手足无措："知月，我……"

许知月上前，在他对面坐下，平静示意他："坐下来说吧。"

刘骁看着她，许知月的神情里连愤怒都没有，就这么淡定地接受了他出轨的事实。

他颓然坐下，道："你都听到了。"

许知月："多久了？"

刘骁苦笑："你工作太忙了，我约你总是约不出来，我想带你去见我爸妈你也不愿意，我爸妈想让我找个能顾家的女朋友尽早结婚，她是家里给我介绍的，一开始我确实不想，看在爸妈的面子上才去见了她，也明着跟她说了我有女朋友，她说不介意，愿意等我，她很热情……"

"她很热情，你拒绝不了，一来二去就好上了。"许知月了然。

刘骁一下急了："不是，知月，你知道我喜欢的人是你，但我爸妈一直催我早点结婚，我妈身体不好……"

"行了，我知道了，不用说了。"

许知月讥讽一笑，化了妆的脸格外艳丽张扬，刘骁看得微微失神，许知月已拿出手机，当着他的面删除了他所有联系方式说："分手吧。"

城市灯火渐次铺开时，许知月独自漫无目的地沿着江源路往前走。

这一带都是商圈，今天又是周五，入夜以后出来约会、吃饭的人格外多。

她走进街边一间卖盖浇饭的小店，坐下叫了一份肉丝盖饭，慢慢地填饱肚子。

不时有其他桌的客人偷看她，许知月浑然不觉，心神也在放空。

她不觉得难过，甚至根本没再想刘骁，只是后悔当初不该一时心软，接受了一个本无感觉的人。

店里又有新客人进来，是两个穿着高中校服、背了书包的学生，在许知月旁边一桌坐下。

男生点餐时，女生叼着吸管在喝奶茶，嘴里念叨着这次月考自己没发挥好，退步了好几个名次。

男生提醒女生："要吃饭了，你别喝这么多奶茶。"

女生笑盈盈地将奶茶送去男生面前："那你喝啊。"

男生看她一眼，就着吸管喝了一大口，被女生抱怨："哎！你怎么全喝光了，给我留点啊。"

许知月收回视线，看向面前还剩一半的盖浇饭，忽觉索然无味。结了账离开，再往前就是江边，她漫步走过去，脑子里不期然地浮起另一张模糊的脸。一样是穿着高中校服的男生，喝了她的奶茶被她抱怨，笑嘻嘻地说着是怕她发胖为她好。

许知月有一点口渴，停步在便利店的货架前，伸向可乐的手顿住，拿了一罐听装的啤酒。

现在才八点不到，还可以喝。

沿江边一路走上跨江大桥时，两岸的城市灯火正璀璨。

她蹬掉挤脚的高跟鞋，趴到扶栏边看夜景，丝毫不在意长发被夜风吹乱。

一口啤酒下肚，终于痛快。

腕上的手链不经意滑下，落入脚下滚滚江水中。

许知月探身看了看，暗道可惜，这手链还挺贵的，先前忘了还给刘骁，现在也没法还了。

胡思乱想间，身后忽然响起声音："你在做什么？不想活了吗？"

许知月错愕回头。

她的双瞳微微放大，猝不及防撞进面前人紧盯着她、似墨的黑眸里。

第二章　相遇

她侧头看身边人，厉西钊侧脸线条紧绷，抿着唇，目视前方，车外映进的霓虹灯光交替滑过他的脸，明灭在他幽深眼眸里。

许知月缓缓眨动眼睫，迷糊间以为自己喝多了，出现了错觉。

可一罐啤酒还有三分之一才见底，她的酒量也远没有那么差。

"厉……西钊？"

念出这个名字时，许知月自己先愣了一下，那一点醉意全消……真是这个人？

厉西钊的模样和十年前变化不大，脸还是那张脸，头发短了些，轮廓更分明了些，看着自己的那双眼睛里却不见半分笑意，唯余一片深沉。

厉西钊仿佛也在打量她，眼底神色晦暗难辨。

"许知月，你刚才在做什么？想自杀？"

他的声音有些冷，许知月半天才回神，尴尬道："没有，你在胡说什么？"

"是吗？"厉西钊微眯起眼，语气分明是不信的，甚至有一丝讥讽之意在其中，"那大约是我看错了吧。"

许知月张了张嘴，不知该怎么接话。

她低头看自己，赤着脚，披头散发，手里捏着罐啤酒。

大晚上一个人在桥边吹冷风喝酒，刚才还趴在扶栏上往外探身，看着是挺惹人误会的。

"……你确实看错了，我喝酒吹风而已。"

厉西钊的回答，是一声轻蔑的"呵"。

许知月无言以对。

拎起那双高跟鞋，她转身打算走，身后人叫她："上车。"

许知月瞥了眼，路边停了辆跑车，大概是这位大少爷的。

时隔十年，乍见到这个人，还是在这么尴尬的情形下，她胸口像堵着团浊气，上不去下不来，只想尽快远离。

许知月微微摇头，不想再理他。

厉西钊又叫了她一声："许知月，上车。"

许知月抬手朝身后身挥了一下，示意他别管自己了，晃晃悠悠离开。

厉西钊却大步上前来，用力扣住了她一只手腕。

许知月惊讶抬头，厉西钊神色沉冷，只有那句："上车。"

许知月试图抽出手："你做什么？你谁啊？你想绑架吗？"

厉西钊压下声音，语气中的情绪难辨："失恋而已，用得着这样要死要活的？"

许知月一怔，厉西钊已强硬将她拉上车，扣住了安全带，她手里那罐啤酒也被厉西钊扔进了垃圾桶里。

跑车发动，许知月已没可能再下车，回神拧眉问他："你怎么知道的？"

她侧头看身边人，厉西钊侧脸线条紧绷，抿着唇，目视前方，车外映进的霓虹灯光交替滑过他的脸，明灭在他幽深眼眸里。

短暂几秒安静过后，厉西钊淡道："被我说中了。"

许知月不信，这么巧在这里碰到这个人，他还随便一说就猜中了自己失恋，要不是他们十年没见，她甚至怀疑厉西钊又像从前一样跟着自己，然后故意假装偶遇。

"许知月。"

等红灯时，厉西钊忽又叫了一声她的名字，转头看看向她，许知月没来得及移开视线，就这么跟他的目光撞到了一块。

厉西钊轻晒："被人甩了吧？你的眼光越来越差了。"

许知月转开眼，冷淡道："不关你的事。"

红灯已转绿，厉西钊重新踩下油门。

之后一路谁都没再说话，许知月后知后觉地发现他们确实是往机场方向去……厉西钊怎么知道的？

"你知道我住哪？"

厉西钊："你住哪？"

许知月知道这人是明知故问，但没心情跟他刨根问底，直接报了自己的住址。

半小时后，车停在兰欣苑门口，许知月解开安全带，说了声谢，拎起那双高跟鞋，就要下车。

厉西钊："不合脚的鞋子，以后别穿了，换一双就是，人也一样，用不着要死要活。"

许知月回头看去，厉西钊的黑瞳里映出她的影子，嗓音低沉，说出来的话却不好听："我没兴趣在社会新闻上看到你的名字。"

许知月深吸气："你多虑了，我没有想不开。"

她推开车门，下车快步而去。

黑色跑车在原地停了片刻，车中人抽完一根烟，捻灭烟头，重新发动车子。

许知月进门时，苏婷正躺沙发上边吃薯片看电视，见到许知月回来，惊讶道："你这么早就回来了？"

许知月换鞋子："八点半都过了，早吗？"

苏婷："不早吗？我还以为……"

"以为什么？"许知月奇怪看她。

苏婷眨眨眼："我以为你今晚不会回来了。"

"你想多了，"许知月平静道，"我明天要飞，我跟他分手了。"

苏婷："……啊？"

翌日下午，许知月准时出现在公司飞行准备室门外，进门前先进行酒测。

星野航空的总部就在兴和国际机场旁边，一整栋的大楼，这个时间点正是忙碌的时候，不时有人进进出出。

酒测结束，许知月与匆匆赶来的机长打招呼，对方火急火燎地打卡测酒精，催促许知月："赶紧进去。"

许知月不解，他们没有迟到吧？

她跟这位机长飞过不少次，之前每一回他都是最后时刻踩点来，今天不但早到了，还格外紧张。

许知月有些纳闷，但没多问，跟着机长一起进门。

今天的值机机长也已经到了，还带了个刚转升的见习机长，正在等他们。

飞国际至少都要三人制机组，他们这班机是四人制，许知月现在的级别是FL左座副驾驶，离机长还差一步，却是今天四人中级别最低的，除那位见习机长之外，另两位机长都是资深教员，今天的值机机长还是位检查员。

之前看到这样的加强组排班许知月并没多想，现在见面前几人都一脸严肃，气氛有些不同寻常，她终于意识到了什么。

领取了电子飞行包，确认完所有放行资料，接着开航前协同会。

乘务组那些人也很紧张，乘务长一再叮嘱众人要严肃纪律，许知月终于忍不住问了一句："今天飞机上，是有什么特别的乘客吗？"

"你还不知道？"有年轻的空姐忍不住惊呼出声。

许知月疑惑不解，她要知道什么？

值机机长轻咳一声，解释道："公司的新任总裁，今天会乘我们这班机一起飞，大家都注意一点吧。"

说到这个，众人便纷纷议论起来，都在奇怪那位公司新总裁出行，怎不坐公务机，非得跟他们一起。

有消息灵通的空乘说道："微服私访吧，据说这位新总裁新官上任三把火，才来一个月已经把公司转了个遍，给了不少人下马威，现在轮到我们了。"

许知月还真不知道这些，她向来对这些八卦没兴趣，只知道公司新来了个总裁，来头不小，是集团董事长家的公子，都是平时苏婷在她耳边唠叨时听来的。

她认为这些跟她没关系，她做好自己的工作就行。

"行了，别议论这些有的没的了。"

值机机长打断众人："我们做好自己的事就行，其他的不用多想。"

开完会，他们准备搭进场车去安检道口，刚走出准备室，就见前方大厅的中间电梯门开了，那是公司高层专用电梯，一行人自里头快步出来。

有四五个人，大步流星往前走，为首的男人一身黑西装，看着很年轻，但气场强大，正与身侧助理模样的人交代着什么，他们一路过来，周围人纷纷自觉避让。

许知月他们也在准备室门口停下，想等这几人先走出公司大门。

许知月心中诧异，她没想到会在这里碰上厉西钊，而且这个人是从公司高层电梯里出来的，其他人她不认识，但跟在厉西钊身后的运行副总她见过，瞬间便明白了他们嘴里说的公司新总裁，就是厉西钊。

厉西钊的脚步忽然顿住，目光转向她。

运行副总见状便与厉西钊介绍道："这几位都是今天航班的机组乘务组人员。"

他接着单独介绍了那两位资深机长，厉西钊淡淡听着，目光始终在许知月身上，运行副总仿佛看出了什么，笑道："小许是我们公司第一位女机师，顺利的话也将是第一位女机长。"

厉西钊开了口，问的人是许知月："你酒测过了？"

许知月微不可察地拧眉："过了。"

公司规定飞普通航线起飞前十二小时禁酒，她昨晚喝最后一口酒时是八点，现在是下午四点，已经有二十个小时了，没有任何问题。

厉西钊吩咐身边人："以后普通航线的禁酒时间也提高至二十四

小时。"

跟随他下来的几人愣了一下,无奈应下,面前这些机组乘务组的人员则微微变了脸色,以为厉西钊是对他们有什么不满。

厉西钊的视线落回许知月:"你留下,今天别飞了,去航医那里做个心理评估,通过了再复飞。"

众人愕然。

许知月沉了声音:"我有体检合格证,三个月前刚更新的。"

厉西钊没有搭理她,示意运行副总:"跟飞行部说一声,许知月的心理评估通过前停飞。"

运行副总尴尬地问:"是有什么问题吗?"

厉西钊没有说明原因:"通知他们就行。"

值机机长和许知月师父严卫民关系不错,想帮许知月说话,才开口却发现厉西钊已大步而去。

人走之后,准备室前的一行人静默了几秒,值机机长无奈地安慰许知月:"算了,这也不算处罚,不会有什么大的影响,回头你去做份心理评估就是了。"

"是啊是啊,他就是想找个人开刀,挑中你了,你别太当回事。"其他人纷纷道。

许知月很快平复了心情,笑了一下:"我没事,你们赶快走吧,别耽搁了。"

说了几句话,其他人赶时间,不得不离开。

许知月只能感叹自己倒霉,拿出手机上公司内网,买机票。

澳大利亚她还是得去,就算要做心理评估,也不急着这两天。

经济舱和商务舱已经没票了,只有头等舱的票,内部人员买也没有优惠,许知月忍痛下单,心里已经把厉西钊骂了百八十遍。

她真的没有想不开,为什么厉西钊就是不相信?

出了票，离航班起飞还有两小时，许知月去了趟洗手间。

换掉身上的机师制服，换上衬衣牛仔裤运动鞋，盘起的头发重新扎成了马尾，她看着镜子里自己略显苍白的脸，忽然觉得不飞也不错，昨晚她确实没怎么睡好。

翻出苏娉送的那支口红抹了唇，给自己稍稍提了提气色，许知月轻出一口气，出发去机场。

等候登机时，苏娉的微信进来："你被停飞了？"

许知月："你消息怎么这么灵通？"

苏娉："真的啊？我听跟你一班机的枝枝说的，她说是那位太子爷亲自开的尊口，要你去航医那通过心理评估再复飞，你怎么得罪他了，他要这么针对你？"

许知月："没得罪过，我比较倒霉吧，他估计看我不顺眼，故意找我的麻烦。"

苏娉："我不信，停飞会有麻烦吗？那你现在回来？"

许知月："应该不会有什么麻烦吧，不回去了，我请了假，买机票去澳大利亚，参加我妈的婚礼。"

苏娉："啊……对了，枝枝说太子爷长得特别帅，是真的吗？"

许知月："呵。"

许知月没再回，登机广播已经响起，她拎着包起身。

舱口迎客的乘务组看到许知月，惊讶非常，许知月笑着解释："我有私事要去澳大利亚，还是得跟着你们飞。"

苏娉嘴里的枝枝——杨兮枝将她迎进客舱，在许知月坐下帮她放行李时，压低声音提醒了她一句："厉总的位置就在你旁边，你自己小心一些。"

许知月与她做了个多谢的手势。

厉西钊一行人是在关舱门之前上来的，许知月正准备关机，忽觉有人在身旁停下脚步，冷洌的男士香水味沁入鼻尖，她没忍住打了个喷嚏。

尴尬抬头时，厉西钊的目光正扫向她，他的脸上无甚表情，许知月的反应则是没反应。

目光交错而过，厉西钊进了走道另一边的座位。

头等舱的座位都宽敞，所谓旁边，也隔了一条走道，互不打扰。

许知月不再多想，关了手机，闭目靠进座椅里。

飞机进入巡航阶段后，客舱开始派餐前饮料，杨兮枝推着饮料车过来，先服务厉西钊，给他倒了杯咖啡，加四分之一块方糖，小心翼翼递过去。

厉西钊在看平板，全程没抬头，接过咖啡直接抿了一口，眉头轻蹙，杨兮枝看着心脏简直要跳到嗓子眼儿，好在之后厉西钊又接着喝了第二口，并未挑刺。

杨兮枝偷偷松了口气，转向许知月，笑问她想喝什么，许知月稍一犹豫，回答："冰柠汁，加小半勺蜂蜜。"

杨兮枝立刻给她倒柠檬汁，加冰加蜂蜜，正要递过去时厉西钊忽然抬了眼，视线落到了杨兮枝手中饮料上。

见他神色沉冷，杨兮枝的笑容僵在脸上，厉西钊开了口："冰柠汁给我。"

杨兮枝赔笑："厉总您想喝这个，我再给您倒一杯。"

厉西钊："不必，我就要你手里这杯。"

杨兮枝给也不是，不给也不是，越发尴尬。

许知月笑着冲她示意："枝枝，这杯你给我倒的，先给我吧。"

杨兮枝犹豫之后还是将饮料给了她，厉西钊目光落过来，凉声问："蜂蜜过敏也敢这么喝？"

许知月维持着标准的露齿笑："不劳厉总费心。"

她上高中那会儿，有一段时间确实喝不了蜂蜜，不只是蜂蜜，那会儿体质不好，很多东西都不能吃，后来年纪渐长，做了飞行员，那些乱七八糟的毛病反而都好了，别说过敏，她上一次上火都已经是大半年前的事情。

难为厉西钏还记得，虽然许知月怀疑这位太子爷突然说起这个，其实是为了奚落她。

杨兮枝从他俩这一来一去的对话中，嗅出了些不同寻常的意味，将惊讶按下，她反而放松下来，公式化笑问厉西钏："厉总，需要再给您倒一杯冰柠汁吗？"

厉西钏冷淡收回视线，丢出句"不用"，再不搭理任何人。

杨兮枝推着饮料车继续往下一位客人去，许知月喝着冰柠汁，心情莫名有几分愉悦。

之后十一个小时的飞行时间，许知月除了用餐，全程在睡觉，昨晚没睡好的那一觉全补了回来。

身旁是否有人不时将视线落向她，她不知道，也没兴趣知道。

落地是当地时间早八点，许知月转机去了附近的另一座城市，下午她妈妈将在这边山上的教堂里举行第四次婚礼。

许知月到的时候距婚礼开始只剩半小时，她妈妈已经换上婚纱，正在准备室里试项链。

从落地镜中看到许知月进门，林静语笑着转身："小月，你可总算来了，我还以为你赶不上了呢。"

许知月看着面前人过中年、第四次嫁人依旧如少女一般娇羞喜悦的母亲，深觉无力："婚礼主角又不是我，我就算真没赶上，也不重要吧。"

"很重要，"林静语过来挽住她手臂，"你是我唯一的女儿，我结婚你怎么能不在场见证，一会儿我给你介绍你叔叔，我们一起拍张照。"

许知月无所谓地点头，她的"叔叔"已经换到第三位了，这一次能坚持多久，大概她妈妈自己也不清楚。

见来的只有许知月一人，林静语好奇地问她："你之前不是说交了个男朋友，怎么不一起带过来？"

许知月干笑："分手了。"

林静语："那一定是他不对，我这么漂亮的女儿他也留不住。"

许知月觉得这话又无赖又好笑，顺着她妈的话道："是啊，当然是他不对。"

林静语安慰了女儿，拉她过去帮自己挑项链。

婚礼开始时，许知月终于见到了她那位新叔叔，这次是个白人大叔，个子很高，微胖，面相很温和，看她妈妈的眼神里充满爱意。

许知月忽然安下心，或许这次她妈妈能坚持得久一些吧。

她还在婚礼宾客中看到了个熟人，坐在宾客席前排的男人虽只有一个侧脸，那副装模作样的冷淡脸，除了厉西钊还有谁？

许知月几乎以为自己眼花了，厉西钊怎会来了这里？

仪式结束林静语叫她去拍照，厉西钊正在与她那位新叔叔交谈，她妈妈笑眯眯地帮他们介绍，新叔叔很热情，对着许知月一通夸，许知月察觉到他身边人落在自己身上、叫她无法忽视的目光，分外不适，终于开口问："这位是……？"

新叔叔高兴地介绍道："厉是我的老朋友，特地赶来参加这场婚礼。"

许知月笑道："叔叔交友广，一定是喜欢热闹的人。我妈妈也是，你们很相称。"

她装作不认识厉西钊，厉西钊也不揭穿，手中捏着红酒杯，漫不经心地看着她与人说话时巧笑嫣然的模样，不时往嘴里倒一口酒。

许知月暗自庆幸，当年她跟某人偷偷恋爱时，她妈妈并不知道，要不今天可真的尴尬了。

之后林静语要抛手捧花，开始前特地提醒许知月："你去那边站着，一定要接住啊。"

许知月想溜，被林静语一把拉住："不许走，乖乖听话，今天我结婚，你得让我高兴高兴。"

她只能不情不愿地退出了人堆，尽量往后躲，以免真的被那手捧花砸中。

"躲什么，真这么不情愿直接走就是了。"

熟悉的嗓音在身后响起，带着些晒意，许知月回头，果然是厉西钊，她刚一直往后退，差点撞这人身上了。

厉西钊目露讥诮："真不想要那手捧花，还是口是心非？"

许知月歪了一下头："厉总，与你有关吗？"

她转回身看向前方，她妈妈与那位新叔叔站在台阶上，已经做好了准备，叔叔抬手帮她妈妈拨了一下耳边发丝，她妈妈侧头冲对方露出灿烂的笑脸。

许知月有一瞬间的恍神。

来这里之前，对她妈妈再嫁，她其实一直心有不满，这种不满从十年前持续到现在，始终藏在她心底，她从未与任何人说过。

她的长相随了妈妈，性格却分外肖似爸爸，她爸妈曾经是人人称羡的一对爱侣，青梅竹马、年少夫妻，他爸爸还是名空军，可惜去得早，在一次执行任务时发生意外，不幸葬身在天空下，那时她只有十四岁，从那天起，她和她妈妈的天也一起塌了。

但仅仅三年，她妈妈改嫁，带着她来了澳大利亚。

之后这十年，她看着她妈妈结婚、离婚再结婚，一次又一次，仿佛儿戏一般，那些不满也逐渐变成了麻木。

她妈妈是这样的人，生来享受爱情，离不开爱情，但她不是。

来澳大利亚之后，她选择了跟她爸爸一样，以飞行作为自己的终身事业，她去报考了航校，并且在来这里的第二年，不顾那个人的苦苦哀求，与他提了分手彻底断了联系。

但到今时今日，看着她妈妈面朝那个男人、露出当年只有对她爸爸才会有的缱绻笑眼时，许知月忽然释然。她不是她妈妈，她妈妈也不是她，她们有各自不同的人生追求，不必定要分个高下。

捧花砸到手边，许知月下意识后退了一步，撞在身后人的胸膛上，那束捧花也掉落在了他们脚边。周围口哨声四起，许知月让开身，厉西钊的目光落向那束捧花，又落回她，片刻，弯腰将花捡起。

仿佛一个刻意慢放的镜头，许知月看着他的动作，心神乱了一瞬，厉西钊手中的花转了个弯，递给了旁边一个只有七八岁的小孩。

深深看她一眼，厉西钊让在了一旁。

许知月移开视线，林静语过来，见手捧花已被小孩高兴抱在怀中，遗憾道："只差一点，可惜了啊。"

许知月笑了笑，心头那一点波澜散去。

第三章 余情未了

她听明白了，厉西钊是在讥讽她恋爱脑，且不说她是不是吧，就算她是，跟厉西钊又有什么关系？

"你是不是对我余情未了，故意跟踪我？"

婚礼结束后，林静语与她的新丈夫出发去度蜜月，让许知月自己安排。

许知月现在二十八岁，哪怕十八岁时她也没依赖过林静语，所以对林静语将她单独扔在山上教堂的行径，她习以为常，半点没觉得奇怪。

当然，林静语也不是真那么不负责任的妈，离开之前，竟然把许知月拜托给了厉西钊，请他帮忙将许知月送回酒店。

许知月没来得及阻止，林静语已当着厉西钊的面把话说出口，厉西钊不置可否，目光落向林静语身后尴尬追过来的许知月。

与许知月眼神撞上，他才不动声色地说了一句："可以。"

许知月赶紧道："不用了，我自己打车回去就行，不必麻烦厉总。"

"你说什么呢，"林静语不赞成，"这么晚，山上不好打车，你一个女孩子单独出门在外也要小心点，人家都答应了，你就别推三推四了，回头记得跟人道谢。"

许知月无语，她妈对第一次见面的厉西钊倒是放心。

厉西钊去停车场拿车子，林静语看了一眼他手臂搭着西装外套远去的背影，压下声音提醒自己女儿："这小子看着还不错，听你叔叔说是难得的青年才俊，长得也挺好，配得上你，你自己把握啊，有机会可以试着发展一下。"

许知月无奈地解释："妈，他是我公司总裁，我的顶头上司，我躲他都来不及。"

"真的？"林静语高兴地道，"原来你们之前就认识啊，我说呢，那不更好，在这里也能碰上，说明你们有缘，顶头上司有什么，我女儿这么有本事还漂亮，没有男人不喜欢。"

许知月明智地决定闭嘴，生硬转移话题："妈，你和叔叔先走吧。"

林静语确实管不了许知月太多，说了几句有的没的，她坐上敞篷婚车，将婚车上的另一束捧花强塞给许知月，与丈夫潇洒而去。

许知月抱着那一束玫瑰捧花愣在山路边，厉西钊的车过来时，她下意识地想将花藏到身后，大少爷的车停在她身边，车窗落下，车中人上下扫了她一眼，又是那种招人嫌的语气："拿了花又藏起来，你在别扭什么？"

许知月平静回视他，两秒钟后，将捧花抱回手上，拉开车门上了车。

厉西钊看着她没动，许知月目光移过来："不走？"

僵持须臾，厉西钊收回视线，一脚用力踩下油门。

察觉到身边人周身的低气压，许知月莫名其妙："你……"

厉西钊："你就这么恨嫁？"

许知月惊讶地看向他，厉西钊目视前方："你快转升机长了吧？这个时候不把心思放在工作上，先是为了一个劈腿出轨的男人要死要活，现在又一心恨嫁，你就是这么热爱飞行事业的？"

许知月："……"

她听明白了，厉西钊是在讥讽她恋爱脑，且不说她是不是吧，就算她是，跟厉西钊又有什么关系？

"你是不是对我余情未了，故意跟踪我？"

刺耳急刹车声响后，许知月差点栽到前边挡风玻璃上去，幸亏被安全带勒住了。

厉西钊神情冷漠："下车。"

许知月："那晚在江边，还有今天，哪有这么凑巧每次都碰上你，你是怎么知道我前男友劈腿出轨的事？而且你应该是大忙人吧，你万里迢迢来澳大利亚，就为了参加一个普通朋友的婚礼？真不是故意跟着我来的？"

厉西钊："你太自以为是了。"

许知月不信："难道不是？"

厉西钊道："我来澳大利亚不是一个人。"

许知月仔细想了想，确实不是，他不但带了助理，还有运行副总和另两位公司高层同行，许知月脸色逐渐变得尴尬："哦，那就是我想错了吧，不好意思啊。"

但下车是不会下车的，天已经黑了，半山路上下车，她得走下山去。

厉西钊来澳大利亚，是为了跟这边的航空公司谈一个合作项目，但这些没有与许知月说明白的必要。

"许知月，"厉西钊忽然叫她的名字，凉声道，"不要自作多情。"

许知月眸光动了动，面前的男人神色更森冷："不必追根究底，你欠了我的，我做什么你都得受着。"

许知月嘴唇翕动，想要争辩，当初的事情，就算是她先提的分手，也没有谁欠谁一说吧？想分手也不行？

但厉西钊没给她机会，重新踩下了油门。

许知月的手机也恰巧响了，是她师父严卫民的电话，她按下接听，那头严卫民紧张地问她："你被公司停飞了？到底怎么回事？我听说你还请假了，你现在人在哪里？"

许知月就知道这事瞒不过严卫民，这会儿只怕已经传遍了，临出发前被新总裁金口玉言停飞，还必须去航医那里做心里评估，搁谁能不多想？她身上长一百张嘴都说不清。

"我请假来澳大利亚看我妈妈了，"许知月想糊弄过去，"没什么要紧事，回头去一趟航医那里就行。"

严卫民显然不是那么好糊弄的："没什么要紧事他为什么要你去航医那做心理评估？你得罪他了？真要是他故意挑刺，我去帮你跟他说。"

许知月立刻道："不用了，师父，真的不用，这事不必你插手，真不是什么大事。"

严卫民："那你跟我说实话。"

许知月瞥一眼面无表情的身边人，无奈道："嗯，实话就是，我前一天晚上跟男朋友分手，被厉总看到了，他对我有点误会。"

"误会？什么误会？"严卫民追问。

许知月："他可能以为我为情所困，想不开吧。"

严卫民骂出那句国骂时，许知月果断挂了电话。

但严卫民嗓门太大，厉西钊显然已经听到了，身侧意味不明的目光瞥向自己，许知月干笑："我师父是关心则乱，厉总不会这么小气，跟我师父计较吧？"

厉西钊："你从进星野起，就跟着严卫民？"

许知月："你何必明知故问。"

厉西钊既然是星野总裁，她就不信这人没看过她的简历。

航校毕业后，她在澳大利亚这边开了两年的小型飞机，之后才决定转民航，那时恰巧在网上看到星野招飞，便投简历回了国。

她不知道星野是厉西钊家的公司，如果知道……大概会选别家吧。

她在星野的初始改装教员就是严卫民，这七年她能在星野飞行部的男人堆里摸爬滚打成长，全靠严卫民保驾护航，在失去父亲以后，严卫民代替了她父亲的角色，一路指引她走到今天。

这些矫情的话，她没跟严卫民那个老头当面说过，当然更不会说给面前这个人听。

"严卫民有意总飞行师的位置。"厉西钊忽然道。

许知月当然知道这个，星野的总飞行师年底就要退休了，她师父确实盯着那个位置，他本也是最有资格的那一位。

"不可以吗？我师父的资历、经验，各方面都合适，现在的总飞行师退了，按资排辈也该轮到他了吧？"

厉西钊："星野总飞行师要兼飞行部总经理的职位，你师父脾气太臭、性格太倔，不适合做行政工作。"

许知月忍了又忍，那句"你在说你自己吧"到嘴边，到底没有说出口。

"厉总，没有试过你怎知道不适合？你戴着有色眼镜看我师父，从一开始就不打算给他机会，他要怎么证明给你看，他是适合的？"

厉西钊："谁说我不给他机会？"

许知月："你刚说他不适合。"

厉西钊没再理她，直接结束了这个话题。

半小时后，车开到许知月订的酒店，厉西钊的生活助理就坐在酒店大堂里等他们。

从厉西钊手里接过车钥匙，助理目不斜视，对跟随厉西钊一起回来的许知月没有半分惊讶，将房卡交给厉西钊。

许知月："……你也住这？"

她真的怀疑，这个人是不是在她身上装了监视器？

厉西钊压根没有解释的意思，径直往电梯间去。

许知月跟上，进了电梯，也不再搭理身边人。

她的房间在第七层，出电梯前，厉西钊忽然道："明早七点半，楼下餐厅见。"

许知月："我不去呢？"

厉西钊："后果自负。"

许知月直接帮他按了关门键，大步走出电梯，滚吧。

刷房卡进门时，许知月后知后觉地想起那束花还落在厉西钊车上，不过算了，她本也不想要。拿出手机，她订了明早去别的城市的机票。原本她执飞来这边，两天后就得回去，现在既然请了长假，还有时间可以去看看以前的同学朋友。

厉西钊的餐厅之约，许知月并没当回事，转天早上七点半时，她已经搭上出租车，出发去了机场。

厉西钊在餐厅里没等到人，早餐也没吃，黑着脸上楼回房，昨晚助理拿回来的那束花还在他房中，一晚过去，仍开得娇艳。

助理来汇报今天的工作行程，厉西钊叫人收拾了东西，就准备走。

助理犹豫地问了句："厉总，这花……"

厉西钊已走出房门："扔了。"

第四章　原来如此

　　她当然是讽刺厉西钊的，厉西钊大约是气不顺当年被她甩了，现在来找她麻烦，这位大少爷一贯都是这么小心眼。

　　一周后，许知月再次搭乘星野航空的班机回国。

　　因为这次提前购票，她买的是经济舱的座位，而且根据苏娉的说法，那位阴晴不定的大少爷早两天就回去了，不用担心再碰上他。

　　前面大半程一直顺顺当当，许知月大部分时间在睡觉，睡醒看一眼手表，离降落还有两小时。她坐起身喝了口水，机身忽然猛烈颠簸起来，机舱内有些喧哗声，空乘人员大声提醒着乘客都坐下，系好安全带。

　　许知月身旁的位置坐了一对年轻情侣，女生死死地抓着男生的手，害怕得发抖，男生努力地安慰女生，但看得出他自己也很紧张。

　　广播只说碰上强气流，让大家都回座位系上安全带，许知月淡定调整了一下睡得有些酸疼的脖子，将腰间的安全带拉紧。

　　十分钟后，有乘务快步过来，停步在许知月身边，弯腰压低声音问她有否带证件在身上。

　　许知月略微惊讶："出什么事了？"

　　大约是顾忌许知月身边的其他旅客，乘务没细说："你拿了证件，跟我去前舱吧，需要你帮忙。"

　　许知月听明白了，估计是有机组人员出了事，需要人替代。

　　但是……

　　她尴尬道："证件我都带了，但我被停飞了，厉总亲口说的，没通过心理评估前不能复飞。"

乘务吸了口气，犹豫了一下，转身快步回到了前头。

驾驶舱内，拉肚子拉得快虚脱的值机机长被移出，另一机长坐上左座，已断开了自动驾驶，正手动操纵飞机上高度。

年轻机长的神情中不见慌乱，但脸色黑如锅底，不断骂着身边的副驾驶："你是怎么升的F3，东西都学到狗肚子里去了？让你执行个颠簸检查单半天找不到！你是耳背吗？通讯指令还能听错了！就你这样还开什么飞机，去阴曹地府开'冥机'得了！"

被骂的副驾驶脸涨得通红，满头都是汗，半天憋不出句话，他刚确实犯了低级错误，在重复高度时报错了一个数字，虽然马上就改了口，但身边这位脾气暴躁的机长逮着他就是一顿骂，显然对他临阵的过激反应十分不满。

按说一个F3级的副驾驶，应该不至于这样，但出事的值机机长是他师父，他本就担心，加上突然遇到强气流，才一下慌了神。

骂人的机长受不了身边没用的副驾驶，后座那个刚下机队的学员更指望不上，所以听到乘务长说客舱里还有个公司的左座副驾驶在，立刻让去叫人了。

乘务长进来，将许知月的话转告，机长眉头一皱，不耐烦地问："为什么要做心理评估？她之前出了什么事？"

乘务长："没有出过事，停飞前两天还飞了本场四段，我跟她一起飞的。"

机长："她证件都有？"

乘务长肯定道："有。"

机长："那就行了，去把人叫来，公司高层那里事后要问责我担着。"

旁边的副驾驶终于憋出一句："机长，我可以……"

"滚去后面！"机长越发没好气，"肚子疼别在这里死撑！"

副驾驶不敢再说，他肚子确实也不太舒服，所以精神集中不起来，可能是上机前跟值机机长一起吃早餐，吃坏了东西，有人接替当然好，但被这么不客气地赶下去，回头说不定还得挨处分，眼下他却只能自认倒霉。

许知月被乘务带到前舱，看到了虚弱地靠在座椅里的值机机长，诧异过后便不再多问，给安全员看了自己的证件，进去了驾驶舱内。

机身平稳后，已重新接入自动驾驶，机长回头看向被人带进来的许知月，墨镜背后的眼睛上下扫了她一圈，示意："你来接通讯。"

许知月点点头，坐上副驾驶位置，从机长那里接过通讯。

她不慌不忙地跟地面联系，嗓音从容清晰。

经历了之前那位毛躁的副驾驶，连身后跟机的学员都觉得如沐春风，机长没再骂人，所有人都松了口气。

降落时却又遭遇了大侧风，机长在许知月配合下，炫技一般操纵飞机以蟹形进场，在着陆前最后一刻干脆利落地转动方向舵扭转机头，时机抓得分毫不差，起落架在接触地面的瞬间准确对齐了跑道。

许知月高高吊起的心脏骤然落地，如果是她，不会选这么冒险的进场着陆方式。

她偏头看向机长，这人神情放松，分明自信十足。

飞机接入廊桥后，许知月也放松下来，身边人忽然转头向她："顾明泽，我的名字。"

许知月一愣，点了点头："你好，我叫许知月。"

顾明泽笑睨着她："我知道你，公司的首位女机师，航司司花第一。"

许知月："……"

她想起来了，这位顾机长在星野是位名人，半年前才从别的公司跳槽来的，一来就做了机队长，才三十岁已经是教员级别。

他出名倒不只是因为个人履历亮眼，无非是长得帅还风流，刚来公司没两个月，就有两名空姐为了他争风吃醋，差点在执飞时闹起来，最后被双双停职，那之后这位顾机长又搭上了另一位美貌出了名的空姐，交往没几个月，听说最近也分了手。

这些八卦，许知月都是从苏婳那里听来的。

许知月之前没跟这人一起飞过，今天还是第一次见到本尊。

……确实有本钱，但不是她的菜。

下飞机时，最后一个走出机舱的顾明泽叫了她一句，晃了晃手机："许副驾，加个微信吧。"

许知月神情一顿，公式化笑道："抱歉，我手机在国外被偷了。"

顾明泽脸上笑容不变，被拒绝了似乎也不在意："那算了，下次吧，有机会的。"

许知月回到兰欣苑时刚过九点，苏婳也在家，正在敷面膜，看到她回来眉开眼笑，讨要礼物的手先伸了出来。

许知月给她带了香薰和巧克力，苏婳十分高兴，贼笑着把人拉过来坐下："老实交代啊，你跟厉总，到底怎么回事？"

许知月装傻："什么怎么回事？"

苏婳："别装了，我都听枝枝说了，厉总连你蜂蜜过敏都知道，你们之前认识吧？是不是老情人？"

许知月无奈地提醒她："厉总的事情，你们别这么八卦，传出去不怕影响你们自己？"

"哪能传出去，"苏婳不以为然，"枝枝只跟我说了，我也只问你这位当事人啊，快点老实交代，别转移话题，你跟厉总到底什么关系？"

许知月剥了颗巧克力堵住她的嘴："没关系。"

回房她顺手开了电脑，林静语几小时前发了邮件来，是婚礼上的照片。点击了下载，她去洗了个澡，回来时照片已经全部加载出来。

许知月在书桌前坐下，点着鼠标一张一张看过去，照片效果很不错，她妈妈已经很久没这么开心过，人看着也年轻了不少。

好几张照片里有她，除了与妈妈和新叔叔的合照，其中还有一张拍的是她跟厉西钊。那是一张抓拍，厉西钊站在花廊下，手里捏着红酒杯，目光落去的方向，是点心台边正拿东西吃的她。

许知月完全不记得当时在婚礼现场有这一出，她的视线在这张照片上顿了几秒，右键停在删除标识上，终于还是略过去，点击了下一张。

看完照片，许知月发呆片刻，起身从书架上翻出了一张CD，是一张很小众的钢琴曲合辑。

当年某人送过她一张，她带去澳大利亚，后来遇上小偷丢了包，包里的那张CD也丢了，仿佛是一种预兆，这件事情之后，让原本犹豫不定的她下了决心，跟那个人提了分手。

手里这张则是刘骁送的，刘骁是一名律师，与她偶然在机场结识，追了她整两年，嘘寒问暖、无微不至，直到去年她生日，刘骁送了这张和当年一样的钢琴曲CD给她，她的心里生出微妙触动，终于心软。

这段关系从一开始就不纯粹，他们交往了将近一年，始终淡淡的，像隔着一层什么，许知月知道，是她的问题，她自己有错在先。所以在发现刘骁劈腿时，她并不觉得愤怒，只有一丝说不清道不明的怅然，更多的反而是松了口气。

把CD重新包起来，许知月在手机上预约快递下单，打算明早将东西寄回刘骁的事务所，当作了断。

晚十点，星野总裁办公室。

厉西钊喝下杯中最后一口咖啡，笔记本里私人邮箱的新邮件提醒弹出，他顺手点开，加载出了他与许知月的那张合照。

> 厉，翻照片时看到这张抓拍，拍得很不错，发给你看看。
>
> 大卫

大卫是他在欧洲念书时玩跳伞认识的忘年交，后来去了澳大利亚，没想到会与许知月的母亲结缘。

世事总是有一些出人意料的巧合。

厉西钊的目光长久地停留在那张照片上，直到助理进来提醒，说司机已经把车子开出来在楼下等，厉西钊随意"嗯"了声："你先下去。"

他把那张照片设置成了笔记本的桌面壁纸，点击关机。

翌日清早，许知月寄出快递，搭车去公司。

她约了航医，早上去做厉西钊要求的那个心理评估，争取尽快复飞。

厉西钊那天问她是不是快聘机长了，其实是明知故问，她的飞行时间已经累积了三千多小时，早半年就进入了转升机长的程序，顺利通过了理论问询和转机长模拟机检查，有她师父带着，左座时间积累得也很快，只等通过航线检查，再飞几个四角五边的本场，就能告别副驾驶身份，正式成为见习机长。

在这个节骨眼上，她确实不希望因为这一出乌龙误会，生出什么变数来。

只盼心理评估过了，那位大少爷能不再找茬。

严卫民也在公司，他不放心许知月，一大早先来了公司等。

许知月见到略显无奈："师父，我都说了我没事的，不用这么紧张。"

严卫民没好气："谁知道那位太子爷还会挑什么刺，你马上要航线检查了，要是因为这个耽误，影响了转升机长怎么办？"

许知月笑提醒他："厉总怎么说也是集团董事长家的公子，集团直接放下来的，师父你别背后说他了，被人听到了对你自己不好。"

严卫民一撇嘴，那种乳臭未干的小子，对飞行一窍不通的，能管得了什么事，指不定来这里一年半载镀个金，又回家去做大少爷了。

不过不管怎样，有严卫民钉着，许知月这个心理评估只是走个过场，很快出了结果。

总裁办公室内，厉西钊正在看下面刚送来的文件。

一页一页地细翻，他的神情始终没什么变化，总裁办秘书长坐在桌前，有些捉摸不透他的想法："……市场部昨天把这份协议书初稿送来，我已经把关了一遍，完全按照我们之前跟澳翔航空谈的合作内容拟的，应该没什么问题。"

厉西钏合上文件，丢出一句："明天上会。"

"好，我让人去安排。"秘书长松了口气。

这位新总裁空降公司，半个亲信没带，先前他和其他人一样没当回事，只以为太子爷来体验生活，镀完金又会回去，大抵不会管事，公司总归还得靠那几个干了十几二十年的副总。

但厉西钏的表现，却出乎所有人预料。刚一来，就抓到不服他的常务副总的把柄，杀鸡儆猴，雷厉风行地让人退了休。

有高层倚老卖老，联名去集团请愿，厉西钏亲自去将人"请"回来，态度犹豫的许以利诱，冥顽不灵的直接弃用，短短半个月，就把公司完全攥到了手上。他这个秘书长要不是投诚得够快，位置只怕已经被别人顶替了。

也有人冷眼旁观，等着看厉西钏的笑话，厉西钏却在整顿完高层人事后，立刻着手抓起了业务，一来就瞄准了公司这两年才铺开的国际航线这一块，亲自带队去澳大利亚，跟那边的航空公司谈联营合作项目，以图拓展中澳航线市场。

而且看得出，他的野心还不止澳大利亚这一块，中澳航线不过是一个先行试点而已。

除了厉西钏，别人即便在他这个位置上，也不会有他这样的魄力，毕竟大家都是打工人，哪怕坐上了公司总裁的位置，也不过是高级打工仔，求稳便可，何必跟自己过不去。

但厉西钏不是，他是在替自家公司赚钱。

秘书长离开后，助理进门来，将航医那边刚发来的许知月的心理评估报告递给厉西钏，顺便说了昨天澳大利亚回来的航班上发生的事情："值机机长和第一副驾驶突发身体不适，另一位机长将许副驾叫进了驾驶舱内，从后半程一直到落地，许副驾都在右座位置上。"

厉西钏目光落向那个"良好"的结论，停了两秒，问："她人在哪儿？"

助理眼观鼻鼻观心："应该在飞行部那边等通知。"

许知月到底能不能复飞，飞行部大概也不敢擅自做主，毕竟先前是厉西钊亲口说的让她停飞。

严卫民还要带模拟机检查，等许知月做完心理评估就和她分开了，许知月这会儿确实在飞行部的办公室，一心等着可以复飞的确认通知。

直到她见过的那位厉西钊的助理出现，客气地将她请去楼上总裁办公室。

一进门，就看到面瘫脸坐在宽大总裁办公桌背后的厉西钊，她暗自腹诽了一句装模作样，大步走进去。

助理离开，帮他们带上门。

许知月懒得废话，开门见山问："厉总，我的心理评估已经通过了，可以复飞了吗？"

厉西钊抬目，视线落到她脸上，逡巡片刻，冷不丁蹦出一句："今天没有搽口红。"

许知月："……有问题吗？"

厉西钊："你是星野的女飞行员，自身形象也代表公司形象，注意点。"

许知月冷漠脸："SOP上没有任何一条规定女飞行员必须搽口红。"

她再次问："请问厉总，我能不能复飞了？"

厉西钊已站起身，拿了西装外套往外走："跟我去餐厅。"

在公司二楼的餐厅里拿餐食时，许知月看着走在自己前面一脸严肃，手中端着餐盘，却显得与这地方格格不入的厉西钊，忽然想到，这人是不是还在耿耿于怀之前自己没陪他吃早餐？

这心眼小、气性重的毛病，还真是十年如一日啊……

但她确实不想跟厉西钊同桌吃饭，这个点是用餐高峰时段，餐厅里到处都是人，她和厉西钊坐到一起，八卦很快就会传遍全公司。

流言蜚语无论真假，都很烦人。

她眼珠子转了一圈，看到刚走进来的苏婳和杨兮枝，她俩下午一起飞，正好来吃个午餐。

"苏婳、枝枝，这边！"

许知月一挥手，那俩人立刻看到了她，笑盈盈地过来，走近了才注意到许知月身边还有一个厉西钊。

厉西钊正在问人要牛排，瞥了一眼两位惊呆了的空姐，没理她们。

许知月也管不得那么多，一手一个拉住人："吃什么？一起啊！"

最后他们四个不尴不尬地坐到了一张桌子前，苏婳手臂捅了捅身边杨兮枝，俩人交换了个眼色，大约是察觉到了厉西钊周身冒的冷气，同时决定闭嘴。

许知月埋头吃东西，也不说话，厉西钊一直不首肯她复飞，她跟他没什么好说的。

"吃这么快你打算吃鼻子里去？"厉西钊先开了口。

许知月抬眼，要笑不笑："多谢厉总关心，厉总要真这么有闲情逸致，不妨开尊口与飞行部说一声，确认让我复飞可以吗？"

厉西钊看着她，许知月这些年修养好了不少，也可能是装的，要是在当年，这么憋屈早就一掌呼他脑袋上来了。

厉西钊："我如果说不行呢？"

许知月皱眉："你有什么理由说不行？"

厉西钊提醒她："我那天说过了，我做什么你都得受着，后果自负。"

许知月："……你来跟我讨债的？"

厉西钊："你觉得是就是吧。"

许知月深吸口气，碰上神经病了，她忍。

完全被无视了的苏婳和杨兮枝努力缩小存在感，丁点声音都不敢发出，只希望厉西钊别想起旁边还有她俩，回头杀人灭口。

许知月道："我也不是非要吃星野这碗饭，你要是这么针对我，我大不了去别处干。"

厉西钊："你舍得你师父？你现在去别家，又得从头开始，短时间内都没可能转升机长。"

许知月盯着他的眼睛，厉西钊神色不动，仿佛吃定了她不可能在这个时候离开星野。

片刻僵持后，许知月忽地笑了："小学生，想引起我注意不必用这种方式。"

正喝饮料的苏娉一口水进喉咙，直接呛到了。

她一边咳嗽一边放下杯子，手忙脚乱间水杯被制服带倒打翻，半杯饮料全溅进了厉西钊的牛排里。

苏娉忙不迭地道歉，厉西钊脸色难看，放下刀叉，直接起身离开。

苏娉哭丧脸："完了，我不会也被他针对吧？"

杨兮枝笑得前仰后合，安慰苏娉："放宽心，厉总估计连你是谁都不知道，哪有心思针对你。"

她冲许知月挤眉弄眼："倒是你，你跟厉总，以前真有过一腿啊？"

"什么一腿两腿的，怎么说话呢你。"许知月无语道。

杨兮枝"哎哎"两声："他真是为了引起你注意，才故意针对你啊？"

许知月干笑："怎么可能。"

她当然是讽刺厉西钊的，厉西钊大约是气不顺当年被她甩了，现在来找她麻烦，这位大少爷一贯都是这么小心眼。

吃完饭，许知月回去飞行部，收到通知，她可以继续飞了。

不但如此，连航线检查都给她提前安排了。

公司最近排队等着转升机长的人多，机长缺口却不大，即便许知月的师父是严卫民，航线检查也不能帮她插队，只能慢慢等。她上个月才通过模拟机检查，原本还要等上两三个月的，现在却下来通知，她的航线检查时间，排在了下个月月中。

许知月十分意外，能帮她把时间提前的人，只有可能是厉西钊。

……他竟然转性了？

许知月复飞之后的第一次航班任务，飞的是东北的某市，单段三个半小时，下午过去，在那边住一晚，第二天早上回来。

这个航班是二人制机组，许知月到了飞行准备室才知道，今天带她一起飞的机长，是顾明泽。

本来不是这个人的，至少昨天许知月看到的航班计划上，机长的名字还是别人，今天却换成了顾明泽。

顾明泽随口解释了句原来安排的机长感冒，临时找他顶班，至于是不是真的，可能只有他自己知道。

"许副驾，没想到这么快又有机会一起飞了。"

顾明泽说话时的语气有些散漫，目光落向许知月，似在打量她。

许知月今天正经执飞，穿的自然是机师制服，原本平平无奇的衣服，穿在她身上莫名多了几分特别的韵味。

她没化妆，脸白素净，唯独涂了口红，仿佛雪中一点红梅，更叫人过目难忘。

顾明泽的眼中有不加掩饰的惊艳和欣赏，许知月公式化地说了一句："还请顾教员多指教。"

顾明泽笑笑："你不必跟我这么客气吧？"

许知月："应该的。"

进场之后，顾明泽去做绕机检查，叫上许知月："你跟我一起去。"

绕机检查是机长的活，但顾明泽叫了她，她也不能拒绝，拿了反光背心穿上，跟上了顾明泽。

这位顾教员人看着没个正形，工作的时候倒是很认真负责，绕机检查做得很仔细，还不时扔出问题给许知月，许知月一一回答，并未被他考到。

"你还挺稳的，"顾明泽道，"听说你快做放机长的航线检查了？"

许知月点头："安排在下个月。"

顾明泽："那挺好，提前祝你顺利转升。"

这人笑时弯起唇角，眼神热切，确实挺蛊惑人的，难怪那些二十出头的小妹妹们会被他蛊住，为他争风吃醋。

许知月心中好笑："借你吉言啊。"

上机之后，顾明泽忽然道："许副驾，你来操纵起飞，没问题吧？"

许知月有些意外，似没想到顾明泽会这么提议，副驾驶想要操纵起降，只有跟着教员一起飞时才有机会，顾明泽就是教员级别，确实可以把操纵权让出。但许知月跟他非亲非故，他根本没必要这么做，毕竟万一许知月操作不当出个警告，整个机组都会受连累，后面各种排查没完没了，对顾明泽来说完全是自找麻烦。

之前许知月想练起降，都只在跟着严卫民飞时才会上手。

顾明泽笑睨向她："没自信？都快放机长的人了，连这个都做不到？"

许知月镇定应下："没有问题。"

得到塔台起飞许可后，许知月仔细确认了起飞构型，在顾明泽标准喊话配合下，开始推油门杆。

V1、V2、Vr，速度不断攀升，在顾明泽喊出"抬轮"的瞬间，许知月快而稳地完成了起始抬头的动作，机械轰鸣声中，飞机以十五度的仰角起飞，直入云霄。

落地是六点半，过夜酒店就在机场旁边。

在大堂登记时许知月忽然翻起自己的飞行箱和过夜包，像在找东西，顾明泽修长的手指捏着支银色钢笔到她面前："找这个？"

许知月一愣，立刻把笔接过去："谢谢，你怎会捡到的？"

"你太不小心了，"顾明泽笑道，"拿反光背心时从你飞行箱里掉出来的。"

许知月松了口气，这笔是她爸爸的遗物，她一直随身带着，很重要。

顾明泽："许副驾，我帮你捡回了笔，你是不是该跟我说声谢？"

在许知月开口前，顾明泽却又打断她："还是算了，一句谢谢也没什么用，这个点正好，不如你请我吃晚饭？"

许知月觉得这人够无赖的，捡到她的笔当时不还给她，现在却厚着脸皮来要她请吃饭。

但毕竟是这个人帮她把笔捡回来的，她也说不得什么，勉为其难答应，好在顾明泽也没得寸进尺一定要去市区吃饭，许知月的请客，就在这酒店的餐厅里。

"其实你是不是对我有什么误会？"

吃东西时顾明泽忽然问道："许副驾，你是听了公司里那些关于我的流言蜚语，才对我印象不好吧？"

许知月淡定地回答："没有，我没听说过什么。"

顾明泽笑："没必要不承认，有就有吧，其实我可以解释的，那两位空姐因为我被停职那件事，我跟她们根本不算熟，只是同事一堆人一起吃过两次饭，可能让她们有点误会了，你大概不相信，我跟她们连暧昧都没有，她俩听说本来就不合，执飞的时候闹起来真不全是因为我。"

"至于我后面交的那个女朋友，看对眼就谈上了不很正常？不过我跟她在一起三个月，发现三观根本合不来，最后也是和平分手的，不能因为追她的人多，就拿这事编排我吧？"

许知月有一点尴尬："顾教员，你没必要跟我解释这些。"

顾明泽："我觉得挺有必要的。"

他拿出手机："现在能加个微信吗？你放心，我没别的意思，交个朋友总行吧？"

顾明泽说没别的意思，但真不是许知月自恋，从小到大追过她的人能排个加强营，这人对她明显是有点意思的，但她现在一点儿都不想沾惹这些事。

顾明泽无奈道："许副驾，给个面子吧。"

被顾明泽带笑的目光盯着，许知月终于拿出手机，添加了他的微信。

厉西钶离开星野大楼时，已经过了晚上八点。

路上他妈妈打来电话，让他去朋友圈里帮忙点个赞，厉西钊随手点开，又是他妈去参加那些贵妇圈社交拍的珠光宝气的照片。

他顺手点完，屏幕往下拉了一下，看到了他一朋友半小时前发的一条朋友圈。

> 今天七夕也要飞，好在跟媳妇一班机，一起在外头的过夜酒店庆祝七夕，别样的浪漫。

这人也是个飞行员，但不是星野的人，是别家航空公司的，老婆是同公司的空乘。

厉西钊原本对这种秀恩爱的朋友圈丝毫不感冒，滑过去之后手指一顿又拉回来，点开了配文的照片，是他朋友两口子在餐厅里烛光晚餐的合照。

后面的背景人物里，赫然有许知月在其中。

虽然只有一个模糊侧影，但厉西钊一眼认出来，确实是许知月，她穿着机师制服，吃着东西正与身边人说笑，那是位很年轻的机长。

厉西钊的目光在照片上停了两秒，问："许知月今天飞哪里？跟谁一起飞？"

前座的助理回头，愣了一下，回答："我问下。"

他打了个电话出去，五分钟后告诉厉西钊："许副驾今天单段飞，下午走的，明早回，二人制机组，机长原本排的是位老教员，早上临时跟签派换了班，换成了机队长顾明泽。"

助理观察着厉西钊的脸色，稍一犹豫，补充了一句："顾教员在公司里挺出名的。"

厉西钊眉头微蹙："出名？"

助理言简意赅说了顾明泽的那些花边故事："当然，顾教员技术还是过硬的，前任总裁亲自把他挖来公司，飞行部那边很看重他。"

厉西钊的视线落回那张照片上，一顿，吩咐助理："告知签派室那边一声，以后许知月与顾明泽别排一块飞。"

助理道："飞行员私下换班的事情很平常，一般只要满足航班配置要求，没什么特殊情况，签派室都会同意。"

意思是排不排是一回事，人想一起飞，可以自己换啊。

厉西钊冷眼瞥过来。

助理立刻改口："我会跟签派室说，以后许副驾和顾教员想换班到一起，让他们别通过。"

厉西钊再没说什么，退出微信，摁熄了手机屏幕。

吃完饭上楼回房，进门之前，顾明泽叫了许知月一句："许副驾。"

许知月回头，顾明泽的手伸过来，在她耳边打了个响指，不待许知月反应，他手里多出一朵玫瑰花，递到许知月面前："送你的。"

许知月不解地看着他，顾明泽笑道："今天七夕，刚才楼下餐厅免费送的。"

许知月："……不好意思啊，我花粉过敏。"

顾明泽笑叹："你的借口还能更明显一点吗？一朵花而已，收了又能怎么样？"

许知月微微摇头，推门进去了房间里。

洗完澡出来她躺上床，刷起朋友圈，大多数人的七夕夜生活都很精彩。

如苏娉和杨兮枝这样的单身狗，也约了一块出去玩，更显得独自一人在千里之外的机场过夜酒店，等着明早继续工作的她，格外凄凉。

苏娉和杨兮枝轮番发来照片，秀她俩今晚一起去吃的大餐和看的演唱会，许知月只想拉黑这俩人。

苏娉："啊啊啊，你什么时候又勾搭上了顾教员，我们厉总怎么办？"

杨兮枝："顾教员好，顾教员更帅，还风趣，我支持顾教员。"

苏娉："你胡说！明明厉总帅多了！顾教员那种花心萝卜要来有什么用？"

杨兮枝："厉总还面瘫黑面煞神呢，跟他一起不怕折寿吗？"

许知月："……你们到底在说什么？"

她被指路去看了顾明泽的朋友圈，十分钟前刚发的。

　　夜色不错。

配图是顾明泽拍的一张星月璀璨的照片，右下角处有她站在夜色下的背影。

刚他们吃完饭，去餐厅外的露台上看了片刻夜景，其实不只他俩，那个地方观景视野好，当时在餐厅吃饭的人有不少去外头看的，顾明泽随手拍了张照片，许知月没想到他把自己也拍了进去。

当然也可以说是拍夜景，不小心让她入了镜，毕竟就只有角落处的半道背影。

因为穿着机师制服，且顾明泽的朋友圈习惯性带定位，苏娉她们知道许知月今天也飞这里，才能认出来。

许知月："闭嘴吧你们，我跟顾教员一起飞，一块吃个饭而已。"

苏娉："我不信，吃了饭还一起看了星星月亮吧，今天可是七夕，顾教员还拍照发朋友圈呢！所以到底是厉总还是顾教员？我支持厉总！"

杨兮枝："顾教员好。"

许知月："我支持你俩去追他们。"

苏娉："你别转移话题啊！"

许知月懒得再理她们，顾明泽跟她一点关系都没有。

至于厉西钊……

许知月莫名想起多年前的七夕，那会儿正放暑假，有人骑着自行车穿越半个城市来找她，将她叫出家门，送上精心挑选的礼物，明明红着脸却又跩儿吧唧地跟她表白，然后故意摆出一副"你看着办，我表白了，你必须跟我在一起"的态度，其实很紧张地等着她回应。

分明还似发生在昨天，其实十余载时光已逝。

第五章　意难平

厉西钊的声音沉了两分："许知月，在我交女朋友之前，你不许谈恋爱。"

星野大楼，总裁办公室。

品牌部的经理正在向厉西钊汇报公司二十周年庆典策划方案，厉西钊打断他："时间不必另外选，等到跟澳翔的签约仪式那天一起办，趁着周年庆典的时机将联营合作项目对外推出，壮大宣传声势。"

品牌部经理稍显为难："那时间可能有些赶……"

厉西钊抬了眼，面前之人立刻道："我会跟市场部那边对接。"

在厉西钊面前不能说"不行"，无论理由多充分，这两个字说出口，只会让这位说一不二的新总裁质疑你的能力。

在说出那句"可能来不及"之前，品牌部经理明智改了口。

厉西钊继续往后翻着策划方案的资料，周年庆典的目的，是为提高公司品牌知名度，宣传是重中之重，需要拍摄一系列的宣传片和宣传照，按这份策划方案上所述，品牌部打算让机师、空乘、机务、航务、地服全体出镜，分几个组拍摄，全方位地宣传星野的方方面面。

当然了，重点突出的还是机师和空乘，毕竟这两者是公众对一间航空公司的基础印象。

"请明星代言？这谁的主意？"厉西钊皱眉问。

品牌部经理解释："这是现在的流行趋势，别家不少这么做的……"

厉西钊沉声道："你打算要多少预算？"

经理："也不一定要请大明星。"

厉西钊："找个名不见经传的，一样得花上百十万，等于把钱丢水里，能有什么效果？"

经理只得道："那就按照常规计划，还是让我们自己人来做宣传，机师组初步定的是让顾教员和许副驾带队，他俩年轻、形象好，许副驾还是公司第一位女机师，马上也快转升机长了，是一个很好的宣传点，之前这些年，她帮公司拍过不少航线宣传照和招飞广告，应该是驾轻就熟的，她和顾教员站一起，俊男靓女，也挺吸睛。"

厉西钊眉头未松："你说的顾教员，是顾明泽？"

经理："是他……"

厉西钊："他才来公司，多的是比他资历深的老教员，让他代表公司做宣传不能服众。"

经理："这种面向公众的宣传，资历经验这些都是其次，形象突出对公众来说才有记忆点。"

"宣传预算可以提高，"厉西钊改了主意，"请明星吧，既然要请，就请知名度高的。"

许知月一大早就出了门，今年的国际航空航天博览会在临城举办，今早开幕。

苏婷和杨兮枝都对这个没兴趣，许知月一个人去的，展馆内外人山人海，她身为民航飞行员，特地来这航展上，为的却是看展出的空军新型战机。

轰鸣声响中，飞行表演队驾驶着一架架银翼战机破空而出，如苍鹰展翅，直入苍穹。

许知月来得早，选了个视野好的位置，仰头久久凝望蓝天，目光始终追寻着那些银鹰。

一如许多年前，还是年幼时的她，被父亲带到训练场，也是这样看着她爸爸化身猎鹰，去拥抱蓝天。

"这么向往，怎不跟你爸一样，去考空军？"

熟悉的声音在身后响起，许知月回神转头看去，是厉西钊，他也来了。

她先是惊讶，随即想到星野在这次航展上似乎也有展位，难怪厉西钊会亲自过来。

被厉西钊目光盯着，许知月犹豫了一下，说了实话："我妈妈害怕。"

别的事情林静语都随她，唯独这个不行，她可以学飞，但不能去考空军，这已经是她妈妈对她的让步。

她知道她妈妈的心思，并不坚持，但会在每次航展时，来替她爸爸看一眼他挚爱的那些战机。

飞行表演已经结束，厉西钊转身示意许知月："来了就去到处看看吧。"

许知月本也打算去展馆里上转一圈，倒不介意跟厉西钊一起。

这届航展规模比往届都大，参展的国内外企业众多，星野的展位地方不大，但科技感、时尚感十足，来参观的人络绎不绝。

许知月四处看了眼，随口感叹："我们公司可真有钱。"

那是当然的，星野背靠厉家的集团，一直走在国内民营航空公司的前列，规模逐年壮大，有钱是真有钱。

许知月从前就知道厉西钊是富家子弟，所以一身少爷脾气，那时她万万没想到，有朝一日厉西钊会成为自己的老板。

展位上的工作人员有认识许知月的，但都没见过厉西钊，厉西钊也没有表露身份的意思，在许知月兴致勃勃地尝试体验VR模拟客舱时，他就在一旁看着，目光跟着许知月转。

许知月操纵着手柄，把各式客舱场景都体验了一遍，最后才意犹未尽地摘下眼罩，抬头正想说点什么，撞进厉西钊一直盯着她的眼睛里。

"……你干吗？"

厉西钊不露声色："好玩吗？"

许知月笑了一下，晃了晃手中眼罩："好玩啊，厉总要试试吗？"

厉西钊没理她，他的助理已经找了过来，通知他去参加供需对接会。

厉西钊不是一个人来的，还带了公司采购部门的人，这个供需对接会才是他的目的，会上各路航空制造商、供应商、服务商才是他想要见的人。

许知月见厉西钊有正事要做，便打算一个人接着去别处逛，厉西钊却道："你跟我一起去。"

许知月下意识拒绝："这是采购部门的活，跟我有什么关系？而且今天我休息，不上班。"

厉西钊："你是飞行员，可以去给点意见。"

许知月被他强行带去了会场，接下来两小时，是商人们之间互通有无的时间。

许知月基本全程枯坐着，厉西钊让她给意见，她站在自己职业的角度，能给出的意见实在有限，她觉得好的东西，未必合公司的需求，买什么、买多少、怎么买，都不是她说得上来的，不如不说。

到后面许知月几乎要打瞌睡，厉西钊瞥了神情困顿的她一眼，交代了一句身后的其他人，先退了场。

跟随厉西钊自会场出来，许知月也醒了神，问他："里头还没结束吧？你这就走了？"

厉西钊："本来就不需要我亲自盯着，供需会一天两场，闭幕之前每天都会有，难道我要一天到晚盯这里？"

许知月看了看手表，快十一点了："拜拜。"

厉西钊挡在她面前，神色不快："去哪里？"

许知月没好气："厉总，你已经耽误我一个上午了，我想去参观空军装备馆，不需要你批准吧？"

确实不用厉西钊批准，但厉西钊跟着她一起去了。

许知月原本还腹诽他，进了展馆，目光被那些五花八门的空军新式装备吸引，顿时就将厉西钊抛去了脑后，边走边看，应接不暇。

参观完已近十二点，许知月仍不想走，看到有卖纪念品的，买了个跟早上飞行表演一样型号的战机模型钥匙扣。

厉西钊嗤道："这种东西，批发来的，成本只要两块钱。"

许知月高兴地把它挂进钥匙串里，头也不抬："我乐意。"

买了纪念品，许知月终于心满意足。

她已转身离开，厉西钊瞥向货架上那一排排的钥匙扣，两秒之后，收回视线跟了出去。

十分钟后，被丢在会场的助理收到厉西钊的微信，匆匆赶来空军馆，找到他说的钥匙扣，斥二十元"巨资"买下了一个。

看着手里平平无奇的模型钥匙扣，助理一肚子纳闷，厉总怎么会想要这种东西，自己不买却要他来买？

走出展馆大门时，许知月收到顾明泽发来的微信，约她中午一块吃饭。

"你今天休息吧？要不要去市区，我知道一家新开的泰国菜餐厅，味道不错。"

自打上次飞完回来后，这已经是顾明泽第三次跟她约饭，许知月前两次都拒绝了，这次她也没打算应约："不好意思啊，我在看航展。"

顾明泽的消息很快回过来："你也在看航展？你在哪个馆，我现在过去找你。"

许知月正犹豫要怎么回，对方的语音电话打过来，她只得按下接听，那边是顾明泽带笑的声音："许副驾，你也在看航展吗？好巧，你现在在哪个位置？"

许知月习惯性地按了外放，身边厉西钊也清楚听到了对方的声音，正面无表情地看着她。

许知月赶紧改成听筒模式，回答道："不用了吧，我打算回去了。"

顾明泽："吃顿饭而已，有什么关系，现在回去你得几点才能吃上东西，这不是正巧碰上了，许副驾，我有这么可怕吗？你要对我避之不及啊？"

这人说话时始终是笑吟吟的腔调，许知月不好意思再拒绝，手机忽然被人抽走，厉西钊冷淡对着那边说了一句"她有约了"，挂断了电话。

许知月立刻把手机抢回来，不悦道："厉总，你不要太过分了。"

"打断了你的约会，很过分？"

厉西钊的声音沉了两分："许知月，在我交女朋友之前，你不许谈恋爱。"

许知月蒙了。

虽然她短时间内确实没打算再谈男朋友，但厉西钊哪里来的脸这么理直气壮地要求她，她谈不谈恋爱，关他什么事？

"凭什么？"

厉西钊："你是不是很不想被人知道你跟我以前的事情？你要是不听我的，我会告诉全公司人你和我的关系。"

许知月："……"

她很想说我跟你没关系，没错，现在的确没有，但以前有，那个十年前被她甩了的初恋就是厉西钊。

就算是从前的事，但花边新闻传遍全公司，尤其还是跟老板的花边新闻，都绝对不是件好事，她确实不想让人知道她跟厉西钊之前那点儿事。

许知月忍了又忍，忍住了一巴掌呼这人脑袋上去的冲动，咬住后槽牙："厉总，你对我余情未了就直说，不必这样拐弯抹角。"

厉西钊能硌硬她，她不能硌硬厉西钊吗？气人的话谁不会说！

厉西钊神色已恢复平常，无视许知月的怒目，淡定移开眼："走吧，去吃饭。"

厉西钊的车从停车场开出来时，展馆门口已不见了许知月人影。

许知月压根不想跟他一起吃饭，饿着肚子直接打车回去了。

她前脚进家门，后脚就有外卖上门，是一份海鲜比萨加炸鸡可乐。

许知月跟人确定了几遍，外卖单子上确实是她的名字、电话和地址，虽然她根本没点外卖。

苏娉今天也休息在家，听到动静过来看："你叫了外卖啊？"

许知月接过外卖盒，关了门："没有，不知道谁给叫的。"

苏娉翻了翻袋子里的东西："真不是你叫的？那谁干的？这叫的都是你喜欢吃的啊，不过这都几点了，你还没吃饭吗？"

许知月："别提了。"

她其实已经猜到是谁给她叫的外卖，知道她没吃东西，而且能拿到她详细住址、电话的人，只有可能是厉西钊。

吃东西时许知月有些心不在焉："你说……"

苏娉正啃鸡翅，这家外卖的炸鸡还挺好吃的，价格应该也不便宜："说什么？"

许知月犹豫道："如果有人跟你说，他没找女朋友，你也不许找男朋友，而且他虽然嘴上针对你吧，偶尔又会帮你一把，连你饿着肚子回家，也特地帮你叫外卖，他是什么意思？"

苏娉"扑哧"一声笑了。

"这外卖厉总叫的吧？"

"……你怎么知道？"见苏娉一脸"看吧被我说中了"的表情，许知月无奈地道，"我也不确定，可能是他吧，但是你到底怎么知道的？"

苏娉得意地道："我当然知道啊，你早上去看航展，在航展上遇到厉总的可能性很大好吧，是不是他约你去吃饭你不肯，他就给你叫外卖了？看不出来啊，厉总还挺细心体贴，还有啊，你问我他什么意思，他什么意思你真不知道，你明明感觉到了，还问我干吗？"

苏娉说着贼笑眨眼："月月，你跟厉总，真是旧情人啊？"

被苏娉不客气地揭穿，许知月完全无话可说了。

之前她真没觉得厉西钊对她余情未了，厉西钊也确实否认了，但这人种种表现又无法说服她，大概余情未了是真，怨恨难消也是真。

许知月叹气，她确实没想到这么多年过去，厉西钊竟然还在惦记她。

苏娉凑近过来，推着许知月的手臂，脸上写满八卦："说说，你俩到底怎么回事？"

"就那么回事吧，你都猜到了，别去外头说。"许知月提醒她。

"我当然不会说！"苏娉兴奋道，"我就是好奇啊，所以你俩以前真谈过？什么时候的事，怎么之前从来没听你说过？"

许知月含糊道："……很久以前了，念书的时候。"

苏娉："念书的时候？那是初恋情人喽？你们这缘分可够深的啊，厉总摆明对你还有意思，你呢？你跟那个刘骁反正也分手了，要不要干脆跟厉总再续前缘？"

许知月沉默了一下，摇头。

"摇头什么意思？"苏娉不依不饶。

许知月干笑："换作你，被人甩了，痛哭流涕哀求对方，也换不回对方回心转意，时隔多年，就算对她还有点意思吧，还会想再跟她在一起吗？只怕怨也怨死她了吧？……与其说还想在一起，更多的是不是意难平？"

"那当然！"苏娉代入了一下，顿时义愤填膺，"原来厉总也是这种渣男，真是人不可貌相，当年甩了你现在又想回头，想得美！月月别理他，为了个渣男痛哭流涕不值得，男人这种两脚生物遍地都是，犯不着在一棵树上吊死。"

许知月哽住了，苏娉这明显是误会了，她略心虚，但让她解释，她也解释不出口。

……算了，就让苏娉误会好了。

许知月再见到顾明泽是下一个休息日。虽然不用飞，但一大早许知月就接到通知，要回飞行部开会。

休息日各种会议培训考核折腾人是常有的事情，许知月习以为常，准时去了，进会议室前，碰上在走廊咖啡机前买咖啡的顾明泽。

顾明泽叫了她一句，问她喝什么。

许知月走过去，自己扫码买了一杯热可可。

顾明泽好笑道："一杯饮料才多少钱，连这也不肯让我请你？"

许知月："你请了我，下次我又得请你，请来请去没完没了。"

"你还真是拒绝得丝毫不留余地啊，"顾明泽笑叹，"那天接电话的是你男朋友？"

许知月"嗯"了声，没有否认，就让顾明泽以为她有男朋友好了，顾明泽这种个性的应该很快就会转移目标。

顾泽明："好吧，看来是我晚了一步，我倒是很好奇，你男朋友是什么样的人，语气听着挺冷淡的。"

许知月笑而不语，慢慢喝着手中饮料。

聊了几句有的没的，来了行政人员催促他们进去开会。

会议室里稀稀拉拉坐了十余名飞行员，各个级别都有，公司仅有的五名女飞都在。

许知月走过去跟她们打了个招呼，一起坐下，有人问她知不知道今天开会做什么的，许知月摇头，她收到通知就来了，根本没多问。

她不知道，其他人也不知道，不过很快他们就知道了。召集他们开会的，是飞行部的副经理，一起来的还有品牌部的人，说公司二十周年庆典，选了他们这些人出来，代表机师组拍宣传片。

一听说是这种活，所有人都放松了，七嘴八舌地议论起来。

有男机师笑问："女飞由许副驾领队，那我们呢？我看我就长得挺帅的，能让我站正中间吗？"

"你想得美，"立刻有人反驳，"再帅能帅得过我们顾教员吗？他才是我们门面好吧，你要能站正中间，那我也可以。"

顾明泽笑笑，对这种事情显然无所谓。

品牌部的人解释道："女飞的领队确实是许副驾，除了宣传照和海报，我们还打算拍个不超过十分钟、有故事情节的短片，来展现我们星野飞行员的精神面貌，至于这个主角，会由公司的形象代言人来出演，你们配合就行。"

"形象代言人，谁啊？我听说公司打算请明星代言是真的？你们请了谁？别是那些小'鲜肉'吧？那能行吗？"

"我看不错，请明星好啊，那些当红明星露个脸，比我们卖力吆喝一百句都有用。"

"要请也请素质高的吧？上次我飞京市，就有个什么当红明星磨磨蹭蹭拖着不上机，耽误全飞机的人等他半小时，听乘务组的人说脾气还大得很，跩得跟什么一样。"

众人你一句我一句地议论开，许知月听得拧眉，拍这种东西说不定得耽误多少时间，她还有半个月就要做航线检查了，实在不想分散精力。

但话到嘴边，到底没有说出口，她不想搞特殊化，尤其现在公司总裁是厉西钊，她就更不想没事找事了。

开完会，顾明泽过来问许知月要不要一起去公司餐厅吃个饭。

"这次真没别的意思，"顾明泽笑道，"你不去我一个人也打算去，你要是也要去吃饭不如一起？"

许知月终于没再推辞："去吧。"

他们在餐厅里拿了食物找位置坐下，顾明泽顺口问起许知月："你航线检查的检查员定了没有，飞哪里？"

许知月报了个名字："飞江城。下午去，晚上回。"

顾明泽："那应该没什么问题，安排给你的这个检查员脾气挺好的，好说话，飞江城的航线也不复杂，最近天气一直都不错，只要没什么突发状况，你肯定能过。"

许知月笑："但愿如此。"

饭吃到一半时，厉西钊出现，仍旧点了一份牛排，端着餐盘过来，在他们身边的位置坐下。

许知月惊讶看着他，顾明泽眉峰一挑："厉总也来这里吃饭？"

他大小是个机队长，当然见过厉西钊，但没想到这位大总裁会有空来员工餐厅，而且会选择坐在他们身边。

厉西钊没理他，问许知月："今天来公司做什么？"

许知月："……开会，品牌部的人说要拍宣传片，叫了我们一起来。"

厉西钊看她两秒："你不想拍？"

许知月没有跟任何人说过自己不想拍，但她提起这事时犹豫的神情，一眼就被厉西钊看穿了。

"不想拍为什么不直说？"

许知月："领导定的事情，我哪好意思不听话。"

厉西钊："没看出来你是这么听话的人。"

许知月有些没好气："厉总，我在公司七年，尊敬领导、团结同事，从来没跟任何人红过脸，不知道是因为什么事情给了厉总你错觉，让你觉得我是那种不听话的刺头员工，我可真冤枉。"

厉西钊没再说，将刚拿来的一听可乐搁到她面前。

许知月一愣："厉总这又是什么意思？"

厉西钊："你话太多了，请你喝的。"

许知月："……"

厉西钊慢条斯理地切着牛排，扔出一句："真不想拍，直接推了就是，没必要憋着。"

许知月："不用了，我会去拍，免得被人说我不听话。"

厉西钊："随你。"

顾明泽全程插不进话，玩味的目光在许知月与厉西钊之间转了一圈，仿佛明白了什么，勾唇笑了笑。

正式拍摄宣传片那天，许知月一大早去了公司，苏娉今天要执飞，和她一起过去，到了公司门口被比她们更早来的杨兮枝拉住。

杨兮枝兴奋满面："许副驾，未来的许机长，请你这次一定要帮我！"

许知月莫名其妙："帮什么？"

杨兮枝激动道："你们果然也还不知道吧！今天来公司拍宣传片的代言人是盛北岑啊！盛北岑啊！啊啊啊！"

苏娉眼神瞬间亮了："什么？真是盛北岑？！啊啊啊！"

杨兮枝："确定肯定一定！品牌部那些人瞒得我们好苦！到今天才肯漏出风声，气死我了！"

盛北岑是正当红的明星，红得发紫的那种，而且难得的不是花瓶，演技可圈可点，长相更没得挑，十几二十岁的小姑娘们喜欢，苏娉、杨兮枝这样奔三的大姑娘们也喜欢。

许知月还没搞清楚状况，苏娉和杨兮枝在激动过后已经开始扼腕。

她们乘务组不像飞行部，乘务组这边是女人的天下，漂亮姑娘随随便便能挑出一个排来，拍宣传片这种活，她俩之前不热衷，没有主动争取，自然就没轮到她们，现在后悔也来不及了。

苏娉这个盛北岑的狂热"迷妹"捶胸顿足，悔断了肠子："盛北岑几点会来？我们能看上一眼吗？"

杨兮枝哀怨道："听说怎么也得十点以后，别想了。"

她俩今早都要执飞，人肯定是见不着了，现在去找人换班，找不找得到还两说，签派室更不可能批。

被两双过分灼热的眼睛同时盯上，许知月："……你们干吗？"

"当然是帮我们拍照要签名啊！"

苏娉和杨兮枝异口同声。

许知月有些顶不住她俩的过分热情："我、尽量。"

"月月，我可真嫉妒你，"苏娉拖长声音，幽怨十足，"盛北岑要是扮演机长的话，肯定会挑你做副驾驶配合他吧，那你不是可以近距离跟他接触了，你可太好命了啊。"

杨兮枝也点头："就是，你怎么一点反应都没有？那是盛北岑，是盛北岑啊！你知道盛北岑是我们公司的代言人，你还要跟他一起拍宣传片，就没点什么想法吗？你是不是早知道是他，故意不告诉我们啊！"

"我能有什么想法？我也不知道是他，"许知月左思右想，蹦出一句，"我们公司果然财大气粗，竟然请得起当红明星？这得多少代言费啊？"

苏娉、杨兮枝："你的关注点就这？"

许知月："那不然呢？"

她对什么当红明星不感兴趣。

和苏娉她们分开后，许知月直接上去品牌部的办公室。

这边的人早在等她，一来就把她拉进了化妆室，重金请来的知名化妆师见到许知月眼前一亮："星野航空果然藏龙卧虎，竟然还有这么漂亮的女机师，比那些女明星也不差啊。"

品牌部的经理也在，得意笑道："许副驾是我们公司第一位女飞行员，马上就要聘机长了，今天的宣传片，由许副驾配合我们代言人一起拍驾驶舱内的部分，你看看许副驾这形象，在镜头前不会被比下去吧？"

化妆师竖起大拇指："放心，我保证不会。"

许知月好奇地问了句："代言人真是盛北岑吗？"

"许副驾你难道也是盛北岑的粉丝？"品牌部经理揶揄她，"可不就是他，我可是动用了大关系，好不容易才请到他的，你要真是他粉丝，今天可得把握机会啊。"

许知月笑了笑，没再继续这个话题。

之后她开始上妆，周围人依旧在议论那位即将到来的大明星，许知月心不在焉地听，只盼着今天一天能拍完，别再折腾了。

"稍微抬下头哦。"

化妆师在耳边提醒，许知月抬目望向前方镜子，愣了一下。

化妆师笑问："怎么样？被自己惊艳到了？"

许知月确实有些意外，这个妆容有意加深了她轮廓的立体感，她乍一看到，竟然觉得有几分陌生。

回神她敛下心绪："挺好看的，你继续吧。"

二十分钟后，许知月在众人惊叹声中站起身，看着镜子里的自己，皱了皱眉："不会化得太浓吗？"

"你这妆一点都不浓，"化妆师解释道，"你这是要上镜的妆，不这么化在镜头前就太素了，你底子太好，根本不需要我多费功夫，我不过是帮你加强了面部轮廓线条，突出了五官，这样上镜能把你拍得更漂亮。"

许知月红唇轻抿，她是开飞机的，漂亮不能当饭吃，但听着周围一句接一句夸赞的声音，坦然接受了："多谢。"

化妆室里不断有人进进出出，化好妆的人先出去拍摄，趁着那位大明星没来，他们要先拍宣传照和海报。

机师组这边除了许知月，其他人都是陪衬，男飞简单收拾打理一下就行，女飞的妆容也都不复杂，等到许知月化完妆，便轮到了他们进行拍摄。

为了节省时间，先拍棚内照。

许知月过来时，摄影师还在做准备，顾明泽也在，他的视线落向走进门来的许知月，毫不掩饰眼中的惊艳，嘴角噙上笑："许副驾，真不能给我一个追你的机会吗？"

许知月淡定道："不好意思啊，不能。"

其他人也与许知月说笑了几句，大美人总归走到哪里都是受欢迎的。

之后拍摄工作正式开始，一共要拍三组照片，男女队分开，全组一起，再是许知月单独的宣传照。

顾明泽留下来看许知月拍摄，顺嘴问起品牌部跟来的负责人："为什么不从男队选个人出来跟许副驾一起拍？我觉得我就不错，你们不觉得吗？"

对方笑道："其实我们也觉得顾教员你不错，但公司既然请了代言人，而且要请代言人扮演机长的角色，那就不好太突出其他的机长了，这是总裁亲自首肯的宣传方案，顾教员你理解理解啊。"

"原来是厉总的意思。"顾明泽笑着撇嘴，喝完手中那杯咖啡，转身离开。

许知月这边差不多结束时，听到外边喧哗声，不知谁说了句"盛北岑来了"，闲着没事做的人纷纷去了外头围观。

摄影棚在二楼，许知月出来时，环一楼大堂的弧形走廊扶栏边已三三两两地站了不少人，一个个探头朝下看，还有举着手机录视频、拍照的。

她也走到一侧角落的位置看了眼，管宣传的副总和品牌部经理已将人迎进门，盛北岑被一堆工作人员簇拥着走在最前边，脚步生风，进来大堂便摘了墨镜，正微笑着与副总他们握手。

人长得确实很不错，许知月视力好，虽然站得远，看得却很清楚。

她想起苏婶她们耳提面命地嘱托，也拿出手机，打开摄像模式，对准了一楼大堂里的那位大明星。

"你也追星？"

厉西钊是突然出现的，走近许知月身边，冷淡地向下瞥了眼："你喜欢这样的？"

许知月没理他，又拍了几张照片，放大细看了看："这样的怎么样？他长得多帅啊，性格看着也挺好。"

厉西钊收回的视线落向许知月，眼中似有几分意味深长，又像是嘲弄。

许知月："……你什么意思？"

"没什么意思，"厉西钊移开眼，道，"没看出来，你越活越回去了。"

许知月笑："厉总是在嫉妒别人比你长得帅吗？"

厉西钊没理她，许知月反正从他眼神里看出来了，这位大少爷估计还觉得自己更帅点，根本不认同她的话。

"厉总来这里做什么？我以为你会亲自去迎接人，请他得花不少钱吧？"许知月生硬地转移话题。

厉西钊依旧没作声，目光睨向她，他比许知月高了近一个头，让许知月有种被他鄙视了的错觉。

"妆化得太浓了。"厉西钊道。

许知月眼睫缓缓动了动:"我不觉得,明明挺好看的。"

厉西钊:"自己夸自己好看?"

许知月镇定道:"不是事实吗?"

厉西钊看着她,身体忽然往前倾,他的气息罩过来,高大的身躯随之压下,目光在许知月脸上逡巡,带着几分危险的意味。

许知月一惊,下意识后退了一步,触及厉西钊眼中讥诮,轻咳一声:"大庭广众,厉总注意点吧。"

"注意什么?"厉西钊站直回去,仿佛耍无赖一般,"我不在意别人怎么看,你在意而已。"

许知月想起他那天说的,要告诉全公司人他们从前的关系,他或许真的做得到。

许知月转身就走,厉西钊没再跟着。

品牌部的人正出来到处找她,说一会儿要去模拟机基地拍摄。

"我们先带你去跟盛北岑见个面,还要等他做妆发。"

上楼时,许知月仿佛想到什么,问道:"刚我们拍宣传照的时候,还有其他人在看吗?"

对方道:"没有吧,我没注意。哦,对了,我好像看到总裁的助理了,也可能是看错了。"

厉西钊的助理?

许知月想,难道刚他们拍照的时候,厉西钊也在旁边看?

……这人有意思吗?

许知月被人带去盛北岑的休息室,互相介绍后,正在做妆发的盛北岑站起身,主动与许知月握手:"许副驾,一会儿拍摄时,还请多指教。"

这人脸上带笑态度温和,修养极好,难得的没有一点大明星的架子。

许知月笑伸出手:"多谢信任。"

盛北岑会在这个十分钟不到的宣传短片中扮演星野的机长，许知月以副驾驶的身份配合，星野的空乘、机务、航务和地服人员也将共同出镜。

　　故事情节很简单，万里高空上的生死救援，为突发心脏疾病的旅客争取救命时间，宣传星野生命至上、真情服务的理念。

　　许知月三天前就拿到了剧本，她的作用就是绿叶，衬托盛北岑这个机长的，但全程和盛北岑一起出镜，势必比其他同事更引人注意，关键时刻绝对不能掉链子。

　　驾驶舱内的部分在模拟机中拍摄，开始之前，星野的老教员先给盛北岑做了个二十分钟的简短培训，对这种完全的门外汉来说，所谓的培训，也不过是教他一些操纵飞机时的标准姿势动作，让他能在拍摄时表现得尽量专业，像那么回事，不至于在镜头前露怯。

　　盛北岑学得倒挺认真的，还十分谦虚，不懂便问。

　　许知月在一边看着，便觉这人真不错，苏婳、杨兮枝她俩还挺有眼光。

　　正式开拍前，许知月坐上右座的位置，盛北岑忽然转头冲她笑了一下："许副驾，开飞机我一窍不通，一会儿有做得不到位的，你随时指出。"

　　许知月态度客气："演戏我也一样一窍不通，要演得假了，你也可以随时指出来。"

　　盛北岑弯起唇角："放心，你是本色出演，不会有问题。"

　　因为已临近中午，导演的意思吃饭前只拍起飞这一场戏，对许知月来说确实是本色出演，她只需要配合做标准喊话就行，完全没有难度。

　　盛北岑一开始有些放不开，卡了两次之后找到感觉，操纵油门杆和驾驶盘都挺像模像样，半点不露怯。

　　拍完盛北岑松了口气，笑叹："开飞机果然不容易，我以前也想做飞行员来着，可惜眼睛不行，没能如愿，你一个女生能从事这种工作，真不简单。"

　　许知月也笑："那还好你放弃了，要不我朋友她们就少了个偶像。"

　　盛北岑扬眉，许知月厚着脸皮求："你能帮我签两个名吗？"

吃完饭继续拍摄，盛北岑的行程紧，一天之内必须拍完，许知月跟着他拍了一整天，晚上七点多才收工。盛北岑的团队谢绝了星野这边安排的饭局，要连夜回京市赶通告，走之前，盛北岑独自来飞行部找许知月，给了她三张自己的签名照。

"你两个朋友的，还有一张给你的，"盛北岑笑道，"我知道许副驾你不追星，不过我的签名照，你收着应该也不亏。"

许知月跟他道谢，爽快收下了三张签名照。

盛北岑看着她的动作，忽然问道："许副驾，你父亲是不是许应智上尉？"

许知月一愣："你认识我爸？"

盛北岑点头："认识，我之前说的你可能不信，我以前是真想考飞行员来着，可惜体检没过关，会有这个想法是因为上小学的时候，去空军训练基地参观，见识了你父亲开战机，之后就一直有个飞行梦，所以这次星野跟我谈代言的事情，我才很痛快地接了。"

"之前听说你是星野第一位女机师，我上网查了查你的资料，才知道你是许上尉的女儿。"

"原来是这样，"许知月笑了，"其实你之前那么说，我真以为是客套话，现在倒是信了。"

盛北岑拿出手机："我能加个你的微信吗？没别的意思，就想跟你交个朋友。"

他眼神真诚，许知月不会自恋到以为这位大明星也想追自己，笑盈盈道："我要是说不想，别人肯定会觉得我不识抬举吧，连大明星的微信也不要，我朋友知道了，非得嫉妒死我。"

互相添加微信后，盛北岑眨眨眼，提醒许知月："微信我只给你，不要与别人说。"

许知月："放心，我知道的，你身份特殊，不想把联系方式给别人，我不会说。"

电梯门开时，厉西钊一眼看到门外与人谈笑风生的许知月，是盛北岑按的下行键，所以电梯停在了飞行部这一层。

许知月回头，猝不及防地与厉西钊目光撞上。

电梯里只有厉西钊和他助理，许知月先是惊讶，随即想到今早过来好像看到高层专用电梯在检修，难怪。

许知月与盛北岑走进电梯，厉西钊面色冷淡，仿佛不认识许知月，许知月便也装作不认识他，安静地面向电梯门，等着电梯一层层降下去。

盛北岑更不知道身边站的这位是星野总裁，快到一楼时与许知月说："许副驾，我今晚要赶回京市去，明天还有工作，下次再来临城，我请你吃饭吧。"

许知月："好啊，不过下次你来，我请你。"

电梯门开，靠近门边的盛北岑先走出去，他的工作人员就在外头等。

在许知月也想跨出电梯时，电梯门已先一步在她面前阖上，她诧异回头，厉西钊面无表情站在身后，并未看她，只丢出一句："去楼下。"

助理尴尬道歉："抱歉了，许副驾。"

楼下是地下停车场，电梯门开，许知月却没有出去的意思，重新按了二楼的楼层号，她本就打算送走了盛北岑，就去二楼餐厅吃晚饭。

厉西钊停步在电梯口，冲她示意："出来。"

许知月疲惫地问他："厉总，你到底想做什么？"

厉西钊："这个点公司餐厅里没什么好吃的，跟我去外头吃。"

他们一个在电梯内，一个在电梯外，无声对峙片刻，许知月到底妥协了，走出电梯。上车之后她才发觉自己累了一天，实在又饿又困，正神游天外时，身边人冷不丁地问她："你刚跟那个人在做什么？"

许知月靠进座椅里，幽幽道："你不都看到了，追星。"

至于是帮苏婶她们追星，她觉得没有说得那么明白的必要。

厉西钊："你跟他交换了微信？"

许知月猜想他都看到了，也懒得隐瞒，随意一点头："嗯。"

厉西钊半天憋出一句："混娱乐圈的人乱得很，不适合你，下一次就不是做心理评估那么简单了。"

许知月慢半拍才反应过来他这话的意思，顿时没好气，剜了他一眼："厉总操心太多了，我早说了我没有任何心理问题，我对我自己负责，更会对坐上我开的飞机的所有乘客负责。"

厉西钊："嘴上说没有用，你能做到再说。"

许知月彻底不想搭理他，视线落向窗外，车已经开上了去市区的高速公路，她实在没力气多说，闭目靠向车窗玻璃，没两分钟便睡了过去。

车内开了冷空调，许知月只穿了一件短袖的机师制服，抱着手臂蜷缩在座椅里，睡着时眉头也是微蹙着的。

厉西钊侧目看向她，目光渐深。

他脱下西装外套，轻轻盖到了许知月身上。

车停在餐厅门口时，许知月一个激灵醒过来，厉西钊已推开车门准备下车，西装外套就穿在他身上。

许知月摸了摸手臂，上面还残存着一点温度……她是在做梦？

司机和助理将他们送到，留下车子就离开了，许知月跟着厉西钊走进餐厅，立刻有穿着旗袍的侍应生将他们迎去包厢。

这地方是一间私房菜会所，内里装饰得很有古典韵味，许知月觉得自己穿着一身机师制服来这种地方吃饭，实在格格不入，还不如回家吃泡面呢。

胡思乱想间，她已跟着厉西钊在包厢里坐下了，偌大一张桌子就只有他们两个人，侍应生送来三道不同的餐前茶，温声细语地请他们品尝。

许知月："我只想赶紧吃饭，品茶就不必了吧……"

厉西钊目光瞥向她，许知月："厉总如果是想找人陪你来附庸风雅，你找错人了。"

厉西钊搁下茶杯，吩咐："上菜。"

许知月拿出手机，苏娉和杨兮枝正在微信上对她狂轰乱炸，要她说今天见到盛北岑的所有细节。

许知月回复："我还在公司餐厅吃饭，一会儿还有点事，晚点回去，帮你们拿了签名照。"

之后便彻底无视了满屏幕的"啊啊啊"，没有再回，摁熄了手机屏幕。

抬头时，却见厉西钊正盯着自己，神色不定。

许知月莫名其妙："……做什么？"

厉西钊："你在跟谁发微信？"

许知月当然不会说，厉西钊问这种问题根本毫无立场。

一道道菜送进来，许知月看着满桌丰富精致，还合自己口味的菜肴，终于觉得来这一趟似乎也不错，于是拿起筷子，半点不与厉西钊客气，大快朵颐起来。

大概是饿狠了，她的吃相不怎么斯文，完全视面前男人为无物。

厉西钊吃着东西，不时将目光落向她。

许知月再次抬头时，餐桌转盘带着厉西钊的手机转到了她面前，亮着的屏幕上是他的微信二维码名片。

许知月："……"

厉西钊："添加一下。"

许知月："我不加呢？"

厉西钊沉目："这顿饭钱你付一半。"

许知月看看满桌的高档海鲜，忍了又忍，默默改了主意，拿起手机。

第六章　女机长风波

他盯着许知月的眼睛："你是以什么身份来做这些？仗义执言的公司员工，还是，我这位总裁的旧情人？"

许知月的航线检查那天是周五，是个大晴天。

一早到公司，她先去了飞行部，来来往往的人见到她，纷纷跟她说"加油"。

原本许知月还挺淡定，这么一来反而有些紧张了，航线检查她做过无数次，但这次是放机长，意义总归不一样。

办公室待不下去了，她干脆出门透口气，到饮料机前买了瓶果汁，上了顶楼的天台，走到扶栏边朝外看。

前方的机场跑道上正是忙碌的时候，众多航班排着队起飞降落，秩序井然。

七年前她第一天来星野飞行部报到时，也是在这里，在这座机场旁的最高建筑物楼顶看前方世界，从那天起，她便喜欢上了这个地方。

厉西钊出现时，许知月手中的果汁已快见底。

"航线检查前喝这么多冰果汁，在飞机上要是憋不住想上厕所，或者闹肚子，你打算让检查员替你？"

熟悉的讥诮声音在身后响起，许知月不用回头也知道是谁："你每天跟踪我，有意思吗？"

厉西钊走上前，与许知月同一个角度看向机场跑道，眼前的画面不过是最稀松平常的一幕，许知月却看得入了神。

许知月偏头向他："你怎么知道我在这里？"

厉西钊目视前方微眯起眼，冷淡道："你想太多了，我上来透口气而已。"

不承认算了，许知月继续喝果汁。

厉西钊目光转向她，皱紧了眉头。许知月喝完瓶中最后一口果汁，冲他一笑："多谢厉总关心，现在还早，上飞机前我会去上厕所，就这么一瓶果汁还不至于让我拉肚子。"

厉西钊："你在紧张什么？"

许知月一怔，这人竟然看出了她在紧张？

不等许知月说，厉西钊嗤道："一个转升检查而已，没想到也能难倒你。"

许知月："……你少刺我几句少说点风凉话，我可能还没这么紧张。"

厉西钊："我的错？"

"我要说是呢？"许知月歪了歪头，"要是我航线检查没过，厉总能给我开个后门吗？"

厉西钊盯着她满盛笑意的眼睛，停了两秒，薄唇轻吐出两个字："不能。"

许知月故作遗憾："那算了，又是我自作多情了。"

航线检查没过直接开后门？就算厉西钊是星野总裁，他也不能开这个后门，且正因为他是星野总裁，他更不能随意拿飞行安全开玩笑。

许知月不过是故意用话堵他而已。

当然了，厉西钊要真有那个心，可以提前知会检查员别故意给许知月挑刺，他确实能做到的事情，许知月反而不提。

厉西钊："真没有信心？"

许知月微微摇头："不劳厉总费心了，我肯定能通过。"

中午在公司餐厅吃过饭，她便直接过去飞行准备室，提前在这里等。

检查员是在一点前来的，他是位资深老机长，人很随和，跟许知月师父严卫民颇有交情，先前严卫民已特地打电话叮嘱过许知月，让她放宽心，按照正常水平发挥，一准没问题。

确认放行资料时，检查员忽然笑说了句："许副驾，你知道你今天航线检查，有多少人来帮你提前跟我打招呼吗？"

许知月笑道："您按正常程序办事就行，那些不必太放在心上了，我也相信我的实力，不需要那些特殊关照，肯定不会有问题。"

检查员扬了扬眉："那我就等着看许副驾的表现了。"

许知月放松下来，又顺嘴问了句："所以到底有多少人？"

"你不知道自己人缘很好？除了你师父，顾教员，还有……"

检查员一阵笑，语气一顿："还有哪位我就不说了，也不好说。"

许知月已经知道了，还有厉西钊。

她轻吸了一口气，摒去杂念："多谢。"

关手机之前，有新的微信消息进来，是那个自从加上了就一直安静地躺在列表中的号。

厉西钊："能过最好，过不了还有下一次，想开点。"

这人大概是在表达关心，但语气别扭，许知月看着几乎要气笑了，回复："放心，我不会给你机会再让我去做心理评估。"

航班起飞时间是两点半，四点半到江城，停留两小时，再返回临城。

航线检查一般都是一天之内飞两段，许知月这条航线好飞，唯一返程降落的时候是夜晚，算是个挑战。

上机之后她反而异常平静下来，不慌不乱地完成着起飞前的各项检查清单。

得到起飞许可后，许知月调整呼吸，手握住油门杆，从容推向前。

厉西钊下午一直在开会，听各个部门做月中工作汇报，少予置评。

下头这些人已经习惯了这位新总裁的作风，并不觉得奇怪，唯有坐在一边旁听的助理见他几次看手表，猜到他其实心神不宁。

快五点时，厉西钊拿起手机，划开微信，长时间地停留在同一个对话框界面上，最后又点击了退出。

采购部的经理已经说了半小时，在总结之前航展上，他们与几间供应商和服务商新签订的合同，厉西钊忽然出声："从下个季度起，增设地面员工班车，采购部去做个招标方案，尽快选定能提供服务的车辆运输公司，人事部跟进一下。"

采购部经理甚至愣了一下才反应过来，没想到厉西钊怎么就把话题从航空采购转到了员工福利上了，人事部的负责人则忙不迭应下，这事早有员工反映了，上班不方便，想要公司开通员工班车，偏偏这点小事，他们之前申请了几次，前任总裁那里都没批，说地铁和机场公交四通八达，不必多此一举。

没想到厉西钊今天竟然主动提了，这位新总裁虽然看着高冷，其实还挺有人情味的！

厉西钊的助理默默摸了下鼻子，厉西钊前几天突然问起他，兰欣苑那边到公司是不是很不方便，那当然也不是，毕竟只有三公里路，但公交确实就那一趟，班次也不算多，他如实回答了，然后便有了今天的事情。

至于厉西钊心血来潮问起这事的原因，大概是前一晚和许副驾吃饭时，许副驾说起过吧，助理想着，总裁来公司第一天就看过许副驾的人事档案，知道那位住在兰欣苑。

确实是许知月与厉西钊说的，顺嘴一句抱怨，她自己说过便忘了。

但厉西钊记下了。

厉西钊在公司吃了晚饭，回去办公室。

助理看一眼他在办公桌后坐定不动的样子，心知今天也不能准时下班了。

许副驾没回来，他们谁都别想走。

八点半，厉西钊拉开办公室落地窗的窗帘。

前方机场跑道上有星星点点的斑驳光亮，钢铁巨物闪动着明亮的着陆灯划破阒寂夜幕，逆风而来，终平稳降落。

机身上的繁星标志在灯光中若隐若现，是星野的飞机。

厉西钊看一眼手表，八点三十二分，是许知月那班。

二十分钟后，助理匆匆进来，脸色不太好看："厉总……许副驾的航线检查没过。"

厉西钊抬目，眼神凌厉："为什么？"

助理道："听说是飞错了进场航道，不是许副驾的问题，是进近管制员报错了进场点位，幸好机组机警，对照航图发现了不对，及时跟管制确认，调整了航向，没有造成严重后果，但是这样，许副驾的航线检查也肯定过不了了。"

厉西钊的眉头越皱越紧，飞错进场航道是严重不安全事件，若是恰巧另一个航道有别的航班进出场，后果不堪设想。

出了这种事，民航分局那边也会过问，他们公司内部不可能不处理，即便锅是进近管制的，机组全然无辜，但摊上了只能自认倒霉，许知月这个航线检查，无论如何是不能过了。

助理："刚安监部已经通知了许副驾和跟机检查员，要他们明早来公司问询，这是一定会走的程序。"

厉西钊疲惫地揉了揉眉骨，沉声道："正常程序，不必管了。"

他问："她现在人在哪里？"

车回到公司门口，检查员安慰了许知月两句，先走了。

许知月下车时打了个喷嚏，怀疑自己是不是感冒了。

抬眼却见某人站在前方公司大门边的灯光亮处，又似被外头的沉沉夜色笼罩，光暗交错，莫名给人一种不真实之感。

许知月恍惚了一瞬，厉西钊已朝着她走来。

触及他深邃眼眸中的光亮，许知月一阵讪然："厉总是来嘲笑我的吗？被你的乌鸦嘴说中了。"

厉西钊面无表情："你运气真差。"

许知月张了张嘴，哑然无语，竟然真是来嘲笑她的，有没有点同理心啊？

厉西钊："晚饭吃了没有？要不要去吃宵夜？"

许知月犹豫了一下："你请客吗？"

"嗯，"厉西钊，"去不去？"

十分钟后，厉西钊的车自地下停车场开出，许知月去拉后座的门，驾驶座上的厉西钊落下车窗："坐副驾驶。"

许知月："不想坐。"

飞机上是副驾驶转不了正，坐车还得坐副驾，兆头忒不好了。

厉西钊冷目向她："你当我是你司机？"

许知月哽住了。

狗男人，狗嘴里吐不出一句好听的。她绕到副驾驶位上，用力拉开车门。

厉西钊说宵夜，带许知月去的地方，却是浅苑公馆。

浅苑公馆是临城国际机场附近最贵的一个楼盘，距离机场七公里，厉西钊就住这里。

独栋的别墅，只有厉西钊一个人独居。

许知月和厉西钊都是沪市人，厉家的本部和集团在沪市，星野航空只是厉家产业版图里不甚重要的一块，许知月之前就听苏婷她们议论过，厉西钊这位太子爷不留在沪市本部，跑来临城这里，要么是想不开，要么就是被排挤来的。

"当然了，我现在猜太子爷是来千里追爱的吧。"

在知道许知月和厉西钊曾经的关系后，苏婷这么揶揄过她。

当时许知月沉默了一下，回了句"临城离沪市没有千里"，把苏婷气得差点翻白眼。

也确实没有，临城与沪市间的直线距两百公里，开车过去两个多小时就到了。

车开进小区大门，许知月已经猜到这是厉西钊的住处，问他："你带我来这里？不是去吃宵夜吗？”

"这个点你难道想去市区吃？"厉西钊无所谓道，"你要是想，我们就去。"

许知月："我不想。"她更想回家去睡觉，先前鬼迷心窍上了厉西钊的车，刚出机场她就后悔了，航线检查挂了，她只想回去洗个澡闷头睡大觉，忘了这回事。

"……为什么要来你家吃宵夜？"

厉西钊侧目瞥了她一眼："我家又怎么样？你在担心什么？"

许知月从他的眼神中看出了鄙夷的意思，心下一顿，没好气道："我担心你家里根本没吃的，宵夜，你做还是我做？"

厉西钊这个大少爷她是知道的，别说做饭了，他连泡个泡面都能半生不熟。

厉西钊没再理她，车已开进了别墅停车库。

进门时，许知月随口问了句："厉总，你带多少女员工来过这里？"

厉西钊手停在指纹锁上，两秒后收回，回头看向嘴角噙着笑的许知月。

门下的灯已经亮了，映着厉西钊看过来的沉沉目光，许知月蓦地一愣。

她不自在地移开眼："……我什么都没问过，你不用说了。"

厉西钊一声不吭，推开了家门。

别墅里的灯自动亮起，许知月转着眼睛四处看了看，腹诽了一句"资本家"，一个人住这么大的别墅，真够奢侈的！

厉西钊去水吧冲咖啡，漫不经心地提醒还站在玄关的许知月："站那里仇富扎小人也没用，投胎靠命。"

许知月怀疑这个混蛋是不是属虫的，还是她肚子里的那条，大步走过去。

厉西钊将冲好的咖啡递给她，许知月嫌弃道："我不喝，喝了晚上睡不着，厉总说的宵夜，不会就只有咖啡吧？"

厉西钊："你会失眠？"

"不会啊，"许知月立刻澄清，生怕厉西钊又怀疑她的生理健康，"喝了咖啡睡不着不是很正常？"

"睡眠不好以后晚上早点睡，记住你的工作性质。"厉西钊淡道。

许知月无话可说，她可能跟厉西钊话不投机半句多。

厉西钊已脱下西装外套，将衬衣袖子往上卷起两圈，露出一截结实的小臂，去了旁边的开放式厨房里。

许知月跟过去，见他开了冰箱，正在往外拿食材，目露惊奇："……你真能做？"

"比萨、烤鸡、意面，想吃什么？"厉西钊问。

许知月："原来都是这些快餐啊，放微波炉、烤箱里叮一下就行的东西，那谁不会，你不能做点别的？"

她似笑非笑，摆明了刁难厉西钊。

厉西钊偏头想了想，说："炒饭吧。"

他从冰箱里拿出的食材换了几样，鸡蛋、酱牛肉、火腿、胡萝卜、玉米、青豆、蔬菜包，该切的切，该洗的洗，打蛋的动作也格外熟练，电饭煲里很快煮上了米饭。

许知月看得目瞪口呆，他竟然真的会？

"你以前……不是连泡面都不知道拿热水泡的人吗？"许知月不可置信地问。

厉西钊不咸不淡地接了句："你也说了，是以前。"

许知月瞬间哑然。

以前是以前，他们十余年未见，她哪里来的自信笃定自己很了解厉西钊。

这个人早跟十年前不一样了。

厉西钊将鸡蛋打好，抬目看向神情略微讪讪的许知月，解释了一句："我在欧洲念了几年书，偶尔自己做饭，那时学的。"

许知月："……哦。"

她也是才知道，厉西钊去过欧洲留学。其实也不奇怪，她当年跟着妈妈改嫁去澳大利亚，一开始跟厉西钊还维持着联系，之后她考上航校，全部心思都放在了学业上，与厉西钊联系的时间少了很多。那时她学业压力大，和妈妈之间又生了埋怨，没有能倾诉的人，厉西钊少爷脾气，太过自我，他们两个人嘴都倔，沟通不善经常吵架，她身心俱疲，最终跟厉西钊提了分手。

那是厉西钊唯一一次失态，先是放狠话让她以后不要后悔，后面终于低头，哭着求她别放弃，说毕了业就来澳大利亚陪她，她拒绝了，坚决地跟厉西钊分了手。

许知月不知道自己有没有后悔，至少当初提分手时，她没有犹豫，后来回国工作，这些年就算偶尔想起当年那个人，也只是想想而已。

要不是厉西钊突然成为星野总裁，她与厉西钊，可能这辈子都不会再有交集。

"你在想什么？"

厉西钊冷不丁问道，声音拉回了许知月的思绪，许知月尴尬一笑："没什么。"

饭还没煮熟，厉西钊的准备工作已经做完，他倚在料理台边，看许知月的眼神里多了点东西："许知月，你在心虚什么？"

许知月："……你哪只眼睛看出我心虚了？"

沉默对视几秒，厉西钊忽然往前一步，许知月下意识后退，身体抵上了旁边的料理台。

厉西钊的气息欺近，视线交错，仿佛在逼视她，让许知月莫名觉得压力重重。

"你能不能注意点？"

"你两只眼睛里都透着心虚。"

同时说完，许知月立刻闭嘴，厉西钊嗤笑："你果然在心虚。"

许知月皱眉："你到底想说什么？"

厉西钊提醒她："你欠了我。"

许知月忍耐道："没有，如果你是说我当年甩了你就是欠了你，那我欠的人可太多了，我甩了你，你该从你自己身上找原因，过了十年再来讨这笔所谓的债，只会显得你没风度。"

"你还欠过几个人？"厉西钏十分会抓重点，微眯起眼，语气中的情绪难辨。

许知月："我不需要跟你交代吧？"

她是骗人的，除了厉西钏和刘骁，她没交过其他男朋友，追她的人虽然多，她的感情经历却实在乏善可陈。

许知月还是决定把话说清楚："厉西钏，十年前的事情，现在说谁对谁错也没意思了，你要是觉得我伤害了你，我跟你说对不起，当年我年纪小，不太会处理感情问题，不够迂回婉转，伤了你的心，就算是我的错吧，这都过了十年了，你再要跟我讨债是不是太没意思了点？你一个大男人，心眼不能这么小吧？"

许知月的语气既困扰又无奈，厉西钏始终盯着她的眼睛："你终于肯叫我名字了？"

许知月："……"

你的重点就只有这个吗？

许知月气到了，手机铃声适时响起，打破了尴尬气氛，厉西钏转身去盛饭，许知月气呼呼地接通电话。

是严卫民打来的，问她今天航线检查的具体情况，许知月大致说了一遍："就是这样，检查员也很想给我通过，但是没办法，只能等下个月再做一次了。"

那边严卫民唉声叹气，比他自己检查挂了还难过些，许知月不得不反过来安慰他："师父算了，还有三次机会呢，总能过的。"

严卫民："什么三次，下次一定过！"

许知月只能顺着他的话说："好、好，我保证，下次肯定过。"

她哄了严卫民几句，挂断电话时，厉西钏已经在给热锅添油，开始炒饭。

在旁看了一阵，许知月感叹道："你要是早有这么贤惠，我当初也不会甩了你。"

厉西钊偏头冷冷瞥向她,许知月厚着脸皮冲他一笑,转身去了餐厅等。

厉西钊端着餐盘过来时,许知月正凑到酒柜前,像在看什么东西。

她对酒没兴趣,看的是随手搁在酒柜上的一个钥匙扣。

一开始许知月以为自己看错了,拿过来仔细瞧了瞧才确定,确实是航展上卖的,据说成本价只要两块钱的战机模型钥匙扣。

跟她买的那个一模一样。

"这个东西,"许知月回头问身后人,"你不是看不上吗?"

厉西钊冷漠脸:"不是我的。"

许知月:"那这是谁的?"

厉西钊:"不知道,可能刘助落在这里的。"

厉西钊将两盘炒饭放下,丢下句"要吃东西过来",不再理她。

许知月笑了笑,将钥匙扣搁回原位。

厉西钊这人,装模作样、口是心非的本事,依旧十年如一日,一点都没变。

厉西钊的手艺竟然很不错。

许知月原本没什么胃口,后面不知不觉把大半盘炒饭吃完了,还吃撑了。

"今晚多谢了,还要麻烦厉总屈尊,再送我回去。"许知月吃饱了便想跑。

厉西钊在她的笑眼中沉默两秒,放了筷子起身:"走吧。"

车回到兰欣苑,许知月已经在车中睡着了,厉西钊熄了火,偏头看过去,视线在许知月侧脸上停了片刻。

他调低了车内冷空调的风速,没有叫醒许知月。

许知月睁开眼时,已经快十二点,她还在车里,身边厉西钊低头默不作声地在看手机,听到动静才转目看向她。

许知月看了眼手表: "……都这么晚了? 你怎么不叫醒我? "

厉西钊: "你睡得太死了, 叫不醒。"

许知月: "……? "她怎么不信呢, 他又在胡说八道了。

解了安全带, 许知月推开车门就想走, 左手腕忽然被身边人用力扣住, 攥坐回了座椅上。

她惊讶转头: "你干什么? "

厉西钊提醒她: "明天去安监部走一趟, 之后放你几天假, 好好休息吧, 别想东想西的。"

许知月抽回手, 没好气: "那我谢谢你了。"

厉西钊: "进了家门给我发条微信。"

许知月: "不用了吧……"

"行吧, 我发就是了。"她明智地改了口, 否则厉西钊大概会坚持跟着她上楼。下车之前, 许知月犹豫多问了句: "我先前跟你说的, 你有没有听明白? "

厉西钊看着她, 神色不动。

许知月无奈地道: "你别装傻啊, 十年前的事情, 别一直这么计较了吧! 你不尴尬我尴尬啊, 可以吗? "

厉西钊: "不可以。"

许知月: "……"

许知月无话可说, 她吃饱了撑的费这工夫对牛弹琴, 干脆下车, 用力带上了车门。

第二天一早, 许知月准时去公司安监部报到。这事责任全在管制, 还是机组先发现了问题, 许知月实在冤枉, 但例行的程序还是得走。她把昨天航班着陆的详细经过交代清楚, 这个问询也只是走个过场而已, 航线检查已经挂了, 不会再有额外的处罚, 但大概之后飞行部又要集体加强安全意识培训了, 总归是麻烦。

从安监部出来, 许知月回去了一趟飞行部。

厉西钊果然让人安排了给她放几天假，她这段时间为了航线检查，神经确实绷得有些紧，现在可以稍微放松下也好。

许知月看看时间已经是中午，又去公司餐厅吃了个饭，吃完打算走人时，收到顾明泽的微信。

"你师父出事了。"

许知月匆匆回到飞行部，顾明泽正在这等她，将许知月拦住："他现在人在总经理办公室，你先别过去。"

许知月着急问："我师父怎么了？"

顾明泽撇嘴："有两个副驾驶来告他的状，说他出手打人，还好不是执飞的时候，要不麻烦大了。"

他话刚落下，斜前方飞行部总经理办公室的门恰巧开了，出来的是那两个来告状的副驾驶，人都是许知月认识的，一个和她级别一样，也在排队等着转升机长，另一个是F4级副驾驶。

认识归认识，许知月跟他们不熟，但一个公司共事这么多年，一起也飞过不少次。

许知月看向他们，其中一人嘴角青了一块，倒是没有别的伤。

对上她目光时，那俩人略显心虚，一句话未说，大步离开。

许知月的视线落向总经理办公室，半掩的门内能看到严卫民的背影，正激动在说着什么，许知月隐约听到自己的名字，不由得蹙眉。

顾明泽小声示意她："我们出去说。"

他俩去走廊外头的楼梯间，许知月问："到底怎么回事？"

顾明泽："我也是刚来的时候听人说的，应该是那两个副驾驶背后议论你，被你师父听到了，你师父那个暴脾气你是知道的，就把人揍了。"

许知月眉头拧得愈紧，更加担忧。

顾明泽："我看那两个人也没怎么样，也不知道怎么想的，你师父好歹是副总飞行师，年纪大他们两轮有余，他们竟然大张旗鼓地跑来告状，小学生吗？事情闹大了对他们自己有什么好处？"

事情便如顾明泽所言，严卫民确实揍了那两个人，他一早特地来公司，原本是担心许知月被安监部那帮人刁难，哪知道一来就听到那俩躲厕所里抽烟，正议论许知月。

说话的那个吞云吐雾，笑声轻蔑："那个花瓶的航线检查果然没过，难为领导特地给她插队，就为了赶在周年庆宣传她这个女机长，结果，呵呵。"

另一个附和："可不是，我早说了，女人开什么飞机，拍拍照、拍拍宣传片差不多得了，我看她还不如趁着脸还能看，学学那些空姐，赶紧钓个有钱人，回家去结婚生孩子算了。"

俩人肆无忌惮地诋毁许知月，他们跟许知月同一批进公司，这些年转升始终比许知月慢一步，处处不如她，一直憋着口恶气。

之后就是严卫民上去喝骂他们，然后一言不合动了手。

顾明泽见许知月忧心忡忡，安慰她："你师父跟总经理关系应该不错吧，估计没什么大事。"

许知月没吭声，她隐约觉得，这事不会这么简单。

顾明泽还要执飞，说了几句先走了，许知月一直等到她师父出来。

严卫民脸色难看，但许知月问时又说没什么，让她别管。

许知月也生了气："师父，你为了我打人，我想问清楚到底怎么回事也不行吗？"

严卫民只得讪讪地说了实话："那两个小子，我还揍轻了他们，自己没本事，就会背后阴阳怪气地说闲话。"

许知月问："总经理怎么说？"

说到这个，严卫民更没好气："老彭也知道那两个小子不是东西，本来嘴上批评我几句算了，结果孙彬那个孙子打电话来，也不知道他消息怎么听说得这么快，说什么最近总裁在严抓各部门纪律问题，非要我写检讨，还要在会上做自我批评，扣工资，在检讨做完前都不能飞。"

严卫民骂了一句国骂："那个孙子就是借题发挥，故意跟我过不去。"

他说的孙彬，是分管运行控制的副总裁，跟严卫民确实早有恩怨。

许知月心思一沉，丢给严卫民一句"师父，我有事先离开一趟"，转身往电梯间跑去。

她去的楼层，是顶层的总裁办公室。

总裁办的秘书助理们惊讶地看着突然出现的许知月，不待她开口解释，厉西钊那位刘助匆匆过来："许副驾，你是来找厉总的吗？出了什么事？"

许知月直接问道："他在不在？"

得到肯定答案，许知月道："麻烦你去通报一声，我有话想跟他说。"

五分钟后，许知月被助理迎进厉西钊办公室，助理很体贴地帮他们带上门离开。

厉西钊正在看文件，平静抬了眼："有事？"

许知月大步上前，到他办公桌前："我师父被运行副总要求停飞，还要上会公开做检讨，会不会影响他之后升总飞行师？"

厉西钊面色沉沉，拿起办公桌上的电话机，打了个内线电话出去。

几分钟后，他问明事情原委，挂断电话，回答许知月："他打了人，按照公司纪律制度，停飞、公开检讨、扣工资都是正常处置流程，至于你说的升迁问题，是另一回事，公司会综合考虑，但我还是那句话，严教员的个性，不适合这个位置。"

许知月焦急道："是那两名副驾驶议论是非在先，我师父气不过才打人，他这次是冲动了，但他在公司这么多年，也是第一次做这种事，不必因此就否定他吧？不能再给他一次机会吗？

"而且你不觉得奇怪吗？这事怎么这么快就捅到了运行副总那里？是谁告诉他的？孙副总跟我师父向来不对付，跟我师父争总飞行师位置的齐教员是孙副总的嫡系，甚至被打的其中一个副驾驶还是齐教员的徒弟，他们分明是要借题发挥，先背后说我挑起是非的也是他们……"

"许知月，没有根据的事情不要胡乱猜测。"厉西钊冷声打断她。

许知月反问："厉总，我的猜测是毫无根据吗？"她眼中写满倔强，坚持自己的看法。

这么简单的钩心斗角，顾明泽那个才进公司半年多的机队长或许不清楚内情，但厉西钊这位能在短时间内将星野完全掌控住的新总裁，她不信他不知道。

厉西钊："那又如何，是你师父自己太冲动了，被人抓住了把柄。"

许知月还要再说，厉西钊问她："许知月，你贸然跑来这里，是为的什么？告别人的状？帮你师父说情？要我不顾公司规矩，帮你师父出面做主吗？"

他盯着许知月的眼睛："你是以什么身份来做这些？仗义执言的公司员工，还是，我这位总裁的旧情人？"

许知月被他问住了。

如果坐在这里的人不是厉西钊，她不可能来。

她会头脑发热地这样跑来总裁办公室，无非是跟厉西钊说的一样，自以为他们关系不同。许知月瞬间冷静下来，快速说了句"抱歉，我打扰你工作了"，转身大步而去。

人走之后，厉西钊静坐片刻，再次打内线电话出去："叫孙副总过来。"

第七章　有惊无险

那天她在众目睽睽之下闯进总裁办，那么多双眼睛看到，她没指望谁都不出去八卦，没想到顾明泽这么快就听说了。

但真的是厉西钊？厉西钊当时不是拒绝了她？

许知月回到飞行部时，严卫民还在这里等她。

"你师父我没什么事，你也别一惊一乍的多做什么了，算了吧，就当我俩最近都倒霉。"

严卫民反过来安慰许知月，一脸不在乎。

许知月问他："师父你这么冲动做什么？你还想不想当总飞行师了？"

严卫民叹气："真升不了还能怎么着？怪我运气不好，大不了提前退休就是。"

"你没退休还有人背后议论我呢，你真退休了丢下我一个人吗？"许知月故意激他，"师父你就这点志气？"

严卫民两手一摊："你师父我就是没志气，才会被孙彬那小子踩在脚下。你努力给师父争口气吧，师父坐不上总飞行师的位置，没准以后你能呢？"

许知月无话可说，再说下去就是揭她师父的伤心事了。

严卫民比孙副总还早进星野，他升机长的时候那位孙副总还是刚下机队的学员，但严卫民死心眼、直脾气，不懂职场上那些弯弯绕绕的事情，更不擅长搞人情关系那一套，以至于后来者居上，他如今能混上副总飞行师，全靠技术硬、资历深，徒子徒孙帮衬。但就是这样，他这个副总飞行师也不过挂个名头，依旧专注于飞行本职，行政工作他是一概不做的，也做不来。

许知月知道她师父五十多岁的人了，大半辈子性格都这样，改也是不可能改的，多说无益。

算了。

严卫民好奇地问了句："刚才你赶着去哪了？我还担心你去找那两个小子对质，你可千万别做这种傻事，一个女孩子别在他们手里吃亏了。"

许知月："师父你想多了，我吃饱了撑的才会去找他们对质。"

严卫民不信："那你刚刚去哪了？"

许知月："……自以为是地做了件蠢事，别提了。"

之后几天，许知月虽然休假，但依旧每天都去公司参加安全培训。

不光是她，所有没有执飞任务的飞行员和乘务，不论级别，全部被要求准时到场，无故不能缺席。

大家一时间怨声载道，但培训文件是总裁办直接下的，谁不满都没用。

第三天下午的最后一场安全培训结束时，运行副总孙彬现身，在会议室前排位置坐下，立刻便有老教员问他："孙总，您怎么也亲自来了？"

孙彬干笑："我要是不来，怎么能知道你们有些小年轻心浮气躁、心思不正，个人素质堪忧？"

他说的竟不是严卫民，反而暗指那两个先口无遮拦的副驾驶。

其实是那天厉西钊将他叫去，不咸不淡地提醒他，抓不好部下纪律，整顿不了手下人钩心斗角的不正之风，就退位让贤。

所以这么一出闹剧到最后，反倒把他给架到了火上烤。

飞行部总经理上台接过话筒，继续开会。

"机组人员自身的品格素质，也与飞行安全密切相关……"

众人一听就都明白了，这个延长会议是为了之前严卫民跟那两个副驾驶打架的事情，总裁办最近刚下了文要求各部门整顿纪律作风，他们是刚巧撞到了枪口上。

有孙彬在，一时间也没人敢交头接耳。

台上的总经理说完话，接着是严卫民等人轮流上台做自我检讨。

严卫民一把年纪，还是副总机师，这样当众做检讨，面子里子丢了个干净，所有人都以为他会气不顺，甚至再找事。严卫民确实气不顺，但他没有找事，反正已经打定主意升不上去就申请提前退休，他反而淡定地念完自己写的公式化检讨。

许知月听得无奈，心知因为事情牵扯到她，严卫民大约怕影响她的名誉，要不然她师父可能宁愿现在就卷铺盖走人，也不会做这个检讨。

顾明泽就坐在她身边，忽然笑了声，压下声音："你师父还挺有意思的，孙副总坐台下快气死了。"

许知月："你别看我师父笑话了。"

顾明泽不以为然："今天被人看笑话的，可不是你师父。"

严卫民之后，轮到那两个副驾驶。

这俩人一个比一个脸色更难看，被严卫民揍了的是他们，做检讨还有他们的份儿。更让人费解的是，对他们的处罚竟然比严卫民还重，不但停飞、扣工资、做检讨，还被要求延后一年才能申请转升。

连孙副总都转了态度，开会之前就已叫上他们和他们师父一起教训过，骂他们窝囊废，兴风作浪，无事生非，给他找麻烦。

还有严卫民，先前进门时逮着他们，明说了让他俩以后别落他手里，只要是他经手的检查考核，这辈子都不会让他们通过。

当真是流年不利。

顾明泽："前两天我听人八卦了你师父和孙副总之间的恩怨，这次本来是孙副总打压你师父的大好机会，他为什么突然变了态度？"

许知月不解地看向他："为什么？"

顾明泽还是笑："许副驾，你问我啊？那天你去找谁帮你师父说了情？"

许知月："……你消息怎么这么灵通？"

那天她在众目睽睽之下闯进总裁办，那么多双眼睛看到，她没指望谁都不出去八卦，没想到顾明泽这么快就听说了。

但真的是厉西钊？厉西钊当时不是拒绝了她？

开完会，许知月去买了两瓶饮料，去顶楼天台。

微信发出去，十分钟后，厉西钊出现，冷淡如常："有事？"

许知月："那两个跟我师父打架的副驾驶也被严惩了，是你交代孙副总的？"

"公司纪律守则摆在那里，我只是让他们按规矩办事，"厉西钊道，"不要自作多情。"

许知月忍笑："我什么时候自作多情了？我说了什么吗？"

厉西钊面无表情地移开眼。

许知月把手里的饮料递过去："请你喝的，多谢。"

厉西钊嫌弃道："不必了，我不喝这个。"

许知月直接把饮料塞到他手中："喝就喝呗，你以前不是最喜欢喝这个牌子的饮料？我知道你肯定又要说以前是以前，但口味再怎么变，也不可能以前喜欢，现在难以下咽吧。"

厉西钊："谁说不能？"

许知月挑眉："可能吗？"

厉西钊盯着她盛了怀疑的眼睛，一句话没说，转开眼，拧开瓶盖慢慢喝了一口。

当然是可能的，至少许知月就让他如鲠在喉，怎么做都觉得不对。

放下饮料瓶时，厉西钊的视线重新落到许知月身上："想说谢，一瓶饮料就打发了，你的诚意就这么点？"

许知月："那厉总你要我怎么谢你？"

厉西钊："请我吃饭，你做。"

厉西钊开了口，主动把人叫上来的许知月也不好拒绝："我家里不方便，苏婶，我是说我室友，她傍晚回来……"

厉西钊："我见不得人吗？"

"你要是想去就去吧，"许知月放弃挣扎，"我别的不会做，请你吃火锅好了。"

厉西钊难得提早下班，才四点不到直接走人，整个总裁办都洋溢着欢乐的气息。

许知月在地下停车场等他，厉西钊下来见到人，问："为什么不在公司门口等我把车开出去？"

许知月笑："那怎么好意思让厉总多绕弯路？"

其实是这会儿青天白日，公司门口人来人往，她不想被人瞧见上了厉西钊的车。厉西钊一哂，没有揭穿她。

在车上许知月收到苏婷的微信，问她晚上吃什么，要不要叫外卖。

许知月回复："吃火锅，现在去买，还有个客人一起。"

苏婷："谁？"

许知月："厉总。"

苏婷："……"

苏婷："打扰了，再见。"

回兰欣苑之前，厉西钊先开车去了附近的一个超市，进门就碰上了三拨认识许知月的公司同事。

厉西钊来公司几个月，公司员工基本都已认得他的脸。

在那些人跟许知月打招呼时，厉西钊就在一旁淡定地挑菜，半点不在意别人时不时的偷瞄。

面对同事意味深长的目光，许知月面上若无其事，其实尴尬得头皮都在发麻……这么点大的超市，平常没见几个人，今天怎么这么多人来逛？都不用上班的吗？

她忽然怀疑，厉西钊坚持要来兰欣苑的动机，到底是什么？

毕竟这地方，住的基本是在星野和机场上班的人。

"你在担心什么？"

厉西钊还在大冰柜里挑羊肉卷，并没看她："被人看到我们单独出来，就这么不自在？"

许知月拒不承认："我有什么好不自在的？我担心碍着厉总你找女朋友。"

厉西钊将羊肉卷扔进推车里，回头睨了她一眼："你很关心我找不找女朋友？"

许知月："厉总忘了自己的无赖要求吗？"

"我交女朋友之前，你不许谈恋爱。"厉西钊亲口说的。

厉西钊难得笑了，唇角上扬，虽然看着像又在嘲讽她："既然是无赖要求，你能做到？"

许知月拒绝："做不到。"

厉西钊微眯起眼，语气中带着警告："你可以试试。"

许知月没兴趣再跟他说，转身去了前边冰柜拿饮料。

她就算哪天真的再交个男朋友，厉西钊能拿她怎么样？

第八章　成为女机长

她看到厉西钊站起身，一步一步走上台，走向她。

在总飞行师宣读聘任机长文件时，运行副总为他们授予了机长肩章。

唯独轮到许知月时，是厉西钊亲手拿起那四道杠的肩章，帮她戴到了制服肩膀上。

许知月的第二次航线检查安排在一个月之后，飞西南滇城，依旧是下午去，晚上回。

做起飞检查时，许知月爱怜地摸了摸面前的仪表盘，神情虔诚。检查员见状笑问她："怎么，担心？"

"没有，"许知月收回手，"我对自己有信心，就希望这次运气能好点。"

检查员："确实，我也希望这次能一切顺利。"

得到起飞许可，执行标准起飞离场程序，在飞机爬升的过程中许知月一直很放松，直到听到舱外隐约传来连续两声闷响。

她秀气的眉微微蹙起，身旁检查员已问出口："你刚刚听到什么声音没有？"

"听到了，"许知月肯定道，"应该是鸟击，位置大约在机头下方。"

她的判断和检查员一样，这个声音听着确实像是鸟击。

许知月没忘了现在是她在做航线检查，她是机长的身份，该由她做指示："联系一下塔台，报告情况。"

检查员按照她说的做了，将他们的高度、飞行阶段和被鸟击的具体情况详细跟塔台说明："不是鸟群，应该就是一只小鸟，问题不大。"

"不是一只鸟，"许知月纠正他，"我听到了两声，至少有两只。"

检查员诧异地看向她："你确定？"

他只听到了一声，许知月却说是两声。

如果仅仅是一只小型鸟击中飞机无关紧要的位置，一般而言没什么影响，完全可以继续飞，但若是一群鸟，性质便不一样了。

许知月轻抿起唇，两秒钟后回答他："肯定，另一声是在左后方，可能是发动机的位置。"

检查员立刻去看发动机指示，没有任何异常。

他不由得怀疑："你是不是听错了？"

许知月坚持："我确实听到了，没有错。"

塔台问他们是继续离场还是返航，检查员没再吭声，耐心等着许知月做决定。

许知月道："跟乘务长说一声，让她从客舱观察一下发动机的情况。"

检查员用客舱内话联系了乘务组，挂断时他突然骂了一声，许知月的眼中也露出惊讶。只见前方大片"黑云"压下，密密麻麻的鸟群冲向他们，不断撞击在机体上，一声接着一声的闷响持续了足足七八秒。

待到"黑云"散去，飞机前风挡玻璃上已是血迹斑斑，左下角的位置赫然出现了一大块蛛网裂纹。

检查员倒吸了口冷气，许知月神色冷峻，紧抿唇角，飞机尚在爬升阶段，她手握操纵杆，丁点儿不敢放松。

乘务组那边很快回复，她们把两边的发动机都仔细看过了，没发现有什么问题，但确实有乘客反映，刚才也听到了发动机旁边撞击的响声。

许知月快速地扫了眼仪表盘，发动机指示依旧正常，算是不幸中的万幸了。

这会儿她也没工夫考虑自己还在做航线检查，返航一耽搁可能今天检查会做不完，且回去还得再次接受问询，这些都是其次。

她不再犹豫，示意检查员："联系塔台，申请放油返航吧。"

下机后，许知月特地绕去机头看了看，从外边看风挡玻璃更惨不忍睹。

检查员跟过来："去看看发动机？"

他们来到左侧发动机边，确实如许知月所言，边缘位置能看到一点血迹，仅从外观上看，引擎应该是完好的，或许那鸟没被吸进去，只拍在了发动机外侧。

检查员感叹："我果然老了，不如你们年轻人耳聪目明。"

许知月苦笑："我怀疑我可能需要去找间庙拜一拜。"

检查员安慰她："别这么快灰心，还有机会的，来得及。"

换机执飞，再次起飞已经是两个小时以后。

许知月很快调整了心态，因为返航耽搁了时间，她来回两段的间隔时间很短，只要再出点什么问题就无法正常衔接，不过确实还有机会，现在放弃还太早了。

这次顺利离场进入巡航状态后，身边检查员忽然问她："如果刚才那只鸟真被吸进了发动机里面，你打算怎么办？"

这个问题几乎没有难度，身为一名合格的飞行员，许知月还没下机队时，就在模拟机里处置过这类特情，她从容回答："一般而言，鸟被吸进发动机，会造成飞机涡轮进口温度猛升，EGT指示升高，发动机喘振。先要做的是立刻关闭被撞击的一侧发动机，按单发失效处置，执行检查单，修正控制好飞机状态，以免出现更复杂的情况，之后肯定还是要申请放油返航。"

检查员弯起唇角："如果没有后面那波鸟击撞坏了风挡，只是响了那两声，发动机指示一直正常，在不确定发动机是否有问题的情况下，你会怎么做？"

许知月："我还是会申请返航。"

检查员："哪怕事后发现其实是小题大做，甚至可能影响自己航线检查结果？"

许知月道："教员你也说了，不确定发动机是否有问题，我不能赌。"

检查员笑了笑，没再问下去。

回到临城是晚上七点半，飞机顺利接入廊桥，发动机熄火后，许知月将自己的晋升本和航线检查单递给检查员。

看着检查员在上面签下名字，许知月彻底安心。

检查员将东西还给她，笑道："你表现得很不错，应对特情时从容冷静，完全具备一名机长该有的职业素养，恭喜。"

许知月："多谢！"

下机时乘务组的人也纷纷向许知月道喜，许知月笑容满面，说回头请大家一起喝奶茶。

乘机组车回公司时她打开手机，瞬间进来十数条微信，都是恭喜她顺利通过航线检查的，消息已经传开了。

许知月一一回复，最后对话框停在那个抽象派油画的头像上。

厉西钊："来总裁办。"

许知月刚到公司门口，正准备去飞行部把晋升本和航线检查单交了就回家，顺手回复："不去。"

有同住兰欣苑的空姐过来问她要不要一起回去，许知月晃了晃手里的资料："我还要去趟飞行部，把这个交了，你们先回去吧。"

空姐笑道："那好吧，我先走了，反正现在有班车很方便，实在不行还可以麻烦总裁送你回去。"

许知月："……"

许知月不知道该说什么，她带厉西钊回兰欣苑吃火锅，去超市买食材那次，碰到的人里就有这位空姐。

冷面总裁的男女绯闻，大家都很自觉地没敢乱传，但跟许知月关系不错的人，私下可没少揶揄她。

空姐把许知月的尴尬当成了害羞难为情，笑着眨了眨眼，不再逗她，先搭班车走了。

许知月无奈地摇头，进公司上楼。

厉西钊的消息再次进来："上来。"

许知月："不必了。"

她这个时候去总裁办，被那些秘书助理看到，他们更要误会了。

十分钟后，许知月到飞行部把东西交了，得到回复说会尽快帮她安排后续事情，最后的机长答辩会通过，就能正式聘任机长，月余之内一定会完成。

飞行部的行政人员笑着告诉她："是总裁办下的要求，在周年庆之前，公司会举办一次聘机长仪式，这几个月通过了所有检查、有资格晋升的副驾驶将集体正式聘任，你正好赶上了。"

许知月高兴道："谢谢！"

走出飞行部时，她再次收到厉西钊的微信："来顶楼天台。"

许知月已走到电梯门口，犹豫两秒，按下了上行键。

厉西钊在天台看夜景，今晚云浅，星月交辉，难得的好天气。

许知月走过去，厉西钊没有回头，问她："你在飞机上看过月亮吗？"

许知月："没仔细欣赏过。"

在厉西钊目光转过来时，她说："我开飞机不是为了看风花雪月。"

即便她是副驾驶，即便是在巡航阶段，她也保持着高度的专注和认真，无心欣赏窗外风景。

厉西钊看到她黑亮的眼睛里映出自己的影子，顿了片刻，提醒她："下次注意看。"

许知月心头莫名生出丝微妙情绪，仿若被夜风轻轻柔柔地拂过，难以言喻。

厉西钊："恭喜。"

许知月一愣，厉西钊问她："我是第一个恭喜你顺利通过航线检查的？"

许知月笑了："厉总特地叫我来，就为了说这个啊？"

厉西钊不动声色，许知月道："可惜不是，第一个是检查员，第二个是乘务长，然后是那几位乘务，再是微信上的，我师父，还有其他同事，之后去了飞行部……"

厉西钊："我是第几个？"

许知月："那至少三十开外了。"

厉西钊面无表情地移开眼，刚才那一点温情脉脉近似暧昧的气氛消弭无形。

许知月道："也是第一个吧，除开飞行部和乘务部同事之外的第一个。"

厉西钊语气憋闷："没必要加这些限定词。"

许知月忍着笑："那算了，现在还只是通过航线检查，要等机长答辩之后才能正式聘任机长，不过我们公司的机长答辩向来不会刷人，基本就是走个过场……"

"不要得意忘形了，"厉西钊冷声提醒她，"以前是以前，现在是现在。"

许知月："反正别刷了我就行。"她说完也觉得挺冷场的，瞥了眼手机，苏婍发来微信催她赶紧回去，说约了杨兮枝她们在家里给她庆祝，烧烤龙虾炸鸡饮料都准备好了。

许知月哪还有心情再跟厉西钊说话？丢下句"拜拜"就想跑，被厉西钊拖着胳膊拽回来："去哪儿？"

许知月："回家吃宵夜，厉总要跟着去吗？这次可不止我室友一个人，有一堆女孩子。"

自从上次跟厉西钊吃三人火锅，苏婍被他的气场冻到头一次吃火锅竟然没吃饱，就明令禁止不许许知月再把人往家带，原话是让他俩要秀恩爱有多远滚多远。许知月虽然觉得这话不对，但确实再不打算带厉西钊去家里。

更别提那天厉西钊参观完她的房间，说她房间冷冰冰的不像人住的地方，她当时就恨不能把人赶出家门。

见厉西钊目光闪动，似真有跟着自己去的意思，许知月赶紧道："不行，都是姑娘家，你去不方便。"

厉西钊看着她，忽然倾身欺近，不等许知月反应，拇指在她脸颊上快速擦过。

许知月皱眉，厉西钊的目光落在她脸上："有灰。"

许知月："……"

我信你个鬼。

厉西钊已收回手，平静地道："走吧，我送你回去。"

航线检查过后，后续流程也很快走完。两周之后，许知月收到飞行部通知，机长答辩会时间定在了下个月月初，和聘机长仪式一起举行。

许知月做了充足准备，个人简介PPT半个月前就已做好，先让苏婳和杨兮枝提了意见，之后又请严卫民帮着修改，确保万无一失。

星野以往的机长转升，答辩会都只是一个走过场的形式，但那天厉西钊说的那句"以前是以前，现在是现在"，让许知月不确定他是不是又想在答辩会上作妖，不能不防。为防万一，在请教了严卫民答辩会上可能会问的问题后，这半个月许知月只要不飞，就把自己关在房间里，奋战在题海中。

到了答辩会当天，许知月一早就去了公司，再次在手机上翻看PPT时，却发现有两处之前改过的错别字变回了原来的版本，可能是她昨晚最后检查时忘了保存。

她立刻去飞行部想找人借电脑修改，结果去了才知道，那位运行副总为了抓纪律，半个月前定了新规矩，现在公司内部电脑既不能连外网，也不让插个人U盘了。许知月不在公司坐班，到今天才知道这事。

"要不你去机场那边，看能不能找人借电脑修改一下吧。"行政小姐姐好心提醒她。

许知月看了看手表，还有半小时答辩会就开始了，现在去机场，一来一回，怕来不及。

犹豫之后，她在机队群里发了条消息，问有没有人在公司带了笔记本，她想借用。

半分钟后，顾明泽私发给她："你要用笔记本？我有，在我的存储柜里，我刚落地，估计还有一刻钟到公司。"

许知月向他道了谢，依旧担忧，顾明泽说一刻钟，她还是觉得时间有些赶。

又过了两分钟，厉西钊的微信消息进来："你上来，笔记本借你。"

许知月："……？"

你怎么知道我想借笔记本？

厉西钊："上来。"

许知月再次看了眼手表时间，一咬牙，转身往电梯间去。

厉西钊的助理已经在电梯门口等她，客气地将她迎进总裁办公室。

厉西钊正在笔记本上看电子文件，在许知月问出"你从哪知道我想借笔记本"时抬起头，目光瞥向已退去门外的助理，回答她："我让刘助加了公司各个群。"

许知月："……"

她无话可说，甘拜下风，幸好她从不像那些男机师一样，热衷于在机队群里吹牛放屁、针砭时弊。

"笔记本借我，我赶着要用，很快还你。"

来都来了，许知月没工夫客气，迈步就往办公桌后方去。厉西钊皱眉："等一下……"他手握着鼠标停在桌面上，尚来不及修改，许知月已凑到他身边来，一眼看清楚了他那张桌面壁纸，竟然是她妈妈婚礼上，她和厉西钊的那张抓拍合照。

许知月十分缓慢地眨动了一下眼睛，目光从笔记本桌面挪向身边厉西钊沉下的侧脸："这是……"

厉西钊没解释，也放弃了换壁纸的打算，板着脸起身，将位置让给她。

许知月在那张老板椅上坐下，却觉如坐针毡，气氛太尴尬了，她装作什么都没看到行不行？将U盘插进厉西钊的笔记本时，许知月想了想，还是说了句："你放心，我不会自作多情，以为你还对我有什么……"

厉西钊冷静地反问她："有什么？"

许知月抬头，厉西钊就靠在桌边，冷冷淡淡地看向她，大约只要他不尴尬，尴尬的就是许知月。

许知月也不想尴尬，所以放弃了纠缠这个话题。反正偷偷把他们的合照当作壁纸的是厉西钊，又不是她。

厉西钊看着她修改PPT，忽然道："答辩会就快开始了，这个时候才想到来做修改，临时抱佛脚，你就是这种工作态度？"

许知月在心里翻白眼，她是有多想不开，才跑来总裁办这里问厉西钊借笔记本？

"厉总多虑了，这份PPT我修改了至少十遍，几乎每天都会打开看三遍以上。"

说话时，她顺手搁在一旁的手机屏幕忽然亮了，顾明泽发来消息："我到公司了，你不在飞行部吗？笔记本还要不要？"

厉西钊瞭了眼，许知月把手机拿过去，快速回复："我找别人借到了，多谢。"

顾明泽："那祝你一会儿答辩顺利。"

许知月顺手回了个小女孩点头的表情包过去。

厉西钊的声音在她头顶响起："你跟他很熟？"

许知月："还可以吧，顾教员人还挺好的。"

一开始她是对顾明泽有点偏见，相处下来又觉顾明泽人其实还挺不错的，当然，除了朋友关系，她没有任何别的想法。

许知月修改完PPT，拔下U盘，跟厉西钊说了声"谢"，又风风火火地走了。

助理进来时，厉西钊还坐在桌子后面，正沉目思索着什么，仿佛在发呆。助理小心翼翼地问："厉总，机长答辩会和之后的聘机长仪式，您要出席吗？"

厉西钊微一颔首，明显心不在焉。

起身时，厉西钊犹豫地问了句："那种可爱小女孩的表情包，是不是只会发给比较亲密的朋友？"

助理一愣，完全没想到厉西钊会问出这种问题来，干巴巴地回答他："也不一定吧，看发表情包的人的个性，如果本来就是喜欢发这个的，可能对谁都会发。"

厉西钊："如果她不是喜欢发这种东西的人呢？"

助理："那可能是谈恋爱了……"

话说出口，看到厉西钊明显沉下来的脸色，助理暗道一句"要糟"，赶紧找补："不过也说不准，也可能是发错了。"

厉西钊眉头紧锁："发错了？"

助理："是有这个可能，有的表情包会关联短词，发那个词的时候就会出现那个表情包，可能没注意顺手发出去的。"

厉西钊的神色没有半分转晴的迹象，显然不信这种说辞。

但其实真的被他助理说中了，许知月之前已经跟顾明泽说了"多谢"，原本想再回个"嗯嗯"就算了，哪知会把那个关联的表情包发出去，之后又被厉西钊的问题转移了注意力，直到走出总裁办公室，她才看到自己给顾明泽发了什么。

发了就发了吧，许知月没多想，收起手机，赶往飞行部的多功能会议室。

今天参加答辩会的一共有五个人，来旁观的同事却不少，再就是各位领导。

运行副总孙彬坐在前排正中间的位置，左右下去分别是飞行部和其他几个相关部门的领导。严卫民也在其中，他是副总飞行师，这种场合怎么也得出来做个"吉祥物"。

再者说，他还得防着他看不顺眼的那些人，以免他们在答辩会上给许知月使绊子。

除了他们，竟然还请了不少记者来。

今天这个聘升仪式，也是公司二十周年庆宣传的一个前奏。

答辩会开始前三分钟，厉西钊带着助理和两个秘书出现在会议室门口。

前排领导的位置挪了挪，把中间的座位让给了厉西钊。谁都没想到他会来，厉西钊进门时目光与坐在第三排的许知月交错了一瞬，很快挪开，落座之后便示意人："开始吧。"

许知月有点莫名其妙……他不会真的是来拆台的吧？

随即想到后面坐的那十几家各路媒体记者，许知月安慰自己，不至于，不至于。

按照完成航线检查的顺序，许知月最后一个上台答辩。

自信从容、美丽大方的女飞行员一走上台，记者们按快门的动作明显加快。

甚至有人小声议论："这真不是女明星？这年头女飞行员颜值都这么高啊？"

许知月的个人简历PPT投放到大屏幕上，她开始朗声介绍自己的基本情况和个人飞行经历。

PPT第一页上记录的全是她在澳大利亚航校时的学习经历，旁边附了一张照片，是她第一次独自驾驶小型飞机翱翔于蓝天之下的画面。

跨越山和水，穿过风与云，迎落日霞蔚而去，那时的种种至今历历在目。

厉西钊长久地凝视屏幕中的照片，没有人注意到他眼中闪动的情绪。

那大约是舱内摄像机抓拍的角度，晚霞柔和地晕开在许知月半边脸颊上，她戴着大大的太阳眼镜，嘴角笑容明媚灿烂，是厉西钊从未忘记过的模样。

原来开飞机这件事，真的能让她这么快活恣意，甚至抛开一切，也包括他。

自我介绍过后，答辩官开始抛出问题。围绕着飞机性能、操作程序、运行手册、特情处置，问题一个比一个刁钻。许知月站在答辩台前，始终保持着浅笑，回答时不疾不徐，镇定从容。她比其他所有人都更放松，也更享受这一刻。

答辩全部结束后，由答辩官组成的评委会很快研究出了结果，五位拟聘机长全部通过。

许知月心头骤松，在其他人互相击掌庆祝时，她垂眸在心里默念："爸，我做到了。"

再抬头，对上台下那个人安静看向自己的目光，许知月微微一怔。

她看到厉西钊站起身，一步一步走上台，走向她。

在总飞行师宣读聘任机长文件时，运行副总为他们授予了机长肩章。

唯独轮到许知月时，是厉西钊亲手拿起那四道杠的肩章，帮她戴到了制服肩膀上。

台下记者的镜头将这一幕如实记录下。

许知月的心跳声盖过了快门的声音，她听到厉西钊在她耳边说："恭喜。"

这个人，终于还是第一个对她说了这两个字。

在她戴上机长肩章的这一刻。

第九章　意外

话才出口，其中一个女生忽然拧开了握在手中的保温壶，激动地吼着"你离盛北岑远点"，滚烫的热水朝着许知月脸上泼了过来。

顾明泽的消息进来时，许知月刚下飞机。

她现在是见习机长，还要在教员督促下完成至少三个月的飞行经历，才能升单飞机长。

顾明泽在微信上问她："为什么我俩一次一起飞的排班都没有？"

这个问题他早就想问了，之前还不明显，许知月转升机长后，这几个月都要跟着教员一起飞，但下个月的航班计划上，安排的七八个带她的教员里，偏偏没有他的名字。

许知月没多想："没有就没有吧，签派室安排的，我也不知道。"

顾明泽："你不觉得奇怪？"

许知月："奇怪什么？"

顾明泽漫不经心地翻着网页，星野的二十周年庆宣传已经开始造势，他们之前拍的那些宣传照和海报甚至上了各大门户网站，品牌部这回估计下了血本。

之前的聘机长仪式也是宣传攻势中的一部分，记者抓拍的那张厉西钊为许知月戴上机长肩章的照片，配图在每一篇新闻稿里，全网转载。

年轻漂亮的女机长，总归是有话题度的，更别提之后以盛北岑为主角的那段宣传片放出，在大明星身边做绿叶却半点不输的许知月，更加吸睛。

顾明泽盯着新闻稿中的照片看了片刻，嘴角一撇，再次回复许知月："那就是好笑吧。"

许知月：“好笑？”

顾明泽："是啊，我估计我俩以后也没机会一起飞了，有人不允许吧。"

许知月："……"

她不知道顾明泽这语焉不详的话在说什么，干脆不回复了。

出了机场，她坐公司班车，径直回兰欣苑。

苏娉抱着笔记本正在客厅里看视频，听到开门声立刻呼唤许知月："月月你过来看，你跟盛北岑一起拍的那个宣传片放出来了。"

许知月走过去，刚坐下，苏娉便把笔记本屏幕往她这边转过来一半："你看你看，盛北岑是不是特别帅？他穿我们公司的机师制服简直帅极了，他要真是干你们这行的，其他人还怎么混啊？公司里那些男机师往他身边一站，简直差太远了。"

许知月失笑："不至于吧？我看顾教员就不比他差多少，你们乘务组里不是有好多顾教员的迷妹吗？"

苏娉不屑地道："那怎么能比？那位顾教员空有一张脸，只能骗骗那些刚入行的小妹妹，而且长相远不如盛北岑。"

许知月倒觉得顾明泽长相不比盛北岑差，不过盛北岑职业特殊，比较注重保养，在镜头前更光彩照人而已。

"我怎么觉得你特不待见顾教员？"许知月好奇地问她，似乎之前苏娉每次提起顾明泽，也是说他这不好那不好的。

苏娉："哪有，我就是看不惯他那种到处留情的花花公子作风。"

许知月："也没有吧，他自己说那都是别人乱传的。"

"不会空穴来风，"苏娉说完奇怪道，"月月，你很待见顾教员吗？干吗帮他说话？你不会是看上他了吧？那厉总怎么办？……"

许知月立刻打断她："够了啊你，我都说了不是你想的那样，别有事没事的提这个。"

苏娉哼了一声，摆明了不信。

许知月懒得再理她，专心去看宣传片。

这个宣传片拍得确实挺好，故事情节、镜头运用、细节渲染都很到位，参演的公司各部门同事虽不是专业演员，但演的角色就是他们本身，所以完全不出戏。她自己也是。之前许知月担心自己在镜头前会不自然，真正看下来才发现其实不会，飞行员的种种已成为她的身体本能，不需要演，她原本就是如此。

"月月，你在盛北岑身边完全不会被比下去嘛，大美女果然经得住镜头的考验。"

苏娉感叹了几句，让许知月看网上对这个宣传片的评价，除盛北岑粉丝夸赞之外，竟还有不少讨论她这个副驾驶的。

"扮演副驾驶的是谁？以前怎么没见过？哪家新捧的小花吗？"

"什么小花，人家是星野的女飞行员，而且已经是机长了。"

"哇哦！竟然是女机长，小姐姐好漂亮！好飒啊！"

"难怪我觉得这位副驾驶看着更专业些，原来人家真是开飞机的。"

"现在的女飞行员都长这样吗？这颜值可以原地出道了吧？"

"表白小姐姐，星野赢了，冲这位女机长，下次出行我肯定选星野航班，让小姐姐带我飞！"

"让小姐姐带我飞！"苏娉怪声怪调地读着网络上的留言，笑倒在沙发里，"月月，你现在可是我们公司的名人了啊，出名的感觉怎么样？"

"没感觉，"许知月道，"我带你飞的时候还少吗？"

她摇了摇头，对这些评价丝毫不放在心上。

回房间之后，却意外收到盛北岑发来的消息："宣传片看了吗？反响很不错。"

许知月顺手回复："刚看了，多谢你带着我出名了。"

盛北岑回了个笑脸："我明天去临城有个工作，晚上请你吃饭可以吗？一定要给面子啊。"

许知月明天休息，确实有空，便没有拒绝，只问："我可以带两个朋友一起吗？"

盛北岑："你上次帮忙找我要签名的朋友？"

许知月："对,她们都是星野的空姐,你的粉丝。"

盛北岑："没问题,订了地方我回头告诉你。"

结果第二天跟着许知月去的只有苏婷一个,杨兮枝捶胸顿足但无计可施,她运气不好正好排到班要飞,而且上个月总裁办刚下了明文,无论机组还是乘务,从今以后私下换班行为一律禁止。

"就不能改天吗?"杨兮枝眼泪汪汪。

许知月无奈地道:"你比我更清楚盛北岑有多忙,你觉得可能改天吗?"

不管杨兮枝怎么样,苏婷却是高兴万分,拉着许知月光是挑衣服、化妆就忙了一个下午。

许知月劝她:"盛北岑混娱乐圈的,什么美女没见过,没必要这么隆重吧?"

"你还说呢,"苏婷把包包扔她身上,"原来你跟盛北岑私下还有联系,都不告诉我们,是不是朋友啊你?"

许知月:"没有联系,就加了个微信而已,他这次恰巧来临城工作,才说要请我吃饭。"

苏婷啧啧道:"虽然娱乐圈里什么美女没见过,盛北岑还是对你不一般嘛,就拍了一个宣传片,主动加微信不说,难得来一次临城还上赶着请你吃饭。"

"你想多了,"许知月道,"他崇拜的人是我爸。"

盛北岑订的餐厅,是市区的一家高级日料店。

他一个人来的,许知月和苏婷到时,盛北岑已经在包间里等,还点好了菜。

这位大明星穿了一身休闲装,脑袋上扣顶鸭舌帽,打扮得十分随意,在许知月两个进来时立刻起身,笑着与她们握手寒暄:"坐吧。"

许知月给盛北岑和苏婷做介绍,盛北岑半点没有明星架子,主动送了两张签名唱片给苏婷:"我前几天刚发的实体专辑,给你和你那位没空来的朋友，至于许副驾就免了吧，我看她对这个不感兴趣，上回的签名照也是勉为其难才收下。"

许知月笑道："其实你送我也可以的。"

苏娉兴高采烈地收下东西，向盛北岑道谢："不过你叫错了哦，月月现在已经不是副驾了，是许机长。"

盛北岑闻言面露欣喜："真的？"

许知月笑着点头："才转升的，现在还是见习机长。"

"那恭喜啊，"盛北岑高兴道，"我没点酒，怕你们不能喝，一会儿以茶代酒敬你一杯，恭喜你顺利升机长。"

许知月："多谢。"

盛北岑给她们倒茶，问起许知月升了机长之后有什么不一样的地方，苏娉笑嘻嘻道："我知道，她肯定会说没什么不一样，就是责任更重了。"

"你还真了解我，"许知月道，"其实还是有不一样的。"

盛北岑和苏娉的目光同时落过来，她声音一顿，继续说："工资更高了，几乎翻了一倍。"

话说完，三个人一起笑了。

之后这一顿饭，他们一边吃东西一边谈笑风生，仿佛多年老友。

苏娉感叹道："我没想到我的偶像在现实中竟然是这么活泼的个性，跟你对外塑造的形象完全不一样嘛。"

"那都是公司的包装，"盛北岑摆摆手，"你们都是圈外人，跟你们一起我反而觉得自在，不用装模作样。"

结束时盛北岑起身打算去前台结账，许知月道："这顿饭我来请吧，来者是客，应该我请的。"

苏娉也道："那我俩一起，尽地主之谊。"

盛北岑还要说，被她打断："你要是觉得不好意思，下回来临城，再请我们吃饭就是了，枝枝今天没来成，可怨死了。"

许知月附和："对，这顿就别跟我们抢了。"

她们这么说了，盛北岑便不再跟她们争："那多谢了。"

苏婷给许知月丢下句"我先去付钱"，先一步离开包间。

许知月知道她想在自己偶像面前表现，也不跟她争，和盛北岑一起去了餐厅外等。

"你们住哪？我送你们回去吧。"盛北岑问道，他开了车来，是来这边之后借的车。

许知月："不必麻烦了，我和苏婷都住在机场旁边，挺远的，我们坐地铁回去就行。"

盛北岑："没事，我送你们。"

"其实……"

盛北岑的声音有些犹豫，许知月目露疑惑："什么？"

盛北岑看着她，许知月不施粉黛，路灯下的脸却比他见过的所有艳光四射的容貌更动人。

"没什么，"盛北岑转开眼，"月底星野举办周年庆典，给我发了请帖，我会来的，到时候再请你吃饭。"

许知月刚说了声"谢"，忽然有车灯靠近，她下意识地回头看了一眼，厉西钊专用的商务车停在了路边，厉西钊的助理推开副驾驶座门下来，走向他们："许机长，你怎么在这里？"

许知月也很意外，没有说出身边人是谁，只道："跟朋友吃饭。"

助理："厉总刚在附近跟人谈生意，现在结束了准备回去，你要不要一起？"

许知月的"不"字还未说出口，后座的厉西钊也已推开车门下来，就站在路边没有走近，冲许知月示意："过来。"

盛北岑微眯起眼，忆起自己在哪里见过面前这个男人，瞬间明白了他的身份。

苏婷刚从餐厅里出来，看到厉西钊也在惊了一跳，下意识跟他打了声招呼："厉总。"

厉西钊没理人，苏婷凑近许知月小声问："这怎么回事啊？"

盛北岑也问："走吗？"

厉西钊的目光依旧盯着许知月："我送你们回去。"

盛北岑丢下句"我去取车"，转身往路边的车位去。

许知月冲厉西钊道："多谢厉总好意，我和苏娉约了朋友，不麻烦你了。"

厉西钊冷下脸，僵持了几秒，他重新上车，助理犹豫了一下，跟着回车上。

厉西钊的车子很快走远了。

苏娉："……他好像生气了。"

许知月："算了，他每天都在生气。"

苏娉："……？"

早上八点半，许知月走进星野的飞行准备室，先去签派席领取了电子飞行包，确认放行资料时，她师父严卫民出现，懒洋洋地问她："都确认了？"

许知月道："确认了，师父，放心。"

她今天飞四段，带飞教员是严卫民，跟师父一起飞时，许知月总是最放松的。

十分钟后，乘务组的人过来一起开航前协同会，刚开了个头，严卫民去外头接电话，许知月便先暂停下来等。

众人说起闲话，那几个年轻的空乘互相对视了一眼，你看我我看你，最后推了个跟许知月相熟的出来，好奇地问她："许机长，你……和我们公司那位代言人，还有私交吗？"

面对一双双盛满八卦的眼睛，许知月愣了一下才反应过来她们说的人，是盛北岑。

"什么？"

立刻有人道："你还不知道啊？"

许知月："知道什么？"

已有人拿出手机，翻开新闻页面递到许知月面前。

入眼的照片赫然是前几天盛北岑来临城工作，他们一起吃完饭，站在餐厅门口等苏娉结账的偷拍。

　　大约是角度问题，显得他俩站得很近，关系亲密。

　　许知月皱眉："这什么东西？我跟他只是普通朋友，一起吃了顿饭而已，苏娉当时也在。"

　　闻言那几个小女生齐齐松了口气。

　　"许机长原来你跟盛北岑是朋友啊，我就说嘛。"

　　"就是，原来苏娉姐私下还跟盛北岑吃过饭，都不告诉我们，太不够意思了。"

　　"可惜上次盛北岑来公司，我在外面飞，没见到他。"

　　听着她们七嘴八舌的议论，许知月有些无语，原来这几个都是盛北岑的粉丝。

　　乘务长忍不住问她们："你们在说什么东西？"

　　几个空乘很快解释清楚，是有娱乐记者偷拍到盛北岑和许知月私下见面，说盛北岑恋上女飞行员什么的，消息半个小时前放出来的，现在已经是网上娱乐版八卦头条。

　　许知月听罢直接否认："不是真的。"

　　严卫民已打完电话回来，有许知月这位暴脾气的师父在，众人不敢再议论这个，转而说起了正事。

　　厉西钊的车此刻正在回星野的路上，助理刷到网上的新闻，犹豫两秒，回头将事情告知了后座的厉西钊。

　　"就是我们在市区碰到许机长那晚，应该是那些记者乱写的，不过盛北岑红，那个宣传片又刚放出来，热度正好在，信的人还挺多的。"

　　厉西钊眉头紧锁，划开了自己手机。

　　五分钟后，他沉声示意大气都不敢多出的助理："给品牌部那边打个电话，让他们联系盛北岑的公司，要求盛北岑那边出一份澄清说明，网上那些负面言论，想办法删了。"

助理很知趣地没问负面言论是指针对公司，还是针对许机长。

当然是能删的一起都删了，尤其是后者。

这一整天，有多少个人给许知月打过电话、发过消息，她一概不知，从清早起就关了机，免得被人烦。

四段飞下来，回到临城已经是晚上六点多。

一打开手机，涌进来的果然是无数条微信消息，都是来问她跟盛北岑的关系、打听八卦的，甚至那些八百年不联系的小学、初中同学，想问她要盛北岑的签名。

许知月一概不理。

坐机组车出机场时，有空乘提醒许知月："盛北岑早上就发了声明，澄清了你们的关系啊。"

许知月拿过对方手机看了眼，澄清函写得很简单，说他们只是朋友聚会，没有其他的。

"盛北岑还是第一次亲自澄清绯闻，以前都是他经纪人发封律师函了事，这次竟然是他自己微博发的，许机长，他还说他很崇拜你呢。"

许知月看完把手机还回去，不再解释。反正盛北岑已经把事情说清楚了，她只是个娱乐圈之外的普通人，用不了两天，便不会再有人关注她。

盛北岑清早就给她发了微信来道歉，许知月这会儿看到顺手回复过去："算了，你也不想。"

严卫民闻言随口打听了一下事情原委，最后瞪眼道："什么乱七八糟的，我徒弟眼光哪有那么差。"

许知月默然，之前她跟刘骁交往时，严卫民就说她眼光差，说那小子看着就不像个老实的，果然姜还是老的辣。

车停在公司门口，下车时，身后忽然有人高声叫了许知月一句。

"你是不是许知月？"

许知月回头，来的是两个年轻女生，看着十几二十岁的学生模样，面色十分不善。

她微微惊讶，对方阴着脸再次问："你是许知月吗？"

许知月隐约觉得不对，拧眉反问："你们想做什么？"

话才出口，其中一个女生忽然拧开了握在手中的保温壶，激动地吼着"你离盛北岑远点"，滚烫的热水朝着许知月脸上泼了过来。

许知月本能反应抬手挡住了脸，那至少有八十度的热水浇在了她手上，幸好她反应快退了一步，躲开了大半。

周围一片哗然。

保安冲上来之前，严卫民先一步上前，跟抓鸡一样抓着那泼热水的女生拎起来，暴喝："你疯了是不是？"

他动手就想揍人，许知月在剧痛中仍存留理智，喊了一句："师父不要！"

严卫民的手腕被身后伸出来的另一只手用力按住，不知何时出现的顾明泽沉声提醒了句"别冲动"，将严卫民强硬攥下，再转头示意保安："扣住她们，报警。"

两个女生被那些保安强扣下，激动大喊"非礼"，又对着许知月破口大骂，顾明泽扶住痛得浑身发抖的许知月，冷声警告她们："注意你们的言辞，小心我告你们诽谤。"

他道："许机长是我女朋友，跟你们的盛北岑没有半点关系，你们有气去找你们偶像撒，别来这里发疯。"

说罢，顾明泽不再搭理那两个疯子，也没跟身旁那些惊讶的同事解释，扶着许知月进门，直接去了航医室。

许知月一双手通红，还起了水泡，已经痛得说不出话来。

顾明泽和严卫民将她送到航医室，又接到保安处那边的电话，说机场派出所的民警已经过来了，要给许机长做份笔录，顾明泽道："她现在不方便，我替她去吧。"

挂断电话，顾明泽提醒许知月："你别想太多，先在这里坐一会儿，我去趟派出所再过来。"

许知月张了张嘴，最终只说了一句："谢谢。"

严卫民臭着张脸："这都是什么事，当初就不该让你去拍那什么宣传片，品牌部那些人脑袋被驴踢了，非请个祖宗来做代言，惹来这些神经病。"

许知月苦笑："师父你少说两句吧，我够难受的了。"

严卫民气呼呼地闭了嘴，盯着航医给许知月处理手上的水泡。

厉西钊匆匆过来时，航医正在给许知月上药包扎。

许知月听到脚步声，抬眼便见厉西钊已大步进门来。

看到许知月被烫伤的双手，厉西钊眼中情绪起伏，嗓音略哑："怎么回事？"

许知月讪道："你不都听说了，我倒霉，被小女生当成假想敌，还好泼的只是热水。"

"这也叫还好？"厉西钊沉了声音。

许知月听得心里不舒服，她本就有些后怕，厉西钊一来又是这个态度，她实在没兴致应付："你要是来嘲讽我的，大可不必了，我已经够倒霉了，你行行好，别再火上浇油给我找堵了行吗？"

严卫民也道："我徒弟是受害者，这事说起来还是工伤，厉总没必要这副语气对她吧？"

他一点不怵这个小年轻总裁，厉西钊这模样一看就是也对他徒弟有意思的，又想端着架子摆领导谱，还不如那个顾教员呢。

顾明泽今天的表现，倒是让严卫民挺满意。

厉西钊皱眉示意严卫民去飞行部，说飞行部总经理找他。

严卫民不肯："晚点再去，等我徒弟这边没了再说。"

许知月怕严卫民得罪这位小心眼的大少爷，赶紧道："师父你去吧，我已经没事了，再在这里坐一会儿就成。"

严卫民："真没事？"

许知月保证道："没事。"

严卫民这才不情不愿地走了。

厉西钊沉目盯着许知月包扎起来的手，许知月想把他也轰走，抬眸间对上他眼神时，却蓦地一愣。

他们刚偷偷恋爱那会儿，那个暑假，厉西钊特地在自己的山地自行车后面装了个后座，载着她满大街小巷地四处跑，有一回他要威风没扶稳车把，他俩一起从车上摔下来，她的膝盖磕破了，出了血，那时厉西钊小心翼翼地拿矿泉水帮她清洗伤口，看她的眼神也是这样。

生气和心疼。

那不是许知月的错觉。

许知月："你……"

厉西钊："我送你回去，放你一个星期的假。"

"不用了吧，这伤两三天不就好了。"许知月不肯，她还想赶紧从见习机长转正来着。

厉西钊忽然伸手，握住她被纱布包扎起的手，不轻不重地按了一下，许知月倒吸一口凉气，幽怨地看着他。

厉西钊："疼吗？"

许知月："……你说呢？"

厉西钊道："疼就老实在家待着。"

在停车场上厉西钊的车时，许知月才想起顾明泽似乎说了还会回去航医室找她，赶紧给他发了条语音微信，说自己先回去了。

顾明泽回复过来："我送你吧，我现在回去公司。"

许知月实话实说："厉总会送我。"

那边一直显示输入，半晌才发来一条："好吧，好好休息。"

许知月艰难地收起手机，转头却见厉西钊一直盯着自己，眼中情绪不明："他在公司门口，当众跟人说你是他女朋友？"

许知月后知后觉想起这一出，当时她痛得直冒冷汗，压根顾不上这个。

"……他故意撑那两个小女生的吧？"

厉西钊漠然移开眼。

许知月也懒得说了，目光落向窗外，发现厉西钊的车走的不是去兰欣苑的路。

"你带我去哪？你走错路了！"

厉西钊丢出句："去我家。"

"我不去。"

听到厉西钊说去他家，许知月立刻拒绝，在厉西钊眉头拧起来时没好气地道："去你家我怎么洗澡？苏娉能帮忙你能帮忙吗？"

厉西钊的目光一顿。

许知月："你看着我做什么？我说的是实话，我现在手受伤了，吃喝拉撒都要人帮忙，你不方便。"

沉默两秒，厉西钊改了口，吩咐司机："去兰欣苑。"

车还没到苏娉的电话先打了进来，着急地问许知月："月月你在哪？我听人说了公司门口发生的事情，你还好吗？要不要我去接你？"

许知月："没事，我现在回来了，还有五分钟到。"

厉西钊拿过她手机，对那边说了声"下楼来帮忙"，挂断电话。

"手已经这样了，少碰点手机。"他皱眉提醒许知月。

许知月神色讪然："你语气能不能别这么差？我师父说了我这是工伤，你也有点责任的吧？"

厉西钊："你觉得你是工伤？"

许知月："不是工伤吗？那两个女生是盛北岑的粉丝，盛北岑是公司请的代言人吧，要不是因为这个，也不会把我和他扯一块去。"

"现在不说他是你朋友了？"厉西钊冷道，"公司请他做代言，没叫你私下去跟他见面。"

许知月："你是说我自找的？"

厉西钊那句"不是吗"到嘴边，见许知月情绪确实有些低落，最终没有说出口。

"……下次小心些。"

许知月忽然就接不上话了，瞥开眼，不再看身边人。

车到兰欣苑时，苏娉已经在楼下等了，厉西钊推开车门，在许知月想动身时喝止住她："坐着别动。"

他先下了车，再弯腰伸手过来，托住了许知月的一边胳膊，扶着她下车，苏娉立刻上来扶住了她另一边，厉西钊的助理也在一旁小心翼翼地看着她，随时准备搭把手。

许知月略无语："不需要这样吧，我是手烫到了，又不是脚瘸了。"

厉西钊冷冷地看了她一眼，没肯松开手。

苏娉小声道："我们扶你上去吧，两手包成这样，看着怪吓人的。"

厉西钊把人送进家门才离开。

关上门之后苏娉松了口气，这才问起许知月："你手怎么样了？到底怎么回事啊？"

许知月："我也不知道，好像是盛北岑的粉丝误会我跟他的关系，来找我麻烦吧，已经被机场派出所带走了。"

"盛北岑不是发了澄清函吗？"苏娉气不打一处来，"这都什么人啊？对了，盛北岑知道这事吗？我跟他说声。"

许知月制止她："你跟他说什么，说了也没用，虽然是他的粉丝做的，又不关他的事。"

"怎么不关他的事？"苏娉气道，"是他没约束好粉丝，就该找他。"

许知月难得还有心情开玩笑："他不是你偶像吗？你竟然生他气了啊？"

苏娉："我当然生气，他是我偶像，可你是我姐们，因为他，你差点被毁容了，我能不气吗？"

许知月有些感动，苏娉又感叹起来："厉总还挺好啊，我看他是真关心你，你看他刚才那样，可紧张你了，就算他以前辜负过你，要不你给他一次改过自新的机会得了。"

许知月默默咽下声音。

厉西钊没有辜负过她，是她甩了厉西钊。

苏娉："唉，算了，我才懒得管你们的事，但是我听人说，那位顾教员当众承认你是他女朋友？他想干吗啊？占你便宜？"

"没有，你别对他有偏见了，"许知月无奈道，"今天多亏他帮忙，要不我师父那脾气估计又要冲动做错事。"

苏娉不满："那他也不能说你是他女朋友呀，这不是趁机占你便宜是什么？当时公司门口围观的人那么多，你知道现在公司各个群里都在议论你的事吗？和盛北岑的，和那位顾教员的，还好他们不敢扯厉总，但阴阳怪气的人也不少，这不是坏你名声吗？"

许知月头疼道："算了，随他们议论吧，我没兴趣知道，我只想养好伤，赶紧回去上班。"

苏娉还要说，手机却忽然响了，是乘务部打电话来通知，给她放一个星期带薪假，说是总裁办特批的。

苏娉本来就想请两天假照顾许知月，这下正好。

她挂断电话，再次感叹："还是厉总周到，连这都想到了，你看他对你多上心，怕你在家里没人照顾，特地给我批带薪假。"

许知月心里生出一丝微妙触动，含糊接了声："嗯。"

苏娉还是在微信上将事情告知了盛北岑，盛北岑立刻打电话过来，问了详细情况，一再跟许知月道歉。

"我没想到事情会弄得这么严重，对不起，你的手怎么样了，伤得厉害吗？"

他虽然发了澄清函，但大概是和以往对待绯闻的态度不同，反而让那些偏激的粉丝恨上了许知月，要说责任，他确实有。

许知月随便说了两句，不太有心情多聊，最后盛北岑表态会跟星野那边对接，给她个交代。

通话结束后，苏娉撅嘴道："你可真是红颜祸水。"

许知月笑："是我的错？"

"当然不是！"苏娉斩钉截铁，"大美人怎么会有错，都是那些男人的错！"

翌日早，许知月和苏娉刚吃完早饭，厉西钊再次上门。

见许知月的手还包得跟昨天一样，厉西钊皱眉问她："没换药？"

许知月："这还早吧，航医说一天换一次就行了。"

厉西钊："走。"

许知月莫名其妙："去哪？"

厉西钊道："去市里的大医院再看看。"

许知月不想去，她觉得厉西钊有点小题大做，但苏娉也支持她去，和厉西钊一唱一和地将她撺出了家门。

厉西钊今天是自己开车来的，上车后他很自然地靠过来，帮许知月系上安全带。

许知月的呼吸一滞，厉西钊抬目看向她："你紧张什么？"

许知月："……你香水喷太多了。"

厉西钊面无表情揭穿她："我不喷香水。"

许知月："哦。"

厉西钊坐正回去，发动了车子。

许知月好奇地问他："你今天不上班？"

厉西钊："我想上就上。"想不上也可以不上，公司是他家开的，他当然想怎么样就怎么样。

许知月讨了没趣，干脆闭嘴，靠座椅里眯了眼打瞌睡。

四十分钟后，他们到达目的地——市区的一间私立医院。

坐诊医生是位三甲退下来返聘的烧伤科老专家，帮许知月拆了纱布仔细看过后，让他们放心："浅表二级烫伤，不是很严重，急救措施做得很好，我再给开两支药，按照说明涂抹，一两个星期就能好，不过想要不留疤，还得自己多注意点。"

许知月松了口气，手毕竟是第二张门面，她也不是真那么不在意。

走出医院时，许知月的手已重新包了起来，厉西钊问她："中午吃什么？"

"啊？"许知月以为他们只是出来就医的，"苏娉早上会去超市买菜在家里做饭，这才十点多，我还是回去吧。"

厉西钊："吃西餐吧，我看你现在拿刀叉比筷子还方便点。"

他自说自话，然后直接走向停车位，不给许知月反驳的机会。

厉西钊挑的西餐厅在另一个区，路上堵车，开过去到了也快十一点半，许知月便懒得说什么了，但在进门之前，她还是跟厉西钊确认了一遍："你请客啊？"厉西钊看她的眼神里多出两分讥诮："你现在年薪百万以上，一顿饭也要问这么清楚？"

"我抠。"许知月说得理所当然。她对朋友其实挺大方，请客吃饭都是常事，但对着厉西钊，如果不是他请客，她有什么理由非要跟他一起吃饭？这人每次说两句话就开始讥讽她，让她吃也吃不顺心，她何必花钱买罪受？

厉西钊嘴角浮起一抹浅得几乎看不见的笑意，伸手牵住她手腕："我请客就我请客，进去吧。"

许知月微微一怔，已被他牵进了餐厅里。

一直到厉西钊点的菜送上桌，许知月的思绪才仿佛抽离回来，抬眼看向面前人，厉西钊又恢复了常态，漫不经心道："你又在想什么乱七八糟的？"

许知月："……"

你才想多了，我什么都没想。

她握着叉子吃东西，其实还是不太方便，软些的能一下叉住的食物还好说，像牛排这种需要两个手同时操作的，就只能看着干瞪眼。

……这还不如吃中餐呢。

厉西钊伸手接过了她的餐盘，慢条斯理地帮她把牛排切成小块，再还给她，连她不喜欢的蒜头也特地给挑开了。

"吃吧。"

许知月嘴唇翕动，小声说了句："谢谢啊。"

吃完饭他们去地下停车场拿车，才走进去，却碰到两个许知月意料之外的人。

是刘骁和他那位家里介绍的女朋友，他们刚停了车，正准备进商场。

看到许知月，刘骁一愣，下意识顿住了脚步。

打扮得十分妖媚的女人挽着他的胳膊，目光落向许知月，先是皱眉，眼里很快露出了不加掩饰的敌意。

许知月本打算装作不认识他们，刘骁却叫了她一句："知月！"

听到声音，许知月冷眼看过去，不等她开口，厉西钊忽然抬手揽住了她肩膀，沉声问对面人："有事？"

刘骁的目光落向厉西钊，打量着他，脸色逐渐变得难看，厉西钊搭在许知月肩上的那只手更让他觉得刺目，他视线下移，注意到许知月包扎起的双手，瞳孔微缩，问她："你手怎么了？"

许知月冷淡道："没事。"

刘骁："……你最近还好吗？"

他身边的女人抢先道："我们倒是挺不错的，刘骁最近开了个人事务所，还接了间上市公司的法律顾问的活，我们已经在装修新房了，全款买的两百平湖景房，今天早上还去4S店提了新车，明年过完年就要办婚礼了，到时候请你来喝喜酒啊。"

说是喝喜酒，其实是炫耀，仿佛特地告诉许知月，被她抢走的是怎样一个前途无量的青年才俊。

许知月瞥了一眼他们身边的新车，奥迪A6，比刘骁之前那辆别克君威确实上档次得多。

她有些好笑，但没兴趣跟这俩人废话，示意厉西钊："我们走吧。"

"喂！"

女人还想叫住她，没看到许知月脸上的后悔羡慕，到底心有不忿。

厉西钊回头冷目扫过去，掠过洋洋得意的女人，与刘骁视线撞上。

刘骁面色铁青，因为厉西钊眼里流露出的轻蔑和鄙夷，更因为他们都看到了，厉西钊揽着许知月走向的车，是那辆停在他们的车旁边两个车位的黑色兰博基尼。

先前下车时，刘骁还特地绕去那辆车边仔细看了看，艳羡得很，和身边女人说以后发达了也要买辆跑车玩，岂知车主人现在就在他们眼前。

女人反应过来，用力咬住红唇，又羞又恼。

厉西钊将许知月送上副驾驶座，再绕回驾驶座上，帮她系好安全带，发动车子，扬长而去。

吃了一肚子车尾气的刘骁用力一握拳，阴着脸给身边女人丢出句："还看什么看，不嫌丢人！"

车开出地下停车场，许知月靠在座椅里，望着车外似在发呆，一直沉默着。

直到厉西钊冷声道："那种垃圾有什么好？到了今天还能左右你情绪，你见了他就这么不开心？"

许知月："……啊？"

车停下等红灯，许知月转头，莫名其妙地看向臭着张脸的大少爷："你说什么？"

厉西钊目光落向她，对上许知月迷惑眼神，哽了一瞬，半天从牙缝里挤出句："你刚在做什么？你是不是又想去看心理医生？"

许知月："……"

她在打瞌睡而已，中午吃饱了正是最困的时候，尤其在车上，车一动她就想睡觉。

厉西钊："我说得不对？"

许知月看着他，片刻后终于开口，只有一句："我觉得你才应该去看心理医生。"

红灯已经转绿，厉西钊一脚油门猛踩下去。

许知月下意识地拉住安全带，嘴上不依不饶："你看吧，就你这样，好歹只是开车，要让你去开飞机，我才真不敢跟你一起飞。"

五分钟后，厉西钊把车停到了路边停车位，许知月奇怪问他："你在这里停车干吗？"

车熄了火，厉西钊已恢复冷静，看着她的眼底只有深沉之色。

他问："你眼光什么时候变这么差的？"

他们第一天见面时，厉西钊就问过同样的问题，那时是讽刺她，今天却似有意要讨个答案。

被圈在车内这狭小空间里，另一个人的气息就在咫尺之间，许知月略微不适，眉头微蹙："你一定要这么说，可能我眼光从来就没好过吧。"

厉西钊的眼神更暗，许知月轻咳一声，郑重其事道："无论你信不信，我那个前男友对我来说没那么重要，而且是我甩了他，不是他甩了我，我们分手那晚我也一点想寻短见的心思都没有，确实是你误会了，今天更是如此，碰到他俩我只觉得晦气，别的感觉没有，这本来是我的私事，我没必要跟你解释，但我这职业特殊，你又是我老板，总是被你误会我心理有问题，有碍我职业发展，所以我还是决定跟你解释清楚，我绝对不会因为个人情感问题影响工作，绝对不会。"

厉西钊像是在评估她这话里的可信度。

"不会因为个人情感问题影响工作，还是在工作面前，个人情感根本可有可无？"

许知月无奈，没必要从她跟刘骁的事情，跳到他俩从前的事情上去吧？这是一回事吗？

好吧，其实要说是一回事也是一回事，她两段感情经历都是失败的，不管十年前还是十年后，她都是个失败者。

可潜意识里，许知月自己清楚，这两件事在她心里留下的痕迹深浅截然不同。

许知月："所以你现在是要拿以前的事情，向我兴师问罪？"

厉西钊嗤道："我有这个资格吗？"

许知月眉头紧锁："不是你想的那样，如果一定要兴师问罪，我觉得你应该先自我反省，我有错，你也有错，你不能全怨我，而且，我之前就问过你了，事情过去这么久，你还是放不下，到底是想争口气，还是如我说的，你对我余情未了？"

她话说完，已经做好了被厉西钊讥讽"自作多情"的准备，但这一次厉西钊只是看着她没有接腔，片刻后伸手轻拨了她鬓边散落下的碎发，不等许知月反应，已坐正回去，重新发动了车子。

许知月："喂，你什么意思啊？"

厉西钊放慢了车速，并不看她，淡然道："你很希望我对你余情未了吗？"

许知月张了张嘴，彻底无话可说。

厉西钊："你猜吧。"

许知月："……"

我猜啥啊，幼稚鬼。

之后两周，许知月一直在家养伤，她的烫伤不算太严重但也不轻，出于安全考虑，公司又给她多放了一周的假。

厉西钊没再来烦她，每天定时定点在微信上提醒她搽药，虽然每次都只有"搽药"这两个字。

许知月只要想一想这位大少爷想关心她又别别扭扭的样子，就忍俊不禁，有时还会主动回消息逗他。

厉西钊看着她发过来的各种奇怪表情包，终于知道许知月不是不喜欢发这个，是之前不跟他发而已。

他脸上神色纹丝不动，存表情包的动作却越来越熟练。

许知月复飞第一天，安排的是个很轻松的两段班，飞穗城，早上去下午回。

一大早她就去了公司，带飞教员还没来，在飞行准备室碰上飞另一个航班的顾明泽，打过招呼后顾明泽去买咖啡，帮她也拿了杯，许知月没拒绝，说了声"谢"伸手接过去。

顾明泽顺势瞥了眼她的手："看着比之前好多了，确定能飞吗？"

许知月笑道："不能飞我也不会回来。"

顾明泽也不再多说这个，闲聊了几句，许知月察觉有人盯着自己，回头却见是几个空乘一直在往她和顾明泽这边看，对上她目光时却又像不好意思一般，很快转开眼。

许知月微微蹙眉，刚想开口，有人过来跟他们打招呼，也是位机长。

对方张口便笑着调侃他们："小两口一起飞，公费恋爱呢？"

许知月一下没反应过来，顾明泽先笑道："不是一个班，闲聊几句而已。"

他只回答了不是一起飞，却有意无意地没有解释对方对他们关系的误会。

"就这么点工夫还要闲聊，你们年轻人谈恋爱就是黏糊。"对方又多调侃一句，不待许知月解释，说着赶时间不再跟他们聊了，匆匆忙忙离开。

见许知月一脸无奈，顾明泽抿了口咖啡，慢悠悠问她："因为我那天那句你是我女朋友，现在公司同事都以为我们是一对，对你造成了很大困扰？"

许知月有点不知该说什么好："那天你帮我解围，还拦住了我师父，我很感谢你，但如果你想听实话，你说的那句话，确实对我困扰挺大的。"

顾明泽："怕你男朋友知道了不高兴？"

许知月一怔，这才想起自己似乎在这位顾教员面前默认过，她有男朋友。

"……嗯，他是挺不高兴的。"

顾明泽："你那位男朋友，是厉总吗？"

看到许知月眼中流露出的惊讶，顾明泽笑道："被我猜中了啊？"

许知月尴尬道："其实不是，那天挂你电话那个人确实是厉总，但我们也不是你以为的关系，我当时只是没跟你说清楚。"

"故意让我以为你有男朋友，好叫我知难而退？"顾明泽道，"看来我还真是一点希望都没有。"

许知月："……我以为你已经放弃了。"

顾明泽摇头叹道："本来还是想再试试的，不过现在算是认清楚了，没戏就是没戏。"

许知月："抱歉啊。"

顾明泽："算了，之后别人再问我，我会解释清楚，不会再给你造成困扰。"他说着又笑了一下："也免得你的好姐妹再气势汹汹地跑来骂我一顿，说我故意占你便宜。"

许知月一听就知道他说的是苏娉，也笑了："那我不能说她说的不对吧，她也是向着我。"

第十章　厉总的生日

厉西钊深深地看她一眼，目光落向那个蛋糕，许知月见他站着不动，轻推了一下他手臂："许愿啊，许完愿吹蜡烛。"

厉西钊忽然伸手将她揽入怀，不待许知月反应，抱着她一起弯下腰，吹灭了蜡烛。

上机之前，厉西钊的微信消息进来："在飞机上要是手不舒服，立刻让给教员操纵，第二段换别人飞。"

许知月："厉总，这点基本安全意识我还是有的，不需要你提醒。"

厉西钊："不是提醒。"

许知月："那是什么？"

厉西钊没再回她，许知月等了五分钟，下了进场车，那边依旧没回复，不得不关机。

进舱时，她心神一动，忽然就想明白了。

不是提醒，那就是关心喽？

做完驾驶舱准备，离起飞时间还有四十分钟。

许知月看了眼手表，联系现场让安排上客。

现场频率很快传来应答的声音："星野5305，上客收到！"

廊桥上陆续有旅客下来，许知月拿起CDU确认电子舱单，待全部弄完，舱门也关上时，身边教员忽然问了句："你知道我们航班上今天有特别人物吗？"

"什么特别人物？"许知月随口道，她向来对旅客名单不太在意，有没有vip都一视同仁。

教员："厉总在飞机上。"

许知月一愣。

哈？

现在整个公司的人都知道厉西钊的习惯，他出行不爱坐公务机，每次都是搭星野自家的航班，顺便挑毛病，每一次都搞得整个机组乘务组如临大敌。

许知月奇怪道："刚刚的协同会上，乘务组的人没说有他在啊？"

教员耸了耸肩："不知道，进场的时候乘务长才私下跟我说了句，说厉总是临时有事要去一趟穗城，他助理还特地叮嘱了让我们别大惊小怪。"

许知月无言以对。

所以那条微信不是关心她，是关心他自己的人身安全嘛。

她果然又自作多情了。

"星野5305，地面风200，3米每秒，跑道03R，可以起飞！"

"跑道03R可以起飞，星野5305！"

得到起飞许可，许知月一手控制驾驶盘，一手搭上油门杆，她手背依旧留有微红的烫伤印，但手上动作稳如泰山。

"调定40%N1！"

"稳定！"

"调定起飞推力！"

"N1，TO/GA方式有！"

伴随着一句句标准喊话，飞机逐渐加速。

顺利起飞离场，进入巡航状态后，乘务长打进客舱内话，说厉总想进来驾驶舱参观。

教员一听头都大了："他要进来？"

厉西钊不是飞行专业人士，但允许进入驾驶舱的情况里有一类是经机长同意，并经合格证持有人特别批准的其他人员，意思是只要航空公司批准、机长点头，就能进来，厉西钊自己就是公司老板，他想进来，只要机长同意就行。

机长能不同意吗？

至少之前几次厉西钊心血来潮想进驾驶舱，没有哪个机长敢说不，好在厉西钊一般也就在巡航阶段进去看看，不会不懂装懂、指手画脚。

但他进了驾驶舱，那些在巡航阶段就彻底放松吹牛打屁的人，都不敢不收敛。

带飞教员是个不喜欢被人约束的老头，要是厉西钊那尊大佛进来，坐他们背后盯着，两个小时实在难熬，他心里叫苦不迭，嘴上示意许知月："你才是值机机长，你决定吧。"

许知月神情平静："跟乘务长说，我不同意。"

教员一挑眉："你确定？"

许知月："确定。"

虽然教员也不想同意，却没想到许知月真的敢说出来，他笑着提醒："你不怕那位总裁给你穿小鞋啊？听说他脾气挺不好的。"

"随便他。"许知月无所谓道。

教员："那好吧，我跟乘务长说。"

听到教员说他们不同意，乘务长十分惊讶，再三确定，这才去跟厉西钊说。

许知月道："教员，是我说不让他进来的，你没必要也往自己身上揽。"

教员一挥手："算了，我怎么也是带飞教员，哪能让你一个人被人穿小鞋。"

许知月笑了笑，心想着厉西钊这是什么人憎鬼嫌的风评，就没一个人欢迎他的。

五分钟后，乘务长再次打内话进来，这一次是许知月接的。

"许机长，"乘务长语气为难，"厉总他问，机组不同意他进来的原因是什么？"

许知月平静地答："他会影响我情绪。"

乘务长将许知月的话转告头等舱中的厉西钊，厉西钊沉默了一下："算了。"

他低了头继续看手里的收购计划书，这次去穗城是因为星野打算收购一家那边的廉价航空，之前一直是下边的人在谈，这次对方老板从港城回来，他才临时决定飞过去。

听到乘务长说的话，厉西钊的助理看一眼自己老板，默默调整了一下坐姿，免得一会儿又被他看不顺眼挑刺。

许机长会被他们老板影响情绪，反之亦然。

飞机降落在穗城机场时临近中午，许知月在机舱口碰上还没下飞机的厉西钊。

厉西钊第一眼先看她的手，皱眉道："你的手怎么还是这么红？"

许知月抬起双手看了看，不知道是不是经历了高空飞行的原因，看着似乎确实比早上出门时红了点，她原本以为掉痂了就没事了，这会儿厉西钊一说，竟然还有隐隐作痛之感，也不知道是不是心理作用。

厉西钊转头便示意助理："跟公司那边说一声，下一段她飞不了，让签派换人。"

许知月其实想说没什么问题，但话到嘴边还是算了，厉西钊肯定不会同意。

厉西钊丢出句"跟我走，明天一起回去"先下了机，完全不给许知月拒绝的机会。

带飞教员就在一边，将这一幕看在眼里，仿佛看明白了什么，乐呵呵笑起来。

他刚与许知月一起走出机舱，但从头到尾厉西钊都没分注意力给他。

他就说呢，原来是这样，自己之前瞎凑什么热闹呢。

厉西钊的助理一通电话打出去，许知月又多了一个星期的假。

"既然认定了你是工伤，就不会扣你工资。"

将许知月强行带出机场时，厉西钊如是说。

许知月："我就算不飞，也可以跟机回去，为什么要等你明天一起？我什么过夜的东西都没带。"

厉西钊道："我过生日。"

许知月："……哦。"她想了想今天几号，好像确实是厉西钊的生日。

……一把年纪的大男人，还过什么生日，又不是小学生。

厉西钊忽然侧头向她："记得送我生日礼物。"

连讨要礼物时也是面无表情，又说得理所当然，许知月半天憋出一句："我想想吧。"

但这一时半会的，她到哪里去买生日礼物？

接机的车子就停在机场外，车上人迎下来热情地跟厉西钊一行人寒暄，是星野打算收购的亚速航空派来的一个副总。

上车之后，他们直奔市中心的五星级酒店。

亚速的老板正在这里的餐厅等他们。

关于收购的事情，两边之前已经谈了几回，价格问题上一直没谈拢，厉西钊今天才亲自来了穗城。对方是穗城本地人，在厉西钊进门时操着一口别扭的普通话上来与他握手寒暄，厉西钊不冷不热、神情平淡，很快入了坐，并让许知月就坐在自己身边。

亚速老板递烟过来，厉西钊接了但没点，对方笑问他："这位靓女是……？"

许知月身上还穿着机师制服，厉西钊特地把人带来，身份一看就不一般。

许知月道："我是星野的飞行员。"

厉西钊接了句："我女朋友。"

许知月："……"

对方闻言笑眯眯地将她一顿夸，许知月犹豫了一下，想想还是算了，闭了嘴没再接话。

之后她自顾自地吃东西，厉西钊则很少动筷子，酒倒是喝了几杯，与人一来一回地谈起生意。

亚速老板问起厉西钊星野一直走高端路线的，这次怎么会想收购他们这样的廉价航空，厉西钊直言不讳："整合资产，有用的留下，没用的拆了卖。"

对方闻言面色微变，似没想到他会说得这么直接，顿时苦笑道："厉总这是连骗一骗我都不愿意啊，亚速是我一手创立起来的，要不是迫不得已也不会舍得卖，更别说看着它被拆了。"

厉西钊不为所动："你这一趟去港城，想必也是无功而返，要不不会回头仍跟我谈，只有星野出得起也愿意出这个价买下亚速，缓解你的燃眉之急，至于之后怎么样，便与你无关，我没有必要骗你。"

他说的话完全戳中了对方的软肋，眼见着对方脸上的笑意更苦涩了几分，却不得不硬着头皮继续跟他谈下去。

许知月听着心下讶异，她没想到厉西钊谈生意时竟也这么强势。

一顿饭结束已经快三点，收购的大致方向定下了，至于细节问题之后交给下面人去处理就行。

厉西钊谢绝了对方后续的邀请，带着许知月先一步离开。

他们订的房间就在这间酒店，坐电梯上楼时，许知月不解地问道："你生意都谈完了，不能今天回去吗？"

厉西钊："飞来飞去你不累？"

许知月："有什么累的，我经常飞四段，一天之内四个起飞降落，这算什么？"

"我累。"丢出这句，厉西钊不再理她。

许知月无话可说，她忘了，厉西钊是个彻头彻尾的大少爷，没吃过苦那种。

进房门前，许知月再次问："我住哪？"

厉西钊的助理体贴解释："许机长，这里的总统套房除了主卧还有客卧。"

将他们送进门，助理很识相地没有跟进去。

既来之则安之，许知月四处转了一圈，感叹着资本家的日子可真好过，转身问跟过来的厉西钊："你在外人面前说我是你女朋友做什么？"

今天那酒桌上可不只有亚速那边的人，厉西钊的总裁办秘书长和好几个下属都跟来了。

厉西钊去水吧冲了两杯咖啡，随口道："他们是外人，谁是内人？"

许知月："……你能不能别总是胡乱抓重点？"

厉西钊："反正你也不在意别人说这种话。"

许知月拧眉："你什么意思？"

"没什么意思，"厉西钊将咖啡递给她，"说了就说了，你要是不高兴，想骂就骂吧，我听着。"

许知月："……"

这算什么？死猪不怕开水烫？

厉西钊这么说，许知月反而没兴趣骂他了，骂了也没用。

厉西钊靠在吧台边喝咖啡，沉目盯着许知月，片刻，忽然问她："我会影响你情绪吗？"

许知月也低头抿了一口咖啡，嘬道："看到你就想打爆你的狗头，算吗？"

"许知月，"厉西钊叫她的名字，"不要说粗话。"

许知月抬眼，厉西钊提醒她："有损公司形象。"

许知月假笑了一下："哦。"

她先岔开了话题："你真打算把亚速拆了？"

"有什么问题？"厉西钊道，"亚速的机队资源不错，光是冲这个，这次收购就不亏。"

许知月道："我看那位老板挺伤心的，大概真不想看到自己的心血就这么彻底没了，算是……一种情怀？"

厉西钊："与我何干？需要资金周转的是他，主动想卖了公司的也是他，至于情怀这种虚无缥缈的东西，值几个钱？"

许知月偏不爱听这话："厉总财大气粗当然能这么说，要是星野哪天经营不善倒闭了，必须卖给别人时，你还说得出口这种话吗？"

厉西钊却道："星野只是一间普通公司，如果不得不卖时，那自然也是卖了好。"

许知月一哽。是啊，星野只是厉家产业里不甚重要的一块，没了就没了，厉西钊怎么会心疼，有感情的也是他们这些在星野打拼多年的员工而已。

"所以，你到底为什么要来星野来临城？"

厉西钊为什么离开沪市来临城接手星野？这个问题，公司里那些同事每次私下八卦厉西钊时，总会提起，众说纷纭但没有确切的答案。

之前苏婷也曾跟许知月开玩笑，说厉西钊大概是来临城千里追爱的，当时许知月听着面上没当回事，心里却并非一丝波澜都没有。

厉西钊是几时知道她在星野工作的？他来这里，究竟为的什么？

厉西钊慢慢地喝着手中咖啡，语气平淡："现在的星野在厉家的产业版图里确实不重要，但厉家最初发家就是从航空业开始，后来才转型往其他行业发展，我从国外回来后，在集团总部待了几年，我爸说放我出来独自历练，才让我来了临城。"

许知月："……哦。"

她重新低了头，将杯中剩下的咖啡喝完，心头泛起的那一点涟漪无声消弭。

头顶却忽然响起一声轻笑，许知月不解地看向面前人，厉西钊盯着她的眼睛："许知月，你是不是以为，我是为了你才来的临城？"

许知月："那谁知道呢，反正你肯定不会承认，嘴上说的也未必是真的。"

厉西钊脸上的笑意消失殆尽："当年你斩钉截铁跟我提了分手，之后我怎么联系你都没有回应，从那时起我就彻底死心了，这十年我去欧洲留学，再回沪市工作，我没找过你，也没想过再走回头路。"

许知月一愣，感觉到心脏一阵没来由地紧缩，她放下空了的咖啡杯，尴尬道："我困了，回房去睡个午觉。"

才转身，又被厉西钊扣住手腕用力拉了过去，许知月猝不及防地撞进他怀里，厉西钊高大身躯罩下，圈住了她。

"你跑什么？"

沉哑声音落进耳中，带着他略重的呼吸。

许知月闭了闭眼，哂道："不想走回头路，现在这样又算什么？"

厉西钊恶狠狠道："当年不是走得很干脆吗？现在又回来做什么？你不知道星野是我家的公司？"

"你说错了，"对上厉西钊黯下的目光，许知月提醒他，"我早回来了，七年前就回来了临城工作，不是现在，至于你说的星野是你家的公司，我不知道，如果知道……"

"如果知道怎么样？"厉西钊逼问道。

许知月的声音一顿，继续："如果知道，我会选别家。"

厉西钊捏着她手腕的力道渐渐加重，许知月一声未吭，就这么看着他。

明明近似呼吸交缠的身体距离，却又互相较劲一般，谁也不肯先低头。

最后是许知月的手机铃声打破僵局。

厉西钊终于退开一步，松了手。

许知月转身接起电话，是她师父打过来问她怎么又停飞了，许知月随口解释了两句，挂断之后不再搭理厉西钊，去了客房关上房门。

倒进床里时，许知月瞪着天花板发呆片刻，拉起被子用力盖住了自己的脑袋。

她也不想走回头路，是厉西钊不肯放过她。

一觉睡到五点多，醒来后许知月去洗手间用冷水洗了把脸，推开房门出来，却见厉西钊靠在客厅沙发里，正在看平板。

听到声音，厉西钊撩起眼皮子看了她一眼，示意她："换了衣服，跟我出去。"

衣服就摆在客厅茶几上，从里到外，连内衣都有，许知月看着眼珠子都快掉出来了："……你买的？"

厉西钊："让跟来的一个女秘书去楼下商场买的，她说尺码应该合身，你不是说没带过夜的衣物？"

一晚而已，真不用这么讲究，还买内衣……

许知月拎起那件酒红色的蕾丝内衣，像拎着个烫手山芋，面皮一红，赶紧松手扔了回去。

她恨不能找条缝钻进去算了，她都能想象厉西钊吩咐女秘书去买内衣时，对方的表情，她跟厉西钊的关系这下真是跳进黄河也说不清了。

厉西钊却仿佛无知无觉："把外面的衣服换了，还是你打算穿着机师制服出门？"

许知月："去哪里？"

厉西钊拧眉，眉宇间多出了几分不悦，再次提醒她："我过生日。"

许知月这次是真想拍他狗头了，是谁两个小时前还说不想走回头路的？

二十分钟后，许知月换了衣服，跟着厉西钊乘电梯去地下停车场。一直到上了车，她才后知后觉问道："出去过生日，就我们俩？"

厉西钊发动车子："你还想叫几个人？"

许知月："其他人呢？"

厉西钊道："在跟亚速那边敲定合同细节，争取这几天搞定。"

所以其他人都在工作，就他俩出去浪。

"想好给我买什么生日礼物了？"车开出停车场时，厉西钊问。

许知月就没见过这么厚脸皮的人，还厚脸皮得理直气壮："你自己选吧。"

厉西钊："你选。"

许知月想想当年她给厉西钊过的两次生日，第一年送的是她攒钱买的机械键盘，第二年她已经去了澳大利亚，送的是邮寄回国的一套英文原版书。

至于厉西钊送过她的礼物，那就太多了，除了生日，各种奇奇怪怪的节日也会给她送礼物，虽然大多时候大少爷都要摆出一副我顺手买的，不是特地送你的态度。

想到这些往事，许知月心里莫名不是滋味，心不在焉地随手一指："那进前面的商场看看吧。"等到他们下了车，真正走进商场时，许知月才意识到来的是什么地方。上下左右放眼望去全是奢侈品大牌，许知月深觉上了贼船，但不好反悔："还是你挑吧。"

厉西钊意味深长地看了她一眼，许知月："放心，我年薪百万，买得起。"

厉西钊提步往前走，最后走进了那间P打头的腕表专卖店内，完全无视了许知月伸出的手。

在店里转了一圈，厉西钊冲着上了锁的玻璃橱柜里的展示品矜持一点头："就这个吧。"

许知月凑过去看，蓝宝石星空表盘上一弯明月，很漂亮。

价格更漂亮……

许知月："……你在开玩笑的吧？"

厉西钊道："我就喜欢这个。"

导购过来，笑着告诉他们："这是浩瀚星空系列的一款，今天早上刚到的货，想要的话可以当场拿，你们运气好，一般这款表都需要提前至少半年预订才有货。"

许知月："我买不起。"

厉西钊："我可以预支你三年薪水。"

许知月没好气："那我之后这三年喝西北风吗？"

厉西钊没理她，示意导购："我想试试这款。"

导购一眼看出他本身带的表比展示柜里这块还贵，自然不会拒绝他的要求，笑道："您稍等。"

在导购想帮厉西钊将腕表戴上时，他却示意许知月："你帮我戴。"

再问那导购："可以吗？"

虽是问句，他的语气却格外强势。

这么贵的表，没卖出去前当然不能经顾客的手，但对上厉西钊目光，导购便仿佛被下了蛊一般，鬼使神差点了头，将腕表双手递给了许知月。

许知月人都蒙了，问厉西钊："你真要这个？"

厉西钊取下手腕上原本的那块，再次示意她："帮我戴上。"

僵持了几秒，许知月勉为其难，帮厉西钊将腕表戴到了手上。

不得不说，这表确实好看，表盘璀璨华美如浩瀚星空，那一弯明月更是点睛之笔，贵总是有道理的。

许知月捉着厉西钊的手细细看了一阵，忽然被厉西钊反手扣住了手心。

她惊了一跳，收回手："你干吗？"

"你先捉着我不放。"

厉西钊只说了这一句，取出信用卡，递给导购："开票吧。"

对方笑容更灿烂："好的，您稍候！"

导购去取刷卡机，许知月犹豫地问厉西钊："你不要我送了？"

厉西钊："我要你送你就会送？你有这么好说话？"

当然不会，厉西钊一定要她送这个，她会立马翻脸走人。

许知月："为什么买这个？"

厉西钊目光落回表盘上，眼瞳里映出明月的影子："喜欢。"

走出表店，厉西钊忽然又顿住脚步，转身问许知月："你送了我礼物，我也送你件礼物吧，包要不要？"

许知月："……？"

且不说过生日的不是她，而且她哪有送厉西钊礼物？

"我送你什么了？"许知月莫名其妙。

厉西钊道："我觉得送了便送了。"

许知月："……随便你吧。"

厉西钊："礼尚往来，你想要什么？"

许知月左右看了看，这种地方，她真的一点兴趣都没有，不像苏娉和杨兮枝她们，喜欢攒几个月工资买大牌包，她看不出几万的包跟几百的包有什么区别。

"什么礼物都可以？多贵都可以？"

厉西钊："可以。"

许知月笑了："我不喜欢这些，你如果一定要送，我想要银之翼。"

厉西钊："……"

她说的银之翼，是之前在航展上做飞行表演的那款战机的别称。

这就完全是在刁难厉西钊了，许知月如果想要飞机，哪怕是多贵的私人飞机，他也送得起，偏偏许知月说她想要战机。

这是根本没法买到的。

霸道总裁没了表现的机会，吃瘪的样子却叫许知月格外暗爽。

"所以啊，不要以为你有钱就能买买买，有的东西你有钱也买不到。"

在外面吃完晚饭回到酒店已经快九点，走进大堂时许知月让厉西钊先上去。

"我去买点东西。"

厉西钊瞥向她，许知月催促道："你上去啊。"

厉西钊丢下句"动作快点"，先上了楼。

许知月在大堂等了十几分钟，外卖员将她订的蛋糕送来。拎着那个虽然只有六寸，但花了自己两百大洋的蛋糕坐电梯上楼时，许知月想着她就当拍领导马屁了，把厉西钊当老板伺候，她大约能心安理得一点。

就这么一会儿工夫，厉西钊已经冲了个澡，许知月进门时，他正在客厅落地窗边跟人打电话，不知道对面是什么人，隐约能听到是个女人，一直是那边在说，厉西钊附和着"知道""好""改天去"，语气竟然还挺温柔。

许知月好奇地多看了他两眼，厉西钊似有所觉，目光转向她。像是偷窥被抓个正着，许知月莫名心虚，移开视线，去把蛋糕放到了餐桌上。

厉西钊挂断电话过来时，许知月刚把蛋糕盒拆了，摸出了一根蜡烛。

厉西钊看着她的动作："你半天没上来，就是去买蛋糕？"

"随便买的，将就吃吧。"

许知月抬眼，却蓦地一愣，这人洗了澡，头发湿漉漉乱糟糟的，浴袍松松垮垮挂在身上，跟平常一本正经的模样判若两人。

"……你能不能注意点？"回过神后许知月憋出这么一句。

厉西钊："注意什么？"

许知月硬着头皮道："我毕竟是女生，孤男寡女的你穿成这样……"

厉西钊："你没看过？"

许知月闭了嘴，她就不该说。

厉西钊的手机铃声又响了，他顺手接起，那边大概跟刚才是同一个人，多说了几句话，厉西钊耐着性子听完，最后道："我知道，放心，你也注意身体，我还有事，先不说了。"

他挂断电话时，许知月蹦出一句："我在这里，是不是打扰你了？"

厉西钊没接话，就这么看着她，眼神似别有深意。

许知月："……你盯着做什么？"

"许知月，"厉西钊叫她的名字，"你刚说的那句，不觉得有点酸吗？"

许知月眉头一拧："你胡说什么？"

厉西钊："我有没有胡说你自己知道。"

许知月："不要自作多情，这句话还你。"

厉西钊欣赏够了她故作镇定的反应，慢悠悠地道："刚打电话来的是我妈，问我什么时候能回家一趟。"

许知月："……哦。"

关我什么事？

把蜡烛插蛋糕中间，许知月去把灯关了，回来示意厉西钊："许愿。"

厉西钊深深地看她一眼，目光落向那个蛋糕，许知月见他站着不动，轻推了一下他手臂："许愿啊，许完愿吹蜡烛。"

厉西钊忽然伸手将她揽入怀，不待许知月反应，抱着她一起弯下腰，吹灭了蜡烛。

烛光灭去，餐厅里倏然陷入黑暗中。

许知月察觉到近在耳边的温热呼吸，厉西钊的湿发蹭在她脸上，微微发痒。

她低下声音："你放手。"

"你知道我许了什么愿？"厉西钊在她耳边问。

许知月："我不想知道。"

厉西钊："我许愿我们这十年从来没分开过，可惜愿望没可能成真。"

许知月怔住时，厉西钊已退开身，头顶的灯亮了。

厉西钊在桌边坐下，切下一小块蛋糕，只尝了一口就扔了叉子："太甜了。"

许知月已平复了心绪，深吸一口气也坐下了，切了块蛋糕拿过来自己慢慢吃，再不搭理这位大少爷。

待到她吃完最后一口，忽然抬头叫了一句身边人："厉西钊。"

玩手机的厉西钊漫不经心看过来。

许知月手指沾着奶油抹上他的脸，在厉西钊神情僵住时，笑了一下道："虽然你许的愿现实里确实没可能成真，但没准梦里行呢？祝你夜里做个好梦，生日快乐。"

话说完她站起身，丢下句"我去洗澡睡觉了"，回了房。

刚关上房门，苏娉的视频通话进来，许知月顺手按下接听："干吗？"

"突击检查，"苏娉眼珠子滞留转，"看我们许大美人在跟哪个男人幽会。"

许知月举着手机四处晃了一下："你看到了，没有野男人，就我一个人。"

"少来了，"苏娉半点不信，"你怎么才复飞又放假了？你真以为我不知道啊？今天厉总跟你一班机飞的穗城吧？是不是有厉总？"

"你消息真灵通，"许知月面不改色，"我们是一班机来的，但你哪只眼睛看到厉总在这里？"

苏婷："月月你不老实了啊，你看看你住的这酒店这环境，跟厉总住一起吧？啊——！"

她忽然尖叫起来，许知月莫名其妙："你小声点，干吗呢？"

苏婷："你床上左手边，那是什么！"

许知月回头一看，想藏起来已经来不及了，是厉西钊让人买的那套蕾丝内衣，她下午换衣服时随手扔这里了……

"我的天啊，你竟然买这种内衣，你转性了吗?！"苏婷惊呼。

许知月这人偏保守，内衣一般都买肤色、白色正常款，但床上这件肉眼可见款式性感轻薄，还是前开扣的，实在叫人浮想联翩。

不等许知月说，苏婷大惊小怪之后又提醒她："喂，你跟厉总来真的啊？你没昏了头吧？"

许知月解释不清楚干脆不解释了，直接掐断了视频通话。

苏婷的消息发进来："打扰了，祝你和厉总一起度过一个激情甜蜜的夜晚……"

许知月深觉无力，什么乱七八糟的。

她跟厉西钊……

她跟厉西钊当年不是没有过亲密行为，除了最后那步，该做的都做过了，但时隔多年，被人这么调侃，她除了尴尬，更有些说不清道不明的心虚，心里不由得埋怨起厉西钊，买这种内衣给她，他是真不懂还是在装傻？

半夜，许知月从睡梦中渴醒，摸黑下床，披上外套去外头想倒杯水喝。

出门才看到客厅还有微光，厉西钊正靠在沙发里看电影，听到声音目光转向她，没再动。

许知月怔了一瞬，避开了他的视线，去水吧倒了杯开水。

"几点了，你还不睡吗？"将一杯水喝下，她犹豫地问。

厉西钊："看电影。"

许知月过去，在他身边隔了一个身位坐下，厉西钊却伸手一揽，将人拉近自己，欺身过来。

在这个混蛋做出更过分的举动之前，许知月出言提醒："厉总说话不算话的吗？"

厉西钊没出声。

许知月嗤道："不想走回头路，就别总是做这种暧昧的举动。"

厉西钊："你半夜坐到我身边来，不就是这个意思？"

许知月神色一冷："你什么意思？"

厉西钊抬手去碰她的脸，许知月皱眉撇开。

厉西钊轻声问："生气了？"

许知月瞪了他一眼："你无不无聊？"

"你就当我无聊吧，"厉西钊坚持抚了一下她的脸，收回手，"我本来就这么无聊。"

许知月冷哂："你是有够无聊的，给公司女员工买内衣，你知不知道我可以告你这个上司性骚扰？"

"你说那个，"厉西钊淡道，"我以前也不是没帮你买过。"

许知月瞬间语塞。从前有一次他们一起去外面旅游，她内衣洗坏了，确实是厉西钊去商场帮她买了新的回来，那都是多少年前的事情了，再说那时他们是亲密的男女朋友，现在算什么？

厉西钊："想起来了？"

许知月想抽死他："从前跟现在能一样吗？"

厉西钊："我觉得没什么区别。"

"……"许知月彻底无话可说。

厉西钊放开她坐了回去，继续有一搭没一搭地看电影。

许知月拿起茶几上他那块新买的手表看了看时间，都快凌晨一点了。

"你怎么不睡觉？"

厉西钊眼睛盯着电视屏幕："睡不着。"

"原来是你自己会失眠啊？"许知月小心翼翼地把表搁回去，生怕不小心摔了他让自己赔，"你这么看电视不是更睡不着？"

厉西钊："你好吵。"

许知月撇嘴："那你慢慢看吧，我去睡了。"

起身时又被厉西钊攥坐回去："还有半小时就结束了，陪我看完去睡。"

许知月这才注意到他看的是好莱坞大片，从前每次他们进电影院看这种片子，不出半小时她一定能睡着，然后一直睡到电影结束。

"都这么多年了，你怎么还是喜欢看这种东西，有意思吗？去电影院看不够，半夜在酒店里也要看？"

厉西钊："很久没去电影院。"

许知月下意识地问："为什么？"

厉西钊的视线始终没有从电视屏幕上移开："没空，也没人一起。"

"……"许知月忽然就不想再说了，彻底安静下来，勉强自己将注意力倾注进电影当中。

十分钟后，厉西钊感觉到肩头一沉，目光落过去，许知月靠着他，已安然入睡。客厅里没开灯，只有屏幕透出来的一点光线，滑动在她睡得香甜的面颊上。厉西钊垂目看了片刻，将手边毛毯盖到她身上。

回到临城的第二天，厉西钊参加了一场签约仪式，正式对外推出和澳翔航空的联营合作项目。

发布会办得很盛大，在临城最豪华的五星级酒店，之后紧接着举办星野二十周年庆典酒会，邀请到场的都是各方合作商、业内同行和社会名人名流。

许知月也来参加了签约发布会，是厉西钊特地要求的，让她穿了机师制服，和星野其他中高层领导共同坐在台下，最后集体合影时厉西钊把人叫到身边，一起拍下了合照。

厉西钊的说法是，星野虽然请了形象代言人，但那是面向公众的，在行业内许知月才代表着他们公司的形象。

许知月对此不敢苟同："星野的飞行员有大几百人，多的是资历深经验老到的优秀机长，就算是女飞行员，现在哪家公司没几个，也不算稀奇，我代表不了他们，别人都在认真工作，我在前面出风头，这对别人，尤其是像我师父那样兢兢业业投身于飞行事业、为这份工作奉献自我的人不公平。"

但厉西钊说："没有那么伟大，他们为我工作，我付工资，已经是公平交易，其他附加的东西，给谁不给谁，我说了算。"

在资本家面前，有些道理永远讲不通，许知月道："可你附加的这些东西，说是荣誉，我却不想要，我不喜欢出风头，为什么一定要给我？我不觉得这是好事。"

厉西钊："那就当是公司要求，给你的任务。"

因为他这套歪理，原本在家继续养伤的许知月不得不跟来参加发布会，以及之后的酒会。

趁着酒会还没开始，许知月在休息室坐下刚喝口水，厉西钊的助理带了个人进来，介绍说是化妆师，还帮她送来了一套礼服和一双高跟鞋。

许知月眼皮子跳了跳："这是要做什么？"

助理笑着哄她："许机长，我知道你不喜欢，但厉总吩咐的，我们不能不听，一会儿的酒会，来的都是名流，是得穿正式一点。"

许知月当然知道，这种正式的对外酒会不是他们公司内部庆典，她真穿件机师制服去显然不合适："……他人呢？"

助理解释："厉总还在跟澳翔来的那些人交流之后项目启动的事情，要晚点才能过来。"

许知月懒得问了，助理也只是替人打工，做不了主，自己为难他也没用。

"算了，衣服给我吧。"

厉西钊叫人给她准备的是一条烟灰色的收腰鱼尾长裙，衣领、肩膀至袖子部分拼接同色的薄纱，胸前一块镂空，以碎钻点缀，尺码很合身，既能凸显身材又不暴露。再蹬上那双亮闪闪的银色细高跟，她就算不化妆也足够抓人眼球了。

厉西钊进来时，许知月刚做完发型，卷发拢在肩膀一侧，衬托那张经过化妆师巧手精心雕琢的脸，更显妩媚生姿。

厉西钊走至她身后，一手搭在她身后椅背上，微弯下腰，不动声色地看着镜子里的自己和她。许知月抬目，对上镜中厉西钊盯着自己的眼睛："这也是公司任务？"

厉西钊轻声道："做我的女伴。"

许知月扬眉："你这是邀请我？"

厉西钊偏过头，这一次面对面地看着许知月说："我邀请你，做我的女伴，可以吗？"

许知月："……"逼着她换了衣服、化了妆、做了头发，再来说这种话，好似她不答应就能走一样。许知月弯起唇角笑了一下："我做你女伴，能有什么好处吗？"

厉西钊侧头轻嗅了一下她发间的香味："明天公司内部庆典，会宣布新任总飞行师的任命。"

许知月微微睁大眼："是谁？"

"想知道？"厉西钊故意卖关子。

许知月："……你直接说吧。"

厉西钊："不说，看你今天表现如何。"

许知月深呼吸，继续假笑："这种大场面我怕应付不来，还请厉总多多包涵。"

厉西钊："没关系，跟着我就好。"

他站直身，左臂曲起，示意许知月。许知月慢吞吞站起来，一手勾住了他的臂弯，维持着脸上最完美的假笑，与他一起走出去。

宴会厅里衣香鬓影、觥筹交错，香槟玫瑰、香水百合随意点缀其间，琴声悠扬，合着宾客的轻笑与交谈声，气氛正热烈。

许知月挽着厉西钊的手臂，与他并肩走进来，立刻成了众人瞩目的焦点。

不时有人举着酒杯过来与厉西钊招呼寒暄，厉西钊总是先与人介绍许知月，告诉所有人许知月是他们星野的第一位女机长。

各样的目光落在许知月身上，无不带着几分惊艳和欣赏。女机长不稀奇，但气质出众、漂亮如许知月这样的，大家却从未见过。

厉西钊虽未介绍他与许知月之间的关系，但举手投足间对许知月自然的亲昵和照顾，明眼人都看在眼中。

酒会正式开始前，厉西钊上台致辞，欢迎各方宾客来此共庆星野成立二十周年。

许知月站在台下看他，厉西钊与当年一样又不一样，在外人面前，他成熟稳重、自信强势，轻易就能控场，私底下，其实仍与从前一样，口不对心、别扭骄傲。许知月垂眸自嘲地笑了笑，如果被厉西钊知道自己这么看他，一定会问她别人是外人，谁又是内人。

她轻出一口气，退去了一旁的甜品台，拿了一小块蛋糕吃。心不在焉地吃东西时，身后忽然有人叫了她一声："许机长。"

许知月回头，是盛北岑，对方过来跟她打招呼，她这才想起来，之前盛北岑确实说过今天会来。

"我刚到的，飞机晚点了。"盛北岑解释完，注意到她的手，目光一顿，说道："抱歉，之前的事情，连累你了。"

许知月笑着摇头："算了，也不关你的事，你已经道歉过很多次了。"

盛北岑道歉的态度很诚恳，之前说会给她个交代，后来真的通过公司给她付了医药费、误工费和精神损失费。不但如此，这位向来宠粉的大明星还亲手写了一封措辞严厉的告粉丝书，听苏婋说他粉丝内部为此分歧严重，有相当一部分人脱粉甚至转黑了。这事其实不能全往盛北岑身上算，他做得已经足够得体，许知月也不是斤斤计较的人，自然不好意思让他一直这样道歉。

盛北岑道："我还会在临城待两天，这次让我请你和你朋友吃饭，正式给你赔礼道歉吧。"

许知月还未开口，身后响起厉西钊的声音："她去不了。"

厉西钊走过来，许知月这才注意到他致辞已经结束了，现在换了公司的运行副总在台上说话。

厉西钊主动朝盛北岑伸了手，语气却平淡，自我介绍："厉西钊。"

盛北岑与他握了握手："厉总幸会。"

厉西钊道："感谢你今天抽空来参加星野的周年庆典，知月这段时间一直在家休息养伤，但明天是公司内部周年庆，她恐怕不好缺席，后天我们也有别的安排，可能没法跟你一起吃饭。"

许知月有些意外地看了厉西钊一眼，既不知道他的说别的安排是什么，更惊讶于他对自己的称呼，久违了的两个字。

盛北岑目光落向许知月："你这几天都没空吗？"

许知月犹豫了一下，顺着厉西钊的话说："抱歉。"

盛北岑目露失望，厉西钊淡声提醒他："盛先生是公众人物，一言一行都会给周边人带来很大影响，有些事情或许非你所愿，却因你而起，若说是你的错未免有失偏颇，但要说你一点责任都没有，想必你自己也无法说服自己，既然如此，最恰当的做法，便是保持距离。"

盛北岑沉默一瞬，问许知月："你也是这么想的？"

许知月："……抱歉，我只是不想惹麻烦。"

盛北岑嘴角扯出一抹苦笑："我果然还是比较适合没朋友。"

许知月只能再次跟他道歉，被盛北岑打断："你让我别总是道歉，你自己也别一直说抱歉了，这样也好吧，我经纪人也能松口气了，刚才我跟你说话，他一直虎视眈眈地盯着我们。"

听到盛北岑说笑，许知月放下心："你经纪人也是为你好，怕再闹出什么事，对你的粉丝不好交代。"

盛北岑撇嘴："做我们这行的确实没意思，一点自由都没有，我还是向往能自在飞上天的感觉。"

"你说错了，"许知月笑着纠正他，"飞上天的感觉并不自在，开飞机才是最该遵守规矩、任何一个指令都不能出错的工作。"

盛北岑受教："你说得对，是我想当然了。"

说了几句话，盛北岑被他的经纪人叫走。

许知月收回视线，见厉西钊手里捏着半杯红酒，还站在自己身边不动，问他："你不去招呼客人吗？就这样一直躲这里？"

厉西钊目光瞥向她："保持距离，你也记着。"

许知月听着心里不舒服，厉西钊这是什么语气？

厉西钊："你眼光太差了，遇不到正经好男人，自己悠着点。"

许知月："……也包括你？"

厉西钊神色一沉。

甜品台边就是宴会厅的侧门，他伸手扣住许知月手腕，攥着她直接走侧门出去。许知月回过神时已被他拉去了外边走廊上："你做什么？不在里头招呼客人，你发什么疯？"厉西钊看着她愠怒的脸，半晌，松开手，点了根烟。

许知月受不了二手烟的味道，往后退了一步，厉西钊盯着她的动作，沉声问："我在你眼里，是不是也跟你那个垃圾前男友一样？"

许知月愣了愣，似没想到厉西钊会问出这样的问题。

不等她回答，厉西钊的助理找出来，察觉到他们之间微妙的气氛，到嘴边的话顿住了，不知该不该说。

厉西钊皱眉问："有事？"

助理："……几个副总都在找您，问您去了哪里。"

厉西钊用力吸了两口烟，在烟灰缸里摁灭，冷淡示意许知月："跟我进去。"

许知月犹豫着想说句什么，目光触及厉西钊紧绷起的侧脸，终究作罢。

之后那一整场酒会，许知月全程装花瓶，陪着厉西钊迎来送往。在人前他俩表现得默契十足，一个眼神就知道彼此的意思，仿佛天造地设的一对，许知月中途去洗手间时，甚至听到人议论她应该就是星野未来的老板娘，厉西钊今天才会特地将她带出来，介绍给众人。

推开隔间门出来，说话的人已离开，许知月站在洗手台前，看着镜子里妆容明艳、略显陌生的自己，讪讪地扯了扯嘴角。

九点半，酒会结束，厉西钊将许知月送回家。一路上谁都没说话，前座的司机和助理就更不敢出声，车子里死寂一般沉默。车到兰欣苑外，下车时许知月才忍不住问了一句："你说的明天总飞行师的任命，究竟是谁？"

厉西钊慢条斯理道："明天不就知道了，急什么？"

许知月知道这小气男人的意思了，她今天表现得不好，所以不告诉她。

许知月："……你下车来，我有话跟你说。"厉西钊跟着她下车，带上了车门，摆出一副"你最好真的有事要说"的表情，看着她。确定车子里的人听不到，许知月问道："你在跟我闹别扭吗？"

厉西钊拧了眉，许知月没好气："是你总是讽刺我眼光不行，我才顺着你的话说，你还反过来跟我生气，你有意思吗？你跟别人是不是一样，你自己不知道？"

厉西钊："你话说完了？"

许知月："说完了，你走吧。"

厉西钊伸手过去，在她脸上抹了一下，面无表情道："妆花了。"

许知月一怔，厉西钊已重新拉开车门，丢出句"明天早点去公司"，上了车扬长而去。

许知月："……这什么人啊？"

第十一章　聚会

> 许知月赔着笑，听得却不胜唏嘘。那个时候她和厉西钊确实很大胆，自以为偷偷摸摸，其实根本不加掩饰，如今的她可能再没法如当年那样，纯粹而热烈地去喜欢一个人。

第二天是星野的内部庆典活动，除了正常要飞赶不回来的，所有人都被要求到场参加。但下午大家到了公司才被告知，庆典活动第一项是全员考核，无论哪个部门什么职位的，都得参加这个时间为半小时的机考，完成一百道本部门职责相关的选择题。

所有人："……"

这是哪个天才想出的主意？这是庆祝还是折磨人呢？

总裁办的秘书们笑容灿烂："都是很简单的题目，题库随机抽取，全部答对拿到满分的，周年庆典上能得到特别奖励，大家加油。"

至于不及格的人，那当然是等着秋后算账了。周围一片怨声载道，但总裁办的要求，谁也不能说个"不"字。

许知月登陆公司内网，打卡进考核题库时，忽然想到昨晚厉西钊说的那句"明天早点去公司"，原来是这个意思？

……大少爷大概不要她不舒服吧。

不过这些题目确实不难，都是飞行SOP上的基础问题，只要熟记SOP内容，绝对考不倒。

许知月基本十秒一题，答得飞快，不到二十分钟就已经把一百道题全部答完。

点击提交后她走出会议室，在走廊上碰上也刚答完题的严卫民，严卫民笑道："我就知道你答得快，不像有些兔崽子抓耳挠腮的，给他们一个小时也没用，这要是及不了格直接打回学员队去重修算了。"

许知月也笑："师父你答得更快啊。"

严卫民不以为意："那些题目，我闭着眼睛都能答，对了，你的手怎么样？还不能飞吗？"

许知月："已经好了，为了安全，又多放了一个星期假。"

严卫民点头："是应该谨慎点，毕竟是开飞机，不过这样一来，你转单飞机长的时间又要延后了。"

许知月当然知道这个，另几位跟她同时聘升机长的同事都已经转单飞了，就她一个因为手受伤拖拖拉拉，还得靠教员带着飞。

好在也就是这一两个月的事情，不会耽搁太久。

她也问起严卫民："师父，我听说今天要宣布新任总飞行师的任命结果是吗？你有没有收到消息啊？"

严卫民："哼，不知道，爱谁谁吧。"严卫民这么说，许知月只能算了，自从上次打架事件之后，她师父似乎就对总飞行师的位置死心了，前任的总飞行师兼飞行部总经理半个月前正式退了休，新人选虽还没有对外公布，但之前其实就已有风声，说会从外面空降来人。

许知月想想还是挺替严卫民不值，在飞行专业方面，她相信她师父的水平不比任何人差。

一场突击考核之后已临近黄昏，公司大巴分批次把人运去离机场不远的一间五星级酒店，星野二十周年内部庆典就在这里举办。可以容纳三千人同时进餐的大宴会厅里人声鼎沸，圆桌分八路排开，一眼望不到头，穿着各式制服的同事满场穿梭，从这桌打招呼到那桌。虽然嘈杂，但许知月觉得这种接地气的宴会，果然更适合她一些。

进门她收到苏婼发来的微信，苏婼和杨兮枝坐在一块，报了桌号，让她也过去。许知月直接去了，苏婼她们这一桌都是关系好的同事，特地留了个位置给她。

许知月坐下时，苏婼正在嘟嘟囔囔地抱怨之前的考试："早知道会考客舱乘务员手册，我昨晚应该临时看一遍的，本来以为今天能放松放松呢，结果一早过来就说要考试，我都考蒙了。"

许知月好笑道："这不是该你滚瓜烂熟的东西吗？还要临时抱佛脚啊？"

"你还笑我，"苏娉跟霜打的茄子一样，"希望至少能有个八十分吧，要不之后肯定又要面对无休无止的再培训。"

许知月深以为然，乘务组如此，他们飞行部只会更严苛。

"一直说这个干吗，"杨兮枝岔开话题，笑吟吟地问许知月，"你昨天是不是跟着厉总去参加了对外的酒会啊？"

许知月剥着花生糖，嘴上打哈哈："你怎么连这个都知道？"

杨兮枝："这种事情才传得快呢，你就老实交代吧，顾教员前脚才说你是他女朋友，现在你这又一副要做我们星野老板娘的架势，到底怎么回事啊？"

她这么一说，桌上其他人也跟着起哄，许知月无奈道："顾教员那天是故意那么说帮我解围的，你们误会我跟他的关系了。"

立刻便有人接腔："那跟厉总的关系就不是我们误会喽？"

许知月举手投降："我跟他也没关系，你们少说两句吧，求放过。"

众人说笑间，顾明泽忽然出现在她们桌边，笑问："你们这还没坐满吧？我能坐这里吗？"

姑娘们抬头看向来人，顾明泽笑得招摇："不介意加我一个吧？"

"不介意！"

八卦得正起劲的众人立刻热情邀请顾明泽坐下。

见许知月身边位置是空的，顾明泽径直过去，许知月表现得落落大方，笑问他："你跟我们坐一起，不怕又被人传你作风有问题啊？"

"有什么问题？"顾明泽不在意道，"这么说的人一定是嫉妒我人缘好。"

杨兮枝也问："顾教员，我们正说到你呢，月月刚刚澄清了她和你的关系，你不说点什么吗？"

顾明泽笑道："是啊，男女朋友是假的，我一厢情愿，可惜被许机长踢出局了。"

许知月越发无奈："顾教员行行好吧，别再说这种玩笑话了。"

顾明泽仍是笑，有人揶揄他："许机长踢你出局了，那其他人是不是有机会了？"

顾明泽："你们谁要是对我有兴趣，随时欢迎。"

一桌人都笑了起来，苏婷凑近许知月小声说："他跑这里开什么屏啊，我看你选厉总不选他实在明智。"

许知月纠正她："我谁都没选，你别乱说。"

六点半，人陆续到齐，除了临城总部的同事，外地分公司基地还来了不少人，偌大一个宴会厅坐得满满当当。

公司的高层领导也都到了，许知月远远看到厉西钊进来，被人簇拥着快步走去了前边的主桌。

五分钟后，厉西钊的助理过来，请许知月去前面坐。

一桌人目光唰地落向许知月，先前她们起哄得高兴，这会儿厉西钊助理真来请人了，倒大大出乎了众人意料。许知月想拒绝，助理小声说："许机长，厉总说你要是不过去，一会儿他会亲自过来。"

许知月："……"

比起她过去，厉西钊亲自过来动静肯定更大。

身旁顾明泽忽然笑了一声，提醒她："许机长，你还是去吧，要不我们这一桌子人估计都吃不好。"

另边的苏婷也点头，完全没有留她的意思。

许知月犹豫再三，硬着头皮起身，跟着助理去了前面的主桌。

她被安排坐在厉西钊身边位置，同桌的全是公司高层领导，一个个都对她十分客气，经历了昨天的酒会，傻人都看得出她跟厉西钊关系不一般。

许知月觉得不自在，趁着庆典还没正式开始，小声地问身边人："你叫我过来做什么？"

厉西钊淡道："一会儿会宣布你师父任总飞行师，让你坐近点，好看清楚你师父高兴的样子。"

许知月目露惊讶："真的？"

厉西钊："嗯。"

许知月不解地问："你之前不是说他不适合吗？"

厉西钊："做行政工作他不行，但论飞行技术，没有比他更专业的，他做总飞行师，飞行部总经理会有别人来接，不必他兼任。"

许知月心跳如鼓，这样确实再好不过，难为厉西钊肯为她师父破例。

"谢谢！"

厉西钊转目向她，许知月笑容明亮，是发自肺腑的高兴。

他的心跳也跟着加速，轻点头："嗯。"

晚十点，喝高了的严卫民被徒子徒孙们扶上车，好在他明天不用飞，要是因为升了总飞行师得意忘形喝多了，之后酒测出问题，那笑话才大了。

把人送走，许知月也松了口气。

厉西钊的声音出现在她身后："你师父这种什么都藏不住的个性，要是没有你们这些徒弟护着，早被人打压得翻不了身。"

许知月却道："我师父这种个性也没什么不好，有这么多徒弟真心护着他，本身也是一种本事。"

厉西钊："嗯，你说得对。"

"……"许知月些微意外，抬眼看向他，似没想到厉西钊会赞成自己说的话。

厉西钊："走吧，我送你回去。"

"不用了，我等苏娉出来一起回去。"许知月注意着不断走出酒店的人潮，苏娉去了洗手间，让她在外头等。

五分钟后，苏娉出来，厉西钊的司机也已把车开过来。

"上车，我送你们。"厉西钊再次道。

苏娉十分识相地先拉开车门："多谢厉总！"

厉西钊眼神示意许知月，许知月只得坐进车里，厉西钊跟着进来。

车开出去，许知月略不自在，车的后座其实很宽敞，但她坐中间，挨着厉西钊，还是觉得手脚放不开。

苏娉问她："月月，给我看看你拿到的纪念品，是不是比我们多了一样？"

许知月打开自己的袋子给她看，日历、钥匙扣、纪念徽章、钢笔，这四样是每个人都有的公司二十周年纪念礼品，另外比较特别的中澳新航线飞机航模，因为数量有限，只有之前的突击考核正确率在百分之九十八以上的才有。

苏娉伸手摸了摸那造型颇为精致的航模，感叹道："这个东西你肯定喜欢啦，公司马上要开飞布里斯班的新航线，你以前就是在那边的航校学飞的吧，要是你飞的话，可以顺便回去看看了。"

许知月含糊"嗯"了声。

她当年就是去布里斯班之后和厉西钊分的手，星野如今和澳翔合作，开的第一条新航线就是直飞布里斯班，是巧合还是厉西钊有意安排，她不想细想。

下车时一直没出声的厉西钊忽然叫住她："许知月。"

苏娉很有眼色地说了句"我先上去"，踩着高跟鞋溜得飞快。

厉西钊推开车门下来，与昨晚一样的场景，但这次说话的人是厉西钊："今天高兴吗？"

被他眼中近似温柔的神色触动，许知月轻点了点头。

当然是高兴的，她师父升了总飞行师，她被评为公司优秀员工，要不是怕自己也得意忘形，她都想多喝两杯，尽兴庆祝。

"高兴就好，"厉西钊没有多说，"早点睡，明早我来接你。"

许知月一愣："做什么？"

厉西钊："去沪市，高中同学聚会。"

许知月："……？"

原来厉西钊昨天说的别的安排，是指这个？

坐电梯上楼时，许知月点开一直被自己屏蔽了的高中同学微信群看了看，群里确实热火朝天地在讨论高中毕业十周年聚会，时间就是明天。她高中没毕业就出了国，和厉西钊分手后跟其他高中同学也几乎都断了联系，前两年被人拉进这个群，一直屏蔽着从不看群里的消息。

不是嫌烦，她自己知道，是下意识不愿想到那个人。

班长在群里最后一次确认明天参加聚会的名单，有人问起她去不去，许知月刚想回复，被人抢了先。

厉西钊："她会去，跟我一起。"

下面紧接着你一句我一句地起哄声。时隔多年，他俩依旧是大家津津乐道的话题，更别提前段时间许知月还出了一回名，跟当红流量明星传绯闻传上了热搜头条，老同学们一个个都好奇得很。

但不管大家怎么问，厉西钊都不再搭理人，许知月想了想，决定继续装失踪。

群还是依旧屏蔽着吧。

第二天清早，厉西钊的车就到了楼下，许知月刚准备下楼，厉西钊的微信消息进来："记得带过夜的衣服和东西。"

许知月："今天不能回来？"

厉西钊："你带着就是。"

虽然许知月觉得同学聚会不必搞个两三天，但以防万一，想起上回厉西钊叫人给自己买内衣的窘况，她还是收拾了个小行李箱，拿了几件换洗衣服和日用品。

厉西钊开了车窗，在许知月走出来时目光转向她。

许知月穿了件驼色的羊绒大衣，里面是简单的白毛衣、深色牛仔裤，长发随意扎成一条辫子落在肩膀一侧，面庞白净，只搽了点口红，模样和十年前几乎没什么变化，但蜕去了稚嫩，多了些成熟的女人味。

许知月上车，厉西钊一脚用力踩下油门，疾驰出去。

许知月吓了一跳，赶紧抓住安全带，再次确定，这人要是去开飞机，她死都不会坐的。车开上去沪市的高速，许知月瞥一眼厉西钊的脸色，没话找话："我以为你不会热衷同学聚会这种活动。"

厉西钊漫不经心道："约了周渊，他也会去。"

许知月："……哦，我好多年没见过他了。"

周渊是厉西钊的死党，跟厉西钊不同，周渊热情外向，念书那会儿比厉西钊更受女生欢迎，那个时候她跟厉西钊，周渊带着他女朋友，他们经常四个人一起玩，后来她和厉西钊分手，跟周渊他们也断了联系。

周渊在那个同学群里很活跃，许知月刚入群时在群成员列表里没找到厉西钊的名字，本想问周渊，犹豫再三最后还是算了，厉西钊是什么时候进的同学群，她并不知道。

"你以前，没有加那个同学群吧？群里没看到过你。"

许知月犹豫问出口，厉西钊没有回答，许知月等了片刻，以为他不想搭理自己，转开视线时，厉西钊却又意味不明地笑了声："你在群里找过我？"

许知月："……"一不小心说漏嘴了。

厉西钊："前段时间刚加的。"

许知月："哦。"

但是为什么？周渊一直在那个群里，他不可能不把厉西钊拉进去，之前厉西钊为什么不在？

进沪市市区后一路堵车，到地方已经是十一点半。

聚会地点是一间高级会所，同学大多都到了，正在包间里唱歌打牌闲聊天。

许知月和厉西钊并肩走进去，立刻成了全场焦点，一张张或熟悉或陌生的脸围上来跟他们打招呼，有的许知月脱口就能叫出名字，有的她还得反应几秒才想起来。

"许大美人和高中时几乎没什么变化嘛，不对，应该是比以前更漂亮了，班花不愧是班花，听说你要来大家的积极性更高了。"班长一句调侃，旁的人纷纷附和，有女生好笑道："你们积极个什么劲啊？也不看看说知月会来的人是谁，十年前就没你们的事了，到现在还惦记呢？"

"就是，"当年跟许知月关系不错的同桌凑过来好奇地问，"你和厉西钊这么多年还在一起呢？都谈恋爱十几年了吧，真没想到，够长情的啊你们。"

其他人也顺势八卦起来，许知月知道大家误会了她跟厉西钊的关系，刚想解释，厉西钊先开了口："是在一起。"

许知月到嘴边的"不是"硬是没说出口，她看一眼神情自若的厉西钊，到底没有拆他的台。

算了，误会就让人误会吧，解不解释的也没什么要紧。

大家你一句我一句地忆当年，说他们的往事。

许知月赔着笑，听得却不胜唏嘘。那个时候她和厉西钊确实很大胆，自以为偷偷摸摸，其实根本不加掩饰，如今的她可能再没法如当年那样，纯粹而热烈地去喜欢一个人。

最后是她先岔开了话题："别一直说这些陈芝麻烂谷子的事情了，都过去多少年了，有什么好说的。"

班长笑道："行了，知道你们不好意思，不说就不说吧。对了，听说你现在是飞行员？好厉害啊，没想到你以前跑八百米都够呛，现在竟然还能开飞机。"

"还用你听说，"别的人接腔，"前段时间知月和大明星拍的宣传片谁没看过啊，话说回来，知月不还和那位大明星传了绯闻，我还以为你早甩了厉西钊呢。"

许知月无奈解释："那都是记者乱写的，我跟盛北岑其实不怎么熟，那次是朋友聚会，还有其他人也在场。"

厉西钊镇定添上一句："我也在。"

许知月再次语塞。

厉西钊确实在，实际情况却跟大家以为的大不一样。

这个也似乎没必要说太清楚。

厉西钊这么一说，大家又再次慨叹起他俩感情好，许知月干脆闭了嘴，什么都不说了。等到众人的注意力终于从他们身上转开，厉西钊带着她去了一旁沙发里坐下，看了半天热闹的周渊一扬眉，转头冲许知月打招呼："好久不见。"

许知月点头："好久不见。"

这人也还跟当年一样，一副没个正形的样子，许知月其实一直很好奇，厉西钊这种性格的，是怎么跟他成为死党的。

周渊笑道："没想到你今天会跟着厉西钊一起来，我还以为他吹牛的。"

许知月只能尴尬笑了笑："他现在是我老板，老板的话，不能不听。"

别人不知道他们早分了手，但周渊这个厉西钊死党不可能不知道，在他面前许知月才说了实话。

"你理他呢，"周渊不以为然，"他就是死要面子。"

许知月下意识看向身边人，厉西钊从茶几上拿了杯饮料，淡定送到嘴边，在许知月目光落过来时抬了眼："看什么？"

许知月："……看你死要面子。"

周渊"噗"一声，放声笑起来。

吃完饭大家继续留在会所里玩，酒没少喝，叙着旧也有彼此拉关系交换资源的，成年人的世界到底不像学生时代那么单纯。他们这些同学家境都不差，毕竟当初念的是学费不低的私立高中，如今一个个也算事业有成的社会精英，要不也不会来这同学会。

厉西钊和周渊身边聚集的人最多，聊着生意投资的事情，许知月不感兴趣，坐去另一边看人唱歌。

有同学问她："知月你要唱歌吗？"

许知月笑了一下："不了，我不太会。"

"那跟我们一起玩骰子呗，干坐着有什么意思。"同学道。

许知月推托不过只能加入，不过她运气不好，连着输了几把，不停地在喝酒。

第五把还是许知月输，空了的啤酒杯又被加满，她无奈摇头，身边沙发忽然陷下一截，厉西钊坐了过来。

在周围起哄声中，厉西钊接过那杯满到溢出来的啤酒，一口干完。

"别看厉西钊闷不作声的，男友力果然十年如一日啊。"

"一杯不够！再来一杯！"

"许知月你这都不亲厉西钊一下说不过去啊！"

许知月大约是喝多了，又被大家一起哄，脑子有些不清楚，心跳得更快，竟然真的向着厉西钊凑了过去。

就要亲上厉西钊的脸时，他忽然转头，嘴唇不偏不倚地擦过许知月的唇。

许知月微微睁大眼，对上厉西钊看向自己似平静无波又格外幽沉的双眸，倏忽愣住了。

周渊吹了声口哨，周围起哄声更响，许知月终于如梦初醒，慌乱退开。

"你……"

她想问厉西钊是不是故意的，厉西钊没理她，淡定冲其他人道："她不能喝了，不玩了。"

被厉西钊带去人少的角落里坐下，许知月终于浑浑噩噩回过神，皱眉间："你刚亲我做什么？你是不是故意占我便宜啊？"

厉西钊目光瞥向她，隐有讥诮之意："不是你想亲我？"

许知月："……"她确实是昏了头了，刚才那个氛围，恍惚间让她以为回到了十年前，才会下意识地凑近厉西钊。但这样的解释似乎有些苍白无力，还不如不说。

"反正你总是有道理，我说不过你。"

许知月自暴自弃丢出这一句，不愿再跟他说，喝了酒她头疼不舒服，转过身靠进沙发里，阖目养神。

片刻，厉西钊的气息欺近过来，沉声问她："为什么想亲我？"

许知月闭着眼否认："我没有，是你自作多情。"

她听到厉西钊的轻嗤声，打定了主意不睁眼，困意来袭，很快迷迷糊糊睡了过去。

周渊坐过来时，厉西钊正一个人漫不经心地玩着手里的扑克牌，许知月靠在他身边沙发里已经睡着了，身上盖着他的灰黑色大衣。

周渊冲着许知月的方向抬了抬下巴，压下声音问厉西钊："想通了？"

厉西钊修长手指一下一下弹着手中扑克牌，淡道："没什么想不想通的。"

"你也就是嘴上这么说吧，"周渊好笑道，"早点低头何必等到现在，自己找罪受不是。"

若他是厉西钊，要不早些低头认输，要不干脆彻底放弃，又何必苦熬这十年。

厉西钊微拧起眉，周渊见状道："好好，我不说就是了，反正你们现在这样，难受的又不是我。"

许知月一觉醒来已经快五点，喝多了的不适感消退，睁开眼却发现自己靠在厉西钊身上，而厉西钊正在跟人打扑克。

她呆愣了几秒，坐起身，有人笑着揶揄："你睡了多久，厉西钊就维持了这个姿势有多久，你倒是睡得香，他也不嫌累。"

见厉西钊也坐起来活动左手胳膊，许知月有些尴尬，她睡着前不是向着沙发另一边吗？

许知月喝了杯果汁，厉西钊打完手里这把牌，周渊叫他们一起先走。

其他人留他们吃晚饭，周渊挥了挥手："不了，我们还有别的事，下次再约吧。"

走出会所，周渊已经叫人把他跟厉西钊的车开了出来，许知月好奇地问："去哪里？"

周渊拨了一下脸上墨镜："你还不知道啊？厉西钊没跟你说吗？"

她要知道什么？

周渊："陪我去斐济。"

周渊把他俩一起拉上了自己的车，厉西钊和许知月坐后座，周渊坐前面副驾驶，一路上回头跟许知月说话："我就猜到你是被厉西钊哄骗来的，说好了他陪我去国外追老婆，他还说带你一起去呢，结果就是把你给骗去。"

厉西钊目光不悦地扫过来，周渊权当没看到，许知月不解地问："去斐济吗？追老婆是什么意思？你已经结婚了吗？"

"是啊，"周渊笑道，"我跟温瑜大学一毕业就结婚了，当时本来还想请你喝喜酒的，不过你那会儿人在澳大利亚，联系不上。"

其实她那个时候已经回国去了临城，许知月没多解释，只道："恭喜啊，没想到你跟温瑜能修成正果。"

周渊嘴角更上扬三分："为什么没想到？因为之前我俩感情不如你和厉西钊好？"

许知月不知该怎么说："……也不是，就是挺意外的，没想到你们也能成真。"

其实不怪许知月惊讶，当年周渊和温瑜的确不像能长久在一起的，周渊那时换了好几个女朋友，温瑜主动追的周渊，一开始周渊这厮就是抱着跟人玩玩的心态，温瑜盯他盯得紧，他们三天两头地吵架闹分手又复合，许知月确实没想到他能跟温瑜走到最后。

当年如胶似漆如她和厉西钊，最后却分了手，看似没定性的周渊，却与温瑜修成了正果，有些事情就是这么没有道理可言。

周渊笑道："那也没办法，温瑜大学一毕业就催着要嫁我，我能不娶她吗？"

厉西钊插进声音，不给面子揭穿他："是你大学还没毕业就计划着要求婚，生怕她不答应吧。"

周渊并不接他的茬，冲许知月道："你看他就是嫉妒我。"

许知月也笑："没想到你们感情这么好，那温瑜她今天怎么没跟你一起来，还要你去斐济追？"

周渊无奈摊手："你知道她的脾气，还跟以前一样，一不顺心就跟我闹别扭离家出走。"

厉西钊："反正到最后先低头的肯定是你。"

周渊丝毫不在意他的冷言冷语："这是夫妻相处之道，你这种单身狗怎么会懂，我就说你是嫉妒我，都这么多年了，就是死鸭子嘴硬不肯承认。"

厉西钊的视线冷漠移向车窗外。

周渊挤对够了人，笑着冲许知月努嘴，许知月跟着笑，心情复杂，她倒是不嫉妒，但羡慕是真的。

四十分钟后，车停在机场的公务机航站楼前，已有地面服务人员出来迎接。他们这次的目的地是南太平洋上的一座岛屿，搭乘周渊家的私人飞机去，他家在那座岛开发了一个度假村，许知月之前偶然在航空杂志上看过那座度假村的广告，但没想到是周渊家投资的。

他们进了航站楼先坐下喝了杯咖啡，周渊去给他老婆打电话，许知月找着机会单独问厉西钊："你之前为什么不跟我说还要出国？现在突然去那边，我的假期是不是又要延长了？"

厉西钊翻着报纸，随口道："不会扣你的工资。"

根本不是扣工资的事情好吧？许知月有些生气："你做决定之前，不应该先跟我说一声，问问我到底想不想去吗？"

厉西钊顺着她的话问："你想不想去？"

许知月："……我现在说不想去，你能放我走？"

显然不能，厉西钊想了想，目光转向玻璃幕墙外的停机坪："那是周渊买的湾流最新款，刚刚交付，你不想上去试一试？"

许知月视线跟过去，双眼立刻就亮了。没有什么比飞机更能吸引她，更何况是之前几乎没怎么接触过的豪华私人飞机。

许知月问："我能进驾驶舱看吗？"她当然不会没有自知之明到说要去开，毕竟她之前没开过公务机，中午还喝了酒，但只是坐在观察员的位置上看一看，过过眼瘾也是好的。

厉西钊："随你。"

周渊打完电话回来，见先前还不情愿的许知月这会儿又兴高采烈，好奇地问厉西钊："你怎么哄她的？"

厉西钊根本懒得搭理他。

许知月："我们现在能进场吗？"

周渊："随时可以。"

许知月："那直接上机吧！"她的注意力全在外边停机坪的飞机上，一个接着一个问题砸向周渊，都是关于他这架刚入手的私人飞机的，飞行高度、速度、各种参数性能，甚至发动机型号，许知月仿佛对什么都好奇，问得格外仔细。

周渊很快举双手投降："许机长，你有什么问题，上了机去找那些飞行员问吧，我回答不了你。"

许知月抿唇笑了一下："不好意思啊，第一次亲眼见到湾流的超远程公务机，有些激动。"

周渊忽然就悟了，厉西钊还挺会玩借花献佛这一套。

飞机是他的，厉西钊拿来哄许知月开心根本不需要成本啊？他们三人进场，机组人员已经在飞机旁边迎接他们上机。

周渊这架私人飞机配备了两名飞行员和两名空乘，都是他自己花钱聘请的，依托公务机运营公司代管培训，工资当然比一般的民航飞行员和空乘高得多。

他笑吟吟地跟许知月介绍："我请的这两位飞行员年薪两百万，还有其他的节日红包和各种福利，怎么样，你有兴趣来试试吗？"

不等许知月开口，厉西钊先替她道："没兴趣。"

周渊："喂喂，我问的是知月又不是你，你帮她答什么？"

许知月笑着拒绝："现在不行，我才刚升机长，经验有限，得靠飞民航积累飞行时间，你就算敢请我，我也不敢托大接受。"

周渊可惜道："那等以后吧，随时欢迎你来。"

许知月："好啊。"

至于厉西钊的意见，不在他们参考范围之内。

沿着舷梯登上飞机，许知月眼前一亮，参观了一圈，许知月感叹过后，更感兴趣的还是驾驶舱，周渊直接让空乘带她过去。

私人飞机没那么多规矩，有些小型公务机的驾驶舱直接就是敞开式的，谁都可以参观，许知月本身就是民航机机长，机组人员自然欢迎她。

这趟航线一共配了三名飞行员，除了周渊自己聘请的两位，因为旅途时间长，公务机公司还多给他们安排了一个人，都是飞行经验丰富的老机长。

许知月以晚辈姿态客气地与他们打招呼，坐在左座的那位好奇地问她："许机长，你是许应智上尉的女儿？"

许知月闻言惊讶道："您认识我爸？"

"果然是，"对方笑道，"我跟你爸以前认识的，都好多年前的事情了，许上尉是我认识的人里飞行技术最过硬，我最佩服的一个，没想到你也这么年轻就升机长了，果然虎父无犬女，你小时候我还见过你，你估计不记得了。"

原来如此，许知月道："是吗，我确实不记得了，不过好巧，没想到能在这里碰到爸爸的旧识，有机会还请您多指教。"

对方一摆手："不用这么客气，你对公务机也有兴趣？以前接触过吗？"

许知月诚实回答："之前在澳大利亚开过两年小型通用飞机，后来回国转了民航，这种超中型的远程公务机没碰过。"

"都差不多，"对方示意她，"你自己先看看，其实别看这些玩意花里胡哨的，你真想开，做个把月的改装训练也差不多了。"

许知月的目光扫过前方的仪表盘和操作系统，放眼望去全是触摸屏显示器，科技智能感十足。

机长与她解释："湾流这个型号的飞机卖点是和谐驾驶舱、直观飞行，你看到这个电子主动控制侧杆了吗？这是协调左座和副驾驶操作的，还有这些触摸屏面板、增强视景系统和数据集中网络整一块，给我们减轻工作量的，飞起来也更安全。"

许知月问："这个型号的飞机据说能飞到一万五千米以上，飞起来很稳吧？"

"那是相当稳，你一会儿试试就知道了，"机长笑道并用力竖起大拇指。

许知月也笑了，说了几句话，起飞准备做得差不多，副驾驶联系放行，准备推出。

飞机进入跑道，开始助跑。推背感袭来时，许知月认真感受了一下，起飞的速度很快，噪音很小，而且很稳。流云向着两侧推开，阡陌山峦逐渐远去。她慢慢调整了一下呼吸，心头饱胀。

客舱内，厉西钊跟周渊有一搭没一搭地打牌。

周渊问："这都一个多小时了，她不打算吃饭，难道想一直待驾驶舱里？叫人去把她叫回来吧？"

厉西钊头也不抬："你想吃你先吃。"

周渊："那你呢？"

厉西钊："晚点再说。"

周渊笑："等她一起？你俩都不吃，我怎么好意思吃独食。"

厉西钊皱眉："你废话太多了。"

周渊以调侃厉西钊为乐，笑过又无限感慨。过去这些年，他眼看着这小子越来越冷酷无情，私下跟温瑜议论过很多次，他们都估计厉西钊会孤独终老，没想到最后兜兜转转，还是等来了许知月。不过这样也好，要不这小子怕会一辈子意难平。

半小时后，许知月终于依依不舍地回来。

还没走近，就听到周渊的笑声，她好奇地问："你们在笑什么？"

周渊冲冷漠脸的厉西钊努了努嘴，与她道："我跟温瑜准备结婚的时候，她爸妈迷信，还找大师给我们算了一卦，算到我们八字合才答应我俩的婚事，当时我拉着厉西钊也去算了算姻缘，你知道大师怎么说的吗？"

许知月顺嘴便问："怎么说的？"

"大师说，"周渊笑道，"这小子情路坎坷，要么一辈子打光棍，要么自己努力努力，三十岁时有机会娶回真命天女，过了这个村就再没这个店了。"

许知月："……"

她目光下意识地转向厉西钊，厉西钊抬了眼，丢出句："说的不是你，不要自作多情。"

许知月一样冷漠脸："哦。"

厉西钊的神色沉了三分，看热闹的周渊放声笑。

空乘送来餐食，周渊问起许知月参观驾驶舱的感受，许知月心不在焉地答："挺好的，又快又稳，都是新鲜东西。"

周渊："那以后真考虑考虑来我这？"

许知月敷衍道："再说吧。"

吃到一半周渊去洗手间，剩下许知月和厉西钊，各自沉默吃东西，气氛略显沉闷。

厉西钊放下刀叉，先开了口："……刚才那句，没有别的意思，你别往心里去。"

许知月："厉总，你的话我哪敢揣测有没有什么意思，再说了，跟我有什么关系，你说得也没错，我哪敢自作多情。"

厉西钊眉头微蹙："我跟你道歉。"

许知月："不必了。"

厉西钊："抱歉。"

许知月丢下刀叉，没好气："厉西钊，你抽什么风？这种噎死人的话你不是张嘴就来，今天突然道什么歉？"

厉西钊看着她，认真地说："不该在外人面前那么说，让你没面子。"

许知月："周渊他是外人，谁是内人？"

被许知月拿自己说过的话堵自己，厉西钊哑口无言。

许知月："活该你一辈子打光棍。"

厉西钊："嗯。"

这下轮到许知月没话说了，厉西钊承认得这么痛快，她再说下去好似落井下石。

周渊回来，笑问他们："吵完架了？"

许知月干笑："我们哪有吵架。"

厉西钊压根不理他，将许知月餐盘中的蟹和虾拿过去，帮她把肉剔出来再送回。从前他们谈恋爱时，这种事情厉西钊经常帮许知月做，如果他不动手，许知月便干脆不吃蟹和虾。时隔多年，厉西钊的动作依旧自然，许知月想阻止的话到了嘴边，没有说出口。她其实早不需要别人帮自己做这些了。

周渊感叹："果然吵一吵，感情更好。"

许知月弯了一下唇角："你在说你和温瑜吗？"

周渊点头："是啊，我跟温瑜感情一直都很好，我们是模范夫妻。"

……动不动就秀恩爱的人，果然讨人厌得很。

飞机落地是当地时间早上七点，许知月睡了一觉，之后又去驾驶舱看机组操纵飞机降落，飞机上配备的先进着陆辅助系统让她再次开了眼。

这座岛上的机场很小，大的民航客机没法飞过来，他们搭乘的这架湾流体型不算小，着陆的时候却很轻巧，没有半点颠簸，轻松落了地。

下机时，机长笑问她："怎么样，开公务机有意思吧？想不想转来跟我们一起飞？"

许知月也笑，还是那句："现在不行，等我积累了更多经验以后吧。"

厉西钏自后跟上来，冷不丁蹦出句："想开公务机，可以去星野下面的公务机公司。"

许知月当然知道星野航空下面还有一家公务机子公司，不过她并没有真去开公务机的打算，口头上的应承不过是客套话而已："厉总多虑了，我暂时还没想跳槽。"

厉西钏："随你。"他先下了机，慢了一步的周渊跟过来，压低声音冲许知月笑："他是怕你又跑了。"

许知月："……我在星野干得好好的，不会跑。"

周渊："那可不好说，毕竟他一朝被蛇咬，十年怕井绳。"

许知月："……"

是吗？

机场外已经有接机的车子在等候，温瑜特地过来，见到许知月冲上来先给了她一个热情的拥抱。"知月，好久不见，你还跟以前一样漂亮嘛！"温瑜一张娃娃脸，声音清脆、笑容灵动，和许知月记忆里的模样几乎没差别。

她也笑道："你也一样，还是这么可爱。"

温瑜看看厉西钏，又看看她，笑着眨眼："我真是没想到，十年了，厉西钏总算把你哄回来了，不容易啊。"

许知月面露尴尬："你误会了，我跟他不是你以为的那种关系。"

"是吗？"温瑜不太信，"不管了，反正他这十年又没交过别的女朋友，一直等着你呢，这种男人我看了都想嫁，你就行行好，收了他吧，要不他真要孤独终老了。"

周渊轻咳一声，提醒自己老婆："你当着我的面，说这种话不好吧？"

温瑜没理他，厉西钊已经先上了车。

许知月被温瑜拉进车里时，脑子里反复都是那句"他这十年没交过别的女朋友，一直等着你"。

她心潮翻涌，心情格外复杂。

厉西钊，真的一直在等她？

车驶离机场，一路沿着海边公路往度假村的别墅区去。

眼前是蔚蓝的海岸和白色沙滩，前方稍远一些的地方能看到起伏的山脉，据说是一片原始热带雨林，其中还藏了座死火山。

"知月你看右边，"温瑜兴致勃勃地向许知月介绍，"那边是这岛上的椰子园，旁边还有一片红树林和蓝湖，很漂亮的，你休息一天，明天带你去看。"

许知月的思绪被温瑜的声音拉回，顺着她手指的方向看去，入目皆是美景。

她回神笑了笑："好啊。"

别墅区就建在海边上，门外便是碧波荡漾的大海，一座座木屋别墅浮于水上，是享乐的天堂。温瑜拉着许知月："知月你跟我住一块，我们好好叙叙旧。"

"喂，"周渊无奈地冲温瑜使眼色，"你之前怎么答应我的……"

温瑜："你跟厉西钊一边玩去，别来烦我们。"

许知月一口答应下来："我们一块。"

温瑜兴高采烈地把她拉去自己住处，走之前还特地提醒那两个大男人别跟过来。

"周渊跟我打电话说你会来，我特别高兴，你知道吗？你说你当年跟厉西钊分手就分手，怎么连我和周渊都断了联系，就不管周渊吧，我肯定是站你这边的啊，当时我一直在QQ上给你留言，你都不回复我。"

温瑜进门之后就忙活着给许知月倒果汁，嘴上嘟嘟囔囔地抱怨。

"不好意思啊，"许知月跟她道歉，"我那会儿学业太忙了，很久没上网，后来QQ就没再用过了。"

说是这么说，她其实有些心虚，不上网的原因，除了学业忙，确实是为了避开和那个人有关的一切。

温瑜把果汁递来给她："算了，原谅你了，你也不用解释，你就是想躲着厉西钊嘛，我懂的。"同是女生，这点心思确实瞒不过温瑜，许知月不再说，接过果汁，问她："你跟周渊结婚很多年了吧，你们感情是不是很好？"

温瑜撇嘴："马马虎虎吧，你知道他的，毛病一堆，动不动就惹我生气，这次要不是你来，我根本不会搭理他，更别提去接机了。"

"那就是感情很好了，"许知月自行下了结论，笑叹道，"十几年了还这么恩爱，吵吵闹闹打情骂俏，真叫人羡慕。"

"你从哪里看出我跟他感情好啦？"温瑜奇怪道，"你听他在你们面前瞎吹牛，算了，不说他了，说说你和厉西钊吧，你俩打算什么时候复合啊？"

许知月低头抿了一口果汁，回答她："复合什么啊，我俩现在就是老板和员工，没别的关系。"

"得了啊你，"温瑜打断她的话，"谁信啊，在我面前就别说这些虚伪的话了，真是老板和员工，这么多年了，也没见厉西钊单独带别的女员工出来度假，别说度假了，他根本女色勿近，连母蚊子都近不了他的身。"

许知月无奈道："那你要我怎么回答你啊，我自己也不知道。"

温瑜："怎么会不知道？关键是，你有跟他复合的想法吗？"

许知月沉默，她骗得了别人骗不了自己，这么多年，她心里确实一直都有厉西钊的影子。当初会选择接受刘骁，也是因为刘骁送了她和厉西钊当年送过的一样的礼物，让她生出了触动才会心软，她那时其实也存着借别人来抹去心底那个影子的心思，虽然最后失败了。

再遇到厉西钊这几个月，她的心情起起伏伏，能够这样反复影响她情绪的人，从来只有厉西钊。

"……他应该挺怨我当初甩了他的，但当初的事情也不全是我的错，他好像始终都意识不到。"

许知月没有说得太明白，但温瑜听懂了："男人嘛，都那样，哪会觉得自己也有错，你跟他发脾气闹分手，他只会觉得你无理取闹，厉西钊估计也不比周渊好多少，而且他那么闷，大概气死人的本事还更厉害一些。"

许知月闻言笑了："是吗？可你刚还夸厉西钊，说他那样的你也想嫁呢。"

温瑜翻白眼："那是故意气周渊的话，你还当真了。

"不过我说真的，厉西钊这些年确实不近女色，都快做和尚了，我看他就是一直惦记着你，放不下你，反正你们男未婚女未嫁都是单身，重新在一起得了。"

"你知道你跟厉西钊提分手之后，他其实去过一趟布里斯班找你吗？周渊陪他一起去的。而且那会儿还没有直飞布里斯班的飞机，周渊说他们转机飞了二十几个小时才到，他们没你的具体地址，又联系不上你，去航校想找你但进不去，等了两天没见到你，后来厉西钊淋雨发高烧进了医院，周渊吓坏了，打电话给他家长，他家里人去把他们接回来的，回来以后厉西钊就更消沉了，再没在人前提过你，后来就去了欧洲。"

许知月愣住，她确实不知道厉西钊去澳大利亚找过她。

温瑜："我好像话太多了，你要是不想听这些陈年旧事，我就不说了，免得给你找不痛快。"

许知月半晌才回神，勉强咧了咧唇角："谢谢你，温瑜。"

第十二章　和好如初

> 许知月笑了一下，墨镜之后的双眼微弯，唇角上扬，笑容晕开在明媚天光里。
>
> 厉西钊始终盯着她，比起窗外的景色，眼前人更叫他难以移开目光。

这边跟国内有四个小时的时差，时间还早，许知月说想休息，去了隔壁房间。

躺上床她以为自己会睡不着，但落地窗外吹来的风拂过面庞，她闭上眼，安然入梦。梦里是她和十八岁的厉西钊，两人穿着宽大的蓝白条纹服，他们一起在河堤上奔跑。她越跑越快，如同将要飞起来，厉西钊却停下脚步，沉默地与她告别，光晕模糊了他的脸，她看不到，始终没有回头。

睁开眼仍能听到外边的海风声，许知月坐起身，看到了靠在旁边沙发里，闭目睡着了的厉西钊。他侧脸的线条凌厉分明，睡时依旧是紧绷起的，眉头轻蹙着，浓长眼睫垂下，盖住了那双瞳色格外深沉的眼睛。

许知月呆呆盯着他片刻，厉西钊似有所觉，睁了眼，撞进她紧盯着自己的如水黑眸里。

许知月："……你怎么在这里？"

厉西钊坐起身，声音有些哑："来叫你吃饭，看你还在睡，没叫醒你。"

许知月看一眼手机，已经快十二点了。她赤着脚下地，打算去洗漱一下，忽然想到什么，转身问也在看手机的厉西钊："星野和澳翔合作之后，增开的第一条新航线就是直飞布里斯班的，以后从临城飞布里斯班，要几个小时？"

厉西钊抬眼看向她，目光顿了顿："问这个做什么？"

许知月："以后别再傻乎乎地转机二十几个小时过去了，没有意义的。"

许知月进了浴室，厉西钊听到里边的水声，敛目盯着自己的手机。

周渊："脸皮不厚追不到老婆，共勉。"

他直接划掉了和周渊的对话框。

许知月从洗手间出来时，厉西钊正站在房间落地窗边，似在看外边的海景。许知月停步叫了他一句，厉西钊回身，视线落过来，没出声。

许知月："……你干吗？"

厉西钊一抬下巴："你过来。"

许知月犹豫地走上前，厉西钊伸手抹了一下她的唇，在许知月皱眉前，提醒她："去搽个口红。"

许知月："吃饭搽什么口红？"

厉西钊想了一下道："那就吃完饭搽。"

许知月莫名其妙："我为什么要搽口红？你不会又跟我说什么代表公司形象的话吧？在这种地方做形象给谁看？"

她想搽就搽，不想搽就不搽，为什么要听厉西钊的？

厉西钊的目光在她脸上慢慢逡巡："做给我看呢？不可以？"

许知月："……"

不行，不可以。

厉西钊忽地嗤笑一声："你也就这张脸能看。"

许知月："……你好肤浅。"

厉西钊道："男人都是这么肤浅，你才知道吗？以后擦亮眼睛，别指望找到什么看中你内在美的男人，那都是骗人的。"

许知月觉得他大概又皮痒了，不想再跟他浪费口水，她转身准备走时，被厉西钊扣住手腕拉回去："温瑜跟你说了什么？"

面对面近距离的目光相对，许知月看到厉西钊眼中藏着的情绪，反问他："你在紧张什么？怕温瑜跟我说你的坏话吗？"

厉西钊眉头紧拧："她胡说八道，你听听就算了。"

"那不可能算了，"许知月似笑非笑，"听了就是听了，没法算了。"

厉西钊："别人添油加醋说的话未必是真的。"

许知月："哦。"

互相较劲片刻，厉西钊松开她的手，又恢复了冷漠状："走吧。"

许知月："周渊说你死鸭子嘴硬，果然一点没说错。"

厉西钊："知月。"

许知月一愣，没想到他会突然去掉姓地叫自己："干吗？"

"不干吗。"厉西钊温和了声音，"你不饿吗？去吃饭吧。"

许知月："……"

突然这么温柔，她怪不适应的。

吃饭也是在水上餐厅，这座岛才开发出来没多久，游客还很少。

吃着东西，周渊笑问厉西钊和许知月："你们觉得我这座岛怎么样？"

许知月点头："很漂亮。"

她以前同苏娉、杨兮枝她们一起去过马尔代夫玩，这地方不比那边差，还比那里人少、清静。

周渊的目光落向厉西钊："你说呢？"

厉西钊淡道："还可以。"

"你说还可以，那就是很不错了，"周渊满意道，"听说你跟澳大利亚这边的航空公司合作开发新航线，有没有兴趣增开一条到这里来的？"

厉西钊仿佛早料到他会提这个："你这个岛走的是高端度假村路线，来这里玩的人就算自己没有私人飞机，也大多坐得起包机，需要民航线路做什么？你这岛上的机场也没法落民航机。"

"当然不是飞这里，"周渊道，"飞这附近的国际机场，我还在这旁边另外投资了两座更大一点的岛，打算开发稍低一个档次的旅游项目，跟国内的旅行社合作，让那些坐民航机来的游客也能玩得起。"

"斐济这边，现在每年国内来的游客人次逐年增加，去年就差不多有六万人，但没有直飞航班，只能从其他地方转机，星野要是能开一条直飞过来的航线，来这儿的游客人数还能翻个倍，你们一周飞个三四班，怎么也亏不了本。"

周渊鼓动着厉西钊，还拉上许知月一起："知月你来说说吧，这地方会比其他海岛差吗？值不值得来？"

许知月笑："我觉得不错，我喜欢这里的阳光和海滩。"

厉西钊看了她一眼，终于道："回去之后我会让市场部的人跟进看看，能不能成到时候再说。"

周渊："好啊，我拭目以待。"

温瑜无聊地打断他们："能不能别说这些？真扫兴。知月，一会儿吃完饭，你想去哪里玩？"

许知月想了想，问她："你有什么计划吗？"

温瑜："我们去北边山上吧，在那边的山顶上能看到红树林和蓝湖的全景，跟走进去看近景感觉完全不一样。"

许知月闻言笑道："想要俯瞰全景，从飞机上看是最好的，可惜我们来的时候是走另一边进场，没有看到。"

"现在也可以看啊，"温瑜道，"想要飞还不容易？随时可以！"

下午两点，他们四人回到机场，那架四人座的小型飞机就停在跑道边上，许知月一眼认出，是佳宝J450，她开过无数次的。坐进驾驶舱，许知月伸手摸了摸面前的仪表盘，怀念道："我以前在澳大利亚开的就是这个，这是澳大利亚的公司制造的飞机，他们家以生产轻型飞机为主，用的还是自主研发的飞机引擎，安全稳定性很高，一般玩小飞机的人都开塞斯纳，很少有人知道这个。"

周渊笑道："是吗？那看来我买对了。"

"嗯，"许知月点头，"你眼光好。"

温瑜坐在驾驶座后方的位置，趴向前问她："知月，你真的能开飞机啊？"

许知月笑睨向她："怎么，你害怕？"

温瑜："不怕，我知道你肯定行。"

右座的厉西钊打断她们："走吧。"

温瑜也问他："你怕吗？"

厉西钊："你别玩得忘乎所以就行。"

许知月："你们坐好喽。"

飞机迎着午后炽热的阳光起飞，追逐流霞翠云而去。

豁然开朗的视野下，是浮天沧海、碧波潮生，漫山遍野层林尽染的红树林转瞬已至眼下，如宝石一般璀璨夺目的蓝湖藏于其间，映出苍茫天穹的倒影。

皆是大自然精雕细琢出的艺术品。

后座的温瑜惊叹："从这个角度看果然比在北山顶看更漂亮，我以前怎么就没想到呢？"

周渊已动作很快地掏出了手机拍照。

许知月操纵着飞机在蓝湖上方盘旋，她也在看飞机之下的景色。

初学飞行教员上第一堂课时曾跟他们说，喜欢飞的人，要么追求刺激，贪恋驰骋于天空的感觉，要么享受自上俯瞰万物、别样角度的美景。她从前全部心思都在飞行这一件事本身，从来心无旁骛，这是第一次真切体会另外一种心境。

眼中描绘出的景象，笔画更难以形容。

"好看吗？"身边人忽然轻声问。

许知月笑了一下，墨镜之后的双眼微弯，唇角上扬，笑容晕开在明媚天光里。

厉西钊始终盯着她，比起窗外的景色，眼前人更叫他难以移开目光。

傍晚，暮色晕染整片海岸时，他们四个人在沙滩边烧烤。海风送来不知哪个方向的乐声，许知月静心听了片刻，是一首钢琴曲。

温瑜也听出来了，手里烤着玉米，顺嘴问许知月："知月，你以前弹钢琴也挺厉害的吧？是不是还拿过什么青少年钢琴比赛奖？我那个时候还以为你会继续在这方面深造呢，谁知道这双弹钢琴的手最后竟然去开了飞机。"

许知月笑着解释："是，不过弹钢琴只是兴趣，我没想过当作职业。"

她没想过，但她妈妈想，因为这个，她们母女之间还曾闹过很长一段时间的矛盾。

林静语年轻时是个水平还不错的钢琴演奏家，一心希望女儿能像自己一样，但许知月却选择了她爸走的那条路，坚决要去学飞。她们母女初到澳大利亚时为此吵过很多次，最后许知月一意孤行，还是去报了航校。

那个时候的她是一匹孤狼，没有任何人支持她，连厉西钊也不理解她。在那段最难熬的日子里，唯一陪伴她的只有书山书海和她心爱的飞机。

温瑜感叹道："只是兴趣也很厉害了，我记得我们高二时新年文艺演出，你上台弹钢琴，整个学校的男生都疯了，几乎每天都有人一下课就跑到你们教室门口看你，我在隔壁班都能看到走廊上挤满了人。"

周渊附和："可不是，那个时候除了我，全校的男生都为许大美人痴狂。"

"你们也太夸张了，"许知月尴尬，阻止他们继续说下去，"也就是有些人喜欢凑热闹哄起而已……"

温瑜坚持道："反正厉西钊黑脸是真的，我和周渊都看到了。"

被议论的另一位主角正在闷头烤鸡翅，根本不接他们的话，随便温瑜和周渊怎么说。

许知月只觉无奈："都多少年前的事情了，一直说有什么意思啊？"

厉西钊将烤翅递过来，丢出三个字："吃这个。"

许知月抬头看向他，厉西钊把烤串塞到她手里，自己拿了另一串吃。周渊见状不满道："喂，你有没有搞错啊？怎么就烤两串？我跟温瑜的呢？"

厉西钊冷漠脸："你自己烤。"

许知月看看手里的烤翅，有点不好意思，犹豫着递给温瑜："要不这串你们吃吧。"

"别了，"温瑜赶紧摆手拒绝，"你看厉西钊又要黑脸了。"

许知月："不用管他，他就这个德性。"

温瑜这才不客气，笑着说了声"谢谢"，接过烤串和周渊分着吃。

许知月回头，又与厉西钊视线撞到了一块，她眼里浮起笑，目光落到厉西钊手中那串上："能不能分我一半啊？"

或许是这里静谧旖旎的气氛给了厉西钊错觉，许知月略微拖长的声音近似在撒娇，虽然她从前就很少撒娇，现在应该更不会。

厉西钊拧眉："你在撒娇？"

温瑜先道："是啊是啊，她在撒娇，你赶紧把你手里那串给她吧。"

厉西钊却只看着许知月，等着她回答。

许知月很缓慢地眨动了一下眼睛，依旧是笑着的："你别这么小气嘛。"

厉西钊这才慢悠悠地将自己那串烤翅一分为二，递了一半给许知月。

酒足饭饱，周渊终于成功哄得老婆放自己进屋，厉西钊叫住也准备回房的许知月："你还要住他们隔壁？"

许知月："有什么问题吗？"

厉西钊眼里有转瞬即逝的古怪笑意："提醒你一声而已。"

许知月稍一犹豫，回房拿了自己的行李，去了厉西钊那边。

厉西钊好似笃定她会来，一脸散漫地靠在门边玩手机，像特地在等她。

许知月进门睨了他一眼，客厅里只开了一盏橘黄的落地灯，笼着门边他的半边身影，带着点暧昧。

厉西钊的视线从手机屏幕移向她，许知月微微一怔。

厉西钊看她的眼神，让她莫名心惊，下意识想逃。

"我回房睡觉了。"

转身时却被厉西钊用力拉过去，背抵到墙上，不等她皱眉，对方的气息已落进耳中。

许知月抬头，厉西钊正一眨不眨地看着她，不知道这人是不是喝多了，黑眸里积蓄起风暴，却又极力隐忍，蓄势待发。

许知月被他的目光烫到，微微撇开脸："你想耍流氓吗？我真的要睡觉了。"

她的视线范围内，只看到厉西钊的喉结慢慢滑动了一下，他退开身，许知月心头一松，抬步就想溜。

再次被厉西钊拽回来时，她甚至没回过神，人已被按回墙上。厉西钊欺近，许知月感觉到嘴唇贴上的温度，恍神间已被他得逞，厉西钊的气息强势入侵她唇齿间。

他的动作蛮横又强硬，在她唇舌间胡乱搅弄，许知月尝到酒精的味道，胸腔鼓胀，脑子里的思绪在那一瞬间炸开，全然忘了反应。

舌尖也被咬痛时，许知月才似梦初醒，用力挣扎起来。

她一巴掌拍到厉西钊脑门上，清脆的声响将他俩的理智同时拉回。

许知月自己先愣住，收回手，尴尬道："……你先发疯的。"

厉西钊稍稍退开了一些，沉目盯着她，哑声开口："复合吧。"

许知月哑口无言。

厉西钊抬手，拇指腹拭过她的唇，擦去那些暧昧痕迹，重复那句："复合吧。"

许知月看到他双眼里自己的影子，恍若不真实，不由得拧眉："从前的事……"

"从前的事情过去就过去了，"厉西钊打断她的话，"没必要反复提起。"

厉西钊："你现在是单身，我也是单身，要不要再跟我在一起？"

许知月隐约觉得不对，从前的事情是他们之间的一个坎，必须说清楚彻底跨过去，而不是绕开不去管，可厉西钊显然不是这么想的。

但在此时此刻，或许是被今夜的气氛影响，也或许是被厉西钊看她的眼神蛊惑，又或许是她自己也喝醉了，片刻沉默后，她鬼使神差地点了头。

厉西钊的亲吻再次覆上来，比先前更热切。

许知月双手攀住他的肩膀有些受不住，脑子里也不清醒，迷糊间想到这人真的十年没交过别的女朋友？亲人这么熟练，她怎么就不信呢？推扯间跌跌撞撞进了房间倒进床里，许知月刚想撑起身，厉西钊高大的身躯已罩下来，双臂撑在她身体两侧，垂眼看向她。他的眸色更黯，凝视着她，只有她。

许知月浑身都发烫，艰难轻喘了一声："你……"

厉西钊覆下，一再地吻她。亲吻从嘴唇渐渐下滑到颈侧，察觉到厉西钊想解开自己的衬衣扣子时，许知月的理智终于回笼，用力抓住了他的手：
"别。"

厉西钊的动作停住，落在她耳边的呼吸粗重。

许知月侧过头，避开了他的视线："……我真的想睡觉了。"

僵持一阵，厉西钊翻身下去，倒在了她身边，揽过她的腰没有松手：
"就睡这里。"

许知月背对着厉西钊，被他禁锢在怀，一动不能动："我总得去洗
澡吧？"

厉西钊："不许去。"

许知月想踹他一脚，生生忍住了，她心跳得有些乱，想说点什么，又觉
得说什么都不合适。

厉西钊抱着她，闭起眼，再没出声。

时间一点一点流逝，暧昧旖旎消弭，唯余万籁俱寂。

窗外来的海风渐抚平许知月躁动的心绪，她听到身后人逐渐变得平稳的
呼吸，眼皮耷拉下，终也抵挡不住睡意，入了梦。

清早，许知月被这南太平洋海岛上过于炙热的日光晒醒。

恍惚间坐起身，昨夜的一幕幕在脑中不断重复放映，她下意识地低头看
了看自己的衣服，还是昨晚那件衬衣，完整扣到最上面一颗，让她不由得松
了口气。

虽然昨夜脑子不清楚答应了跟厉西钊复合，但她还不想进展得太快了。

浴室里的水声停下，厉西钊擦着头发，套了件T恤和短裤推门出来，目
光与正朝他看过来的许知月撞到一块。

面对神色自然的厉西钊，许知月却没来由地一阵尴尬，犹豫着说了句：
"早安。"

厉西钊盯着她三秒钟，面无表情道："你脸上出油了。"

许知月心道："你一大早说点好听的能死啊？……"

她昨晚就不该答应他，男人都一个德性，到手了就原形毕露。

许知月不想再搭理这个无聊的男人，去外边客厅拿了自己昨晚扔这里的

行李，直接回了隔壁房间。

关上门进浴室，她先对着镜子看了看自己的脸。

明明就很清爽……厉西钊故意逗她玩呢？

洗完澡出来，厉西钊就站在门外等。

许知月刚要开口，厉西钊忽然转过身，扣住她的一只手腕，低头亲了过来。她愣了一下，慢慢启开唇。

他们在这海风徐徐、天光明媚的清早，难得安静地交换了一个略带薄荷清香味的吻。

许知月的心跳逐渐加速，重新被熟悉的气息和温度完全包裹。

厉西钊这个人，十年后和十年前一样，只要他们独处，总是这样不打招呼就会亲来。即便时隔多年，许知月依然清楚地记得他的这些习惯，并且下意识地配合他。好几分钟过去，厉西钊丝毫没有松开她的打算，且越亲越过火。许知月快喘不上气，不得不用力咬了他一口，退开身。

她的呼吸不稳："……够了。"

厉西钊敛眉盯着她艳红泛着水光的唇，一声不吭，不知在想什么。

"知月，你们起来了吗？"

外边响起温瑜的声音，许知月如蒙大赦，回答着"起来了"，赶紧迎出去。

温瑜到嘴边的话，看到跟许知月从同一个房间出来的厉西钊时顿住，然后笑了，提醒他们："起来了就赶紧换衣服啊，去餐厅吃早饭。"

许知月略不自在道："哦，我们马上来。"

温瑜很自觉地不做电灯泡，说去餐厅等他们，转身先走。

许知月回房去换衣服，进门前提醒厉西钊："别跟过来。"

她用手指了指门外，让厉西钊停下脚步，关上门。

吃过早饭，他们四人出发去椰子园玩。

一路上温瑜左看右看，总觉得不对，凑近许知月身边，小声问她："你跟厉西钊，你们昨晚怎么了？"

许知月装傻："没怎么，你怎么这么问？"

温瑜分明不信："你就骗我吧。"

许知月轻咬了一下唇，在温瑜揶揄带笑的目光注视中，只得说了实话："就那样吧，算是复合了。"

温瑜："算是？"

许知月含糊道："嗯。"

她也不知道，她确实答应厉西钊了，而且从昨晚到今早，她都没有拒绝厉西钊的亲密行为。但要说真正解开心结和好了，她总觉得也不是，厉西钊大概不在乎，只认为他们能重新在一起就好，她一个人在意，又似乎有些矫情。

温瑜很不解："是就是，不是就不是，算是是什么意思啊？"

许知月："……那就是吧。"

温瑜失笑："你跟厉西钊，一个赛一个别扭。"

许知月求饶："你行行好，别问了吧。"

"不问就不问。"温瑜终于放过她，"不过你们能复合我还是很高兴的，中午你跟厉西钊得请客啊。"

许知月无奈："好吧，让厉西钊请。"

进椰子园参观了一圈，坐下休息时周渊叫人打开了几个椰子，拿起一个抱在手里，和温瑜就着同一根吸管，你一口我一口地喝椰汁，也不嫌腻歪。

许知月也抱起一个，在厉西钊视线落过来时，脱口而出："我不吃你的口水。"

话说完她自己也觉得尴尬，刚才吃得还少吗？

厉西钊眼里分明有讥诮之意，但没有揭穿她，给她新挑了个递过来："吃这个吧，甜点。"

许知月将信将疑，犹豫之后还是跟他换了。

入口的椰汁果然很清甜，许知月眯起眼有些享受，回头却见厉西钊一直盯着自己，问他："你不吃吗？"

厉西钊移开视线："你自己吃吧。"

许知月一撇嘴，把手里的椰子递过去："算了，给你尝一口吧。"

厉西钊："你让我吃你的口水？"

许知月想把椰子扣他脑门上去，她就知道，这个混蛋就是欠得慌。

"不吃算了。"

许知月转身想走，又被厉西钊拖着手臂拉回去。他脑袋凑过来，就着许知月用过的吸管尝了一口椰汁，抬目看向近在咫尺的眼前人，许知月的眼睫在阳光下微微颤动，琉璃似的黑眸看着他没动。

厉西钊镇定道："是还挺甜。"

许知月脸颊莫名发烫，拿回椰子，假装若无其事，继续把剩下的喝完。

喝完椰汁，温瑜拉着许知月去前边的加工厂看椰雕，周渊和厉西钊坐在外头椰树下大眼瞪小眼。

周渊盯着厉西钊三秒，笑了："今天看着挺春风得意啊。"

厉西钊没理他。

周渊跟他邀功："不承认算了，反正我看得出来，看我这趟叫你们来这里没白来吧？"

厉西钊仍未出声。

周渊冲工厂里面努了努嘴："真把人搞定了？以前的事情怎么说？"

片刻，厉西钊终于淡声丢出句："不说。"

没什么好说的，只要许知月回到他身边就行。

回临城后厉西钊接着去外出差，许知月重新开始工作，几乎每天都在天上飞。

和厉西钊关系的转变对许知月来说没什么实感，见不到人，所谓的男朋友不过就是一个符号而已，微信上的沟通对他们来说没什么意义，一个不爱说甜言蜜语，一个也不喜欢听，比起跟厉西钊说些无聊的废话浪费时间，许知月宁愿多看两本专业书。之后厉西钊一直没回来，转眼便是半个月。

再见到厉西钊的那天许知月刚飞完一个本场四段，傍晚才下飞机，出了机场她本想直接回家，厉西钊的微信消息进来，让她去一趟公司。

厉西钊的车就停在公司外，许知月拉开车门坐进去，厉西钊示意司机开车："去吃饭。"

"去市区吗？太远了不想去。"许知月拒绝，"你送我回去吧，我今早四点多就起来了，只想回家随便吃点东西早些睡觉。"

厉西钊："吃完饭再说。"

说不通许知月干脆不说了，趁这点工夫倒进座椅里，先补眠。片刻后，她快要睡着时，察觉自己的手被身边人握住，许知月懒得动，随便他了。

厉西钊低下声音问她："我们半个月不见，你连看我一眼都嫌多余，说睡就睡了，就一点高兴的感觉都没有？"

许知月闭着眼皱了皱眉："别吵。"

厉西钊轻捏了一下她的手，叫司机开了暖风，不再吵她。

在市区的餐厅里坐下时，许知月的精神好了不少，喝着薄荷水，她状似不经意地打量对面的厉西钊，见他眉目间也有疲色，似乎瘦了些，顺嘴问了句："你去哪里出差这么久？"

正看菜单的厉西钊一撩眼皮子："我以为你根本不在意这个。"

许知月："我就问问。"

厉西钊盯着她看了几秒，视线落回菜单上，道："集团总公司那边有个项目出了点问题，回去帮着处理，刚刚结束。"

许知月："……你不是来接手星野的吗？还要管那边的事情？"

厉西钊："我爸年纪大了。"

许知月听明白了，厉西钊来临城，确实就只是锻炼，他迟早还是要回去的。

"不必想太多，"厉西钊丢出句，"这里离沪市近得很，没有隔着半个地球。"

许知月："……"

说好了不提从前的，有意思吗你？

趁着菜没上齐，厉西钊忽然搁了样东西到她面前，看着像个表盒，许知月不解："这什么？"

"手表，帮我妈攒商场的购物积分随便买的，你拿去戴吧。"厉西钊面瘫脸。

许知月瞧着怀疑，不怎么信。她犹豫着打开表盒，里面是一只很漂亮的女式机械表。酒红色的表带，玫瑰金边框，白底表盘，周围镶嵌一圈碎钻，看着很时尚精致，也是只带月相功能的手表。

许知月："这个很贵吗？"

厉西钊不在意道："不贵，十几万而已。"

许知月再次语塞。

这话要是从别人嘴里说出来，十有八九是在装，但厉西钊可能确实是这么认为的，十几万的手表，连他手上那只的零头都不到。

犹豫之后她说了句"谢谢"，收下了。

厉西钊要真送她一套房子价格的手表，她肯定不会收，面前这块她自己也买得起，收就收了吧，要不厉西钊肯定觉得没面子。

厉西钊问："喜欢？"

"你自己都说了是攒积分随便买的，那就没考虑过我的喜好，有什么喜欢不喜欢的。"明知道是厉西钊的借口，许知月却故意拿话呛他，"我之前就跟你说了，我只想要银之翼。"

厉西钊沉默一瞬："银之翼买不到。"

许知月勉为其难道："那算了，这表也挺好的，就算是喜欢吧。"

厉西钊："喜欢为什么不拍照发朋友圈？"

"哈？"许知月一脸不可思议，"还要拍照发朋友圈？"

厉西钊蹙了一下眉："算了。"

许知月看着他的神情，忽然想到自己之前加了温瑜的微信号，那位就很爱发朋友圈，尤其爱在朋友圈里秀恩爱，周渊送她什么她都要一脸幸福地晒出来。

……厉西钊莫不是连这个都要跟人较劲？

幼稚不幼稚啊？

面上憋着笑，许知月还是拍了张照片，发进"一百年"没更新过的朋友圈里。

"谢谢老板打赏。"

不几分钟，下面多了一排点赞回复。

"哪家老板这么大方，打赏十几万的表啊？"

"对面坐的是谁？怎么就露出点手指？许大美人竟然会发朋友圈秀恩爱了，不容易啊。"

"是厉总吗？许机长这是跟厉总官宣了？"

……

"这款是宝珀的月亮美人？"

看到最后这条，许知月心神微动，目光瞥向对面正慢条斯理吃东西的厉西钊。

苏娉的私聊消息恰巧进来："这就秀上恩爱了？厉总竟然知道送月亮美人给你。"

许知月："这款表叫月亮美人？"

苏娉："是啊是啊，是不是跟你很配？厉总肯定是精心挑选送你的。"

许知月："他说是帮他妈攒商场购物积分随便买的，呵。"

她不再回复苏娉，托腮笑吟吟地看着眼前人。

厉西钊抬目："看什么？"

"不看什么。"许知月又笑了一下，拿起筷子吃东西，没打算解释。

回程是厉西钊自己开的车，他直接把车开回了浅苑公馆。

看到浅苑公馆的大门时，许知月才意识到什么："你不打算送我回去？"

厉西钊："你明天休息。"

她已经连着飞了六天，明天是休息，但这跟来这里有什么联系？

车停进车库，许知月刚解开安全带，厉西钊倾身覆了过来。副驾驶座的椅背被放到最低，许知月倒在座椅里，被厉西钊完全禁锢在怀，被动承受他过于热切的亲吻。唇舌纠缠、气息交融，许知月察觉到自己呼吸不畅时，厉西钊贴在她后背的那只手已游移向下，贴到了她敏感的腰窝处，被她按住。

许知月睁开眼，看清楚厉西钊浓沉黑眸里藏着的情绪，弯起唇角："你打算在这里做什么？"

厉西钊有一点咬牙切齿："跟我进去。"

"进去可以，"许知月道，"不做别的。"

沉默对视片刻，厉西钊坐回了驾驶座去，眼神已恢复平静，先下了车。

许知月跟下去，玄关门刚开，她就被厉西钊拽进去，炙热呼吸再次贴过来。

许知月抬手攀住了他的肩膀。

十分钟后，厉西钊去水吧打算冲咖啡，想到许知月上次说的晚上喝咖啡睡不着，换成了果汁。

许知月跟过来，靠在吧台边看手机，顾明泽十分钟前发来微信，问她明天是不是休息，要不要去吃火锅，叫上苏婷她们一起。

厉西钊过来正看到这一条，皱眉道："不许去。"

许知月闻言问他："我这两个月跟那么多教员飞过，唯独没有排到和顾教员一起的班，是不是你故意不让人排？"

厉西钊："你想跟他一起飞？"

"想啊，"许知月诚实道，"他技术好，要不也不会才三十出头就是教员、机队长。"

见厉西钊没有松口的意思，许知月好笑道："果然是厉总假公济私，你心眼就这么小？"

厉西钊："他想追你。"

"我拒绝了，"许知月摇头，"而且我觉得，他现在应该改换目标了。"

她把手机举到厉西钊面前，让他看清楚："最后这句，叫上苏婷她们一起，我觉得他是醉翁之意不在酒，前几天他还问过我苏婷的事情。"

厉西钊不信："他可以直接约他想约的人。"

许知月："苏婷不待见他啊，估计微信都没给他吧，他就只能这么迂回着来了。"

厉西钊："手机给我。"

许知月生出警惕："你干吗？"

手机却已从她手里滑去了厉西钊那边，厉西钊三两下把顾明泽的微信名片推给苏婷。

"加他，他想约你可以单独约，不必找许知月做中间人。厉西钊。"

苏娉："……？"

三秒钟后又迅速撤回，大约是反应过来刚才那条是厉西钊发的。

许知月抢回手机："厉西钊发疯，你不用管了。"

回复完她怒目向厉西钊："你有毛病啊？"

被骂了的厉西钊依然面不改色，将果汁递给她："喝吧。"

许知月："不喝。"

她已经气饱了。

厉西钊："明天搬家，来这里跟我一起住。"

许知月下意识拒绝："我不要，我没打算婚前同居。"

厉西钊眼中有转瞬即逝的亮光："那就结婚啊。"

许知月："你喝多了吗？"

厉西钊改了口："不是同居，这里房间多得很，你随便挑。"

许知月："我在兰欣苑那边住得好好的，为什么要搬来这里？"

厉西钊："不收你房租，包接送，包伙食费等一切生活支出。"

许知月冷漠道："我年薪百万，不缺这点钱。"

静了两秒，厉西钊道："我邀请你呢？"

他的眼神里忽然就多了几分柔和之色，令人猝不及防，难以抵挡。

许知月微微一怔："……我考虑一下。"

许知月说考虑，厉西钊就当她是答应了。

"去睡觉。"

许知月立刻警觉："我睡客房。"

"你想多了，我也没有把主卧让给别人睡的习惯。"厉西钊扔出这句，转身上楼。

许知月语塞，刚才果然是她的错觉，她怎么会以为厉西钊转性了？

第二天一早，厉西钊开车载许知月回兰欣苑，帮她搬行李。

苏娉今天要飞，清早就去了公司，许知月在微信上跟她说了这件事情，并且道歉："在你找到新室友前，房租我会继续付一半。"

苏娉很快回复："算了，枝枝正好说搬来跟我一起住，你就去跟厉总共筑爱巢吧，不用管我们。对了，帮我求求厉总高抬贵手，不要再祸水东引了。"

后面接了个小女孩跪地磕头的表情包，许知月看得想笑："顾教员是祸水啊？你要这么避如蛇蝎？"

苏娉："我不想成为乘务部的公敌，谢谢。"

许知月："你以前撺掇我的时候可不是这么说的。"

苏娉："不听不听……"

"跟别人聊天这么开心？"身边正开车的厉西钏忽然问。

许知月收起手机："我跟苏娉说搬家的事情。"

厉西钏："你要是真不愿意，我不勉强你。"

许知月先是惊讶，又见厉西钏目不斜视语气冷淡，呵了声："你有意思吗？苏娉连下家都找到了，你现在说这种话，一点诚意都没有吧？厉总，做人还是不要太过口是心非的好。"

厉西钏睨向她，眼神分明在说，彼此彼此。

许知月直接装作没看到。

她还是搬去了浅苑公馆，就此开始和厉西钏磕磕碰碰的同居生活。

他俩都是大忙人，许知月工作时间不固定，天南海北四处飞，厉西钏这段时间更是沪市、临城两地跑，一个人当作两个用，大部分时候同居的家不过是他们过夜的地方，虽然住到了一块，感情进展却约等于无。

热恋是不存在的，每回亲热之后接着拌嘴互相嘲讽，这种相处模式的情侣，大概只有他们。

一周之后，许知月值飞去蓉城的过夜航班，带飞教员是顾明泽。

中午去公司吃完饭，许知月先到飞行准备室，领电子飞行包时顾明泽过来笑着跟她打招呼："我还以为我们以后都没机会一起飞了，看来是我小人之心了。"

许知月也笑了一下，没有解释。不是顾明泽想多了，是厉西钊被她揭穿后脸上挂不住改了主意，又让他们一起飞了而已。

她问："今天是不是还有个刚下机队的学员？"

"啊，"顾明泽随口说道，"我新收的徒弟，第一次飞，你有空也教教他。"

顾明泽话音刚落，他说的人已经到了，是个二十出头的小男生，笑容满面地跟顾明泽和许知月打招呼："师父、许机长，早上好。"

顾明泽看一眼手表，提醒他："下次来早点，别才下机队就跟那些老油条学着每次都踩点来酒测。"

对方虚心受教，顾明泽为许知月介绍："他叫宁远辉。"

小男生已朝着许知月伸出手："许机长，久闻大名，真高兴我才下机队第一次飞，就跟你和师父一起。"

许知月与他握了一下手，隐约觉得这个男生有些面熟，一时又想不起来之前在哪里见过。

她刚想问，顾明泽先道："走吧，开会了。"

苏婷也飞这趟，开会前兴致勃勃地跟许知月说，到了蓉城晚上去吃火锅。

顾明泽插进声音："算我一个？"

苏婷撇嘴："你不怕被厉总针对非要跟着去，那就去呗。"

许知月无奈一笑："不告诉他就是了。不说了，先开会吧。"

航前准备会按部就班，除了那个叫宁远辉的跟班学员格外积极，其他都没什么新意。

许知月看他肯学，也乐得多提点几句，带着他做绕机检查时，便仔细说道："绕机检查按照SOP里的项目做就行，但有几个地方需要重点关注。第一个就是机头雷击点，航前必须确认没有雷击点或已经处理了，尤其夏季雷雨多发时，务必要注意，要是没检查到，事后是要挨处罚的；第二个就是发动机检查，主要看叶片有无破损，腔道里有无异物……"

宁远辉顺嘴接了句："怕有乘客往发动机里丢硬币祈福是吗？"

许知月："是啊，这种事情没准就碰上了。"

顾明泽却皱眉提醒自己徒弟："别打断许机长的话，不该你说的时候别说。"

看顾明泽神情严肃，许知月想起第一次从澳大利亚回来的航班上，这位黑面教员训副驾驶的样子，忍笑继续说道："其他的，就是注意看看轮胎磨损情况是否在标准范围内，起落架支柱有没有损伤，液压管路有没有漏油，尾橇有无磨损……"

许知月说得仔细，宁远辉也听得认真，再不敢随意插嘴。

等在检查单上签完字上了机，许知月接着事无巨细地指导宁远辉怎么做驾驶舱准备。顾明泽只在一边看，并不搭话，仿佛许知月才是宁远辉的师父。

好不容易上完客关了舱门，该做的准备都做完了，却接到放行通知，由于流量管制，他们得在原地待命，等候排队起飞。

许知月看一眼腕表，轻出一口气，只希望不要延误超过一小时。

顾明泽注意到她的新表，笑问："你前几天朋友圈晒的那只？月亮美人，确实挺不错的。"

许知月大方道："嗯，我也觉得挺好看的。"

后方的宁远辉好奇地凑过来，也看了一眼，问："是厉总送的吗？"

这小子倒是自来熟，一个才下机队的学员，还敢直接八卦公司总裁的事，顾明泽好笑道："这是你小子该问的？"

宁远辉厚着脸皮笑笑："我好奇而已，许机长是星野未来老板娘的事情已经传遍了公司，我这不是想着趁机巴结许机长嘛。"

许知月已经习惯了周围人时不时地调侃，淡定道："巴结就免了，你表现好一点，别出岔子拖后腿，我帮你在你师父面前多说几句好话。"

宁远辉笑容更灿烂："谢谢许机长，不过其实不用，我有几斤几两，我师父一清二楚，说多少好话都没用。"

顾明泽骂道："那你就上进一点，别成天嬉皮笑脸混日子。"

宁远辉讨饶："知道了，师父。"

说是这么说，他倒一点都不怕顾明泽。

许知月觉得稀奇，那些级别不低的副驾驶在顾明泽面前，都没几个敢大声说话的，这小子还确实无知者无畏。

等了二十几分钟，顾明泽出去上洗手间。

眼见着短时间内不会放行，许知月开了手机，果然有厉西钊发来的消息："还没起飞？"

许知月："是啊，运气不好，还有得等。"

说了几句话，她再次关机，后座的宁远辉忽然道："许机长，你要不跟厉总说说，让他跟放行管制那边打个招呼，他亲自开口，他们会给面子让我们插个队吧？"

许知月皱了一下眉："算了，这点小事，何必麻烦他去找人打招呼。"

流量管制是常有的事情，由机场的放行席负责统筹安排，以星野和临城机场的关系，厉西钊如果去打招呼，他们必然会卖这个面子，但她不想因为这点小事让厉西钊去欠人情。

宁远辉提醒她："要是起飞耽搁太久，落地时间延误，可能会导致我们的休息时间不够，明早回来的班被调度取消，那就得在那边待一天，等后天的班回来了。"

许知月当然知道这个情况，明天下午有个在临城举办的航空讲座她想去听，很可能就错过了。

犹豫再三，她还是道："算了。"

宁远辉笑了笑："许机长可真为厉总着想，竟然一点女朋友的特权都不用，这又没什么，别说是厉总了，一般人有谁认识放行席的，都会去打招呼，各凭本事而已，我们插别人的队，别人也会插我们的队啊。"

"你才下机队，这些潜规则倒是懂得多，"许知月回头看向他，问出先前就想问的问题，"我以前是不是在哪里见过你？"

宁远辉点头，笑吟吟地换了个称呼："许姐姐，你不记得我了？你和我哥还欠了我好几笔债，一直都没还我呢。"

许知月一愣，面前人的灿烂笑脸逐渐跟记忆中的孩童重合，她终于想起来了："小辉？"

宁远辉高兴道："许姐姐果然还记得我。"

许知月很无语，她确实想起来了，这位是厉西钊的亲弟弟，当年还是个小学生，那会儿厉西钊跟她恋爱，全靠这个弟弟帮忙打掩护才没被他爸妈发现，所谓的欠债，说的就是这个。

"刚顾教员说你姓宁，我才没反应过来，你哥以前好像没跟我说过你全名，而且你都长这么大了，我一下没认出来。"许知月笑叹道。

宁远辉解释："我确实姓宁，我跟我妈姓。"

许知月："原来如此，不过你怎么会来星野做飞行学员？其他人知道你是厉西钊弟弟吗？顾教员呢？"

宁远辉："不知道，师父没问过，我也没跟他说过，我才刚从国外培训回来，就听说我哥交了个女朋友，原来还是许姐姐你，没想到我们这么有缘，我第一趟飞就是跟你一起。"

许知月忽然想到什么，问他："我们今天一起飞，你哥知道吗？"

"可能知道可能不知道吧，"宁远辉一耸肩，"他一向不怎么在意我的事情，对了，你别跟别人说我的事啊，我也不想惹麻烦。"

许知月听明白了，这位才是真正来星野体验生活的。

"行了，我知道，放心，我不会多嘴的。"

宁远辉："多谢！许姐姐，你想知道我哥什么事情，都可以问我，我保证知无不言言无不尽。"

这小子卖亲哥卖得毫无负担。

许知月乐了："好啊，那我也得跟你道谢。"

宁远辉："不客气。"

顾明泽回来见他俩谈笑风生，好奇地问许知月："你跟这小子也能有共同语言？"

许知月："还好吧，我们代沟也没那么深。"

刚说了两句话，放行频率响起了呼叫他们的声音，问他们有没有准备好，可以推出了。

许知月立刻回答，悬着的心跟着落下。

顾明泽看一眼窗外，奇道："排在我们前面的都没动啊？我们这是插了几个班？"

宁远辉敲了敲下巴："有人帮我们插队吗？"

许知月联系地面管制申请推出和开车，听到这句时眼睫轻颤了颤，敛回心绪示意另外两人："做飞行前检查清单吧。"

飞机落地蓉城是晚上六点，他们机组三人加上苏娉和另两名空姐，一起去市区吃了顿火锅，结束时已经是九点多了。

坐上回程的出租车，许知月收到厉西钊发来的微信消息："刚开完会。"

厉西钊今天又去了沪市，之前那个出问题的项目虽然解决了，但还有后续事情要他亲自盯着，忙得很，许知月落地时发过去的消息他现在才有时间回复。

许知月："你弟弟今天第一次飞，跟我一起，他师父是顾教员，你知道吗？"

厉西钊："哦。"

许知月："'哦'什么意思？是不是你派小辉来盯着我，才肯让顾教员带我？"

厉西钊："他回国了吗？我才知道。"

许知月："……"

你们真是亲兄弟？

副驾驶座上的宁远辉回头，问许知月："许机长，你明天下午是不是打算去听那个航空讲座，我跟你一起去吧？"

不等许知月开口，跟他们一辆车的苏娉先警惕道："你想干吗？我跟你说哦，许机长是名花有主的，你少打她主意，小心饭碗不保。"

宁远辉："……我不是，苏娉姐你想多了。"

"那谁知道呢，"苏娉冷晒，"你们男的都是见到漂亮女人就走不动道的。"

许知月无奈道："我说，你对顾教员有意见，也不必针对他徒弟吧？"

苏娉扭头看窗外。

许知月冲宁远辉笑了下："你别理她。"

宁远辉坚持解释："不是所有男人都这样，至少我不是，我哥也不是。"

苏娉闻言奇怪道："你哥谁啊？"

宁远辉摇了摇头，没有多说，他刚才那句摆明了是给许知月听的。

许知月却不以为然，别人是不是她不知道，但厉西钊明明就是吧，当年第一次见到她就走不动道的人，不是厉西钊是谁？

不过这话，她不会跟宁远辉说就是了。

回到机场的过夜酒店正好十点，许知月跟苏娉她们招呼一声，先回了房，她现在是机长级别，在外过夜可以住独立的大床房，不必再跟空姐们挤一块儿。

冲了个澡出来，厉西钊的微信语音通话恰巧进来，许知月顺手接通。

"干吗？我要睡觉了。"

厉西钊："洗了澡？"

许知月觉得他的问题实在很奇怪："你不洗澡睡觉啊？"

"开视频。"厉西钊说完这句，挂断通话，新的视频请求接着进来。

许知月再次点了接通，脸凑到镜头前边："做什么？"

"不做什么，看看你。"厉西钊似乎是在说情话，但冷酷无情的样子实在看不出半点说情话的态度。

许知月："有什么好看的，又不是没看过。"

她随意抓着半干的头发，白皙面庞因为刚洗过澡而微微泛红，睡衣领口有些大，修长脖颈下面露出一截玲珑锁骨，要不是他俩知根知底都知道彼此什么德性，厉西钊大约会怀疑许知月在勾引自己。

"在外面别穿这么露的睡衣。"厉西钊沉声提醒她。

许知月拧眉："厉西钊，我穿什么睡衣你也要管？"

那边人沉默了一下，说："我只想你穿给我看。"

许知月："……"

大少爷还真是坦坦荡荡。

她问："你弟弟今天跟我一起飞，真不是你特地安排的？"

"你这么不信我？"厉西钊反问。

许知月轻嗤："那谁知道，毕竟你前科累累。"

厉西钊："不是，不知道。"

许知月勉为其难信了："你弟弟怎么也跑来开飞机？你家那么大个公司以后就你一个人接手？"

"他自己对开飞机有兴趣，我妈一贯宠他。"厉西钊淡道。

许知月："我听你这语气，怎么像在嫉妒他？"

在厉西钊翻脸前，许知月又换了个话题："今天是你跟放行管制打招呼，让我们插队的？"

厉西钊漫不经心地"嗯"了声，许知月笑了："哦……"

厉西钊看着手机屏幕里她笑容明丽的脸，神情顿了顿："哦什么？"

许知月："厉总像那什么，霸道总裁。"

"那你是什么？"厉西钊面不改色，"小娇妻？"

许知月没想到这人还能面瘫脸说冷笑话，笑着纠正他："那不对，我既不娇也不是你的妻。"

厉西钊："不必总是故意说这种话激我，你要是想结婚我们明天就可以拿户口本去登记处。"

许知月觉得这个混蛋根本是要无赖："你这么急？周渊说的果然是真的吧，真怕自己孤独终老？"

"是怕，所以你能给我机会？"厉西钊的语气竟然还格外认真。

许知月没想到他突然不按常理出牌，一时间反而不知道该怎么接话了："……你在开玩笑吗？"

厉西钊："许知月，要不我们真结婚吧，我户口本一直在身上。"

许知月嘴唇动了动，彻底语塞。

她终于后知后觉反应过来，厉西钊之前说的那句"那就结婚啊"，是真有这个想法。

她和厉西钊……结婚?

即便他们现在重新在一起了,许知月也根本没想过这件事,至少眼下就不是合适的时机,就这么草率结婚以后要是过不下去了,难道又离了吗?

厉西钊看着她犹豫纠结的表情,淡淡开口:"你不愿意,还是根本没这个打算?"

许知月觉得这个天没法聊下去了。

厉西钊:"不要装没听到。"

许知月有点恼:"你不觉得太快了吗?"

"快吗?"厉西钊思考了两秒,但不赞同,"我们认识十几年了。"

许知月:"谈恋爱加起来的时间还没超过两年呢。"

厉西钊却道:"谈恋爱两个月甚至两天就结婚的也有。"

许知月决定实话实说:"好吧,我不愿意,也没这个打算,至少现在没有。"

见厉西钊脸色微沉,许知月坚持说道:"婚姻不是儿戏,而且你这也不是求婚的态度,我没可能答应你。"

这个天最后还是聊死了。

挂断通话时,许知月有点生气,又有点失落,倒进床里瞪着天花板发呆半天,起身去浴室里吹干头发。

暖风拂过脸时,她轻轻闭了闭眼,终于泄气。

算了,厉西钊是什么德性的,她十年前就知道了,何必生他的气,跟自己过不去。

转天清早,许知月爬起床,手机里有昨晚她睡着后厉西钊发来的消息。

"抱歉,以后我不会再随便提结婚的事。"

许知月以为是自己没睡醒在做梦,摁熄手机屏幕再打开,消息依然在,不是她的幻觉。

厉西钊以前从来不会主动道歉,其实还是有改变的。

许知月回神心情有些微妙,犹豫了一下,回复他:"你没生气?"

那边秒回:"不是你在生气?"

许知月："……"

厉西钊："脾气越来越大了你。"

许知月回了他一个冷漠脸的表情包，她就不该对这人期望太高。

出门时厉西钊又拨了语音通话来，许知月按下接听："又做什么？"

厉西钊："不生气了？"

许知月实在气笑了："昨晚是谁先黑脸的？"

厉西钊："我脸本来就黑。"

许知月："……没想到厉总真会说冷笑话。"

她听到电话那边一声不明显的笑，低低沉沉的，正挠在她心尖上："你在笑吗？"

厉西钊没否认："我不能笑？"

许知月："你在取笑我吧？你说你这人讨不讨嫌啊？"

"许知月，"厉西钊叫她的名字，"撒娇也要适可而止。"

许知月："彼此彼此。"

说了几句没营养的废话，厉西钊要开始工作了，挂断了通话。

许知月笑着一咧嘴，对面房间的苏娉正推门出来，开口便调侃她："一大早的笑这么灿烂干吗？厉总给你灌蜜了？"

许知月："就你一个人？其他人呢？"

苏娉打哈欠："去楼下餐厅吃早餐了吧。"

许知月问她："你昨晚很晚睡吗？精神怎么不好？"

"别提，"苏娉摆手道，"有人半夜不睡觉，扰人清梦。"

隔壁房间的门也开了，顾明泽走出来，正往脑袋上扣机师帽，听到这句笑问："在说我？"

苏娉瞪了他一眼，转身便走。

许知月快步跟上去，好奇地问："他怎么你了？"

苏娉没好气："大半夜不停发微信来东拉西扯，尽说些废话，不知道想干吗。"

许知月失笑："你不理他不就行了，我看他精神倒挺好的，结果害你没睡好。"

"你还笑，"苏婣嗔道，"明知道今天要飞，他自己不睡觉还不让别人睡，没见过这么没分寸的，厉总都知道哄得你开开心心、神清气爽呢。"

许知月摇头："他也差不多，我自己心大而已。"

厉西钊哄她？厉西钊气她还差不多吧……

她要是心不宽，昨晚估计也得跟苏婣一样睡不好。

苏婣："厉总是这种人？"

"他气死人的本事才强，"见苏婣不信，许知月重点强调，"真的。"

回到临城，下午许知月如愿去听了讲座，和宁远辉一起，这小子特地开车来浅苑公馆接她。

上车时许知月顺嘴问了句："你哥住这里，你怎么不住这里？"

宁远辉："这里离公司远，还冷冰冰的没什么人气，我住这里干吗，再说了我总不能来做你跟哥的电灯泡吧？我现在也住在兰欣苑，跟其他同事一起。"

许知月指了指他的车子："你这车比你哥的还贵，其他同事看到了背后不定怎么议论你。"

宁远辉无所谓道："随便他们。"

许知月："你哥说他不知道你回国了。"

宁远辉笑了："那多正常，他脑子里除了工作，最多分点位置给你，我算哪根葱，他还能记得有我这个弟弟就不错了。"

许知月觉得这俩兄弟实在是——要说关系不好吧，似乎也不是，要说关系有多好，又好像算不上。

她问："你哥知道我们一起去听讲座吗？"

"告诉他干吗，"宁远辉摇头，"他反正人不在这里，知道了没准还要吃我的醋，不必多此一举了。"

许知月："……不至于。"

说是这么说，她的话却没什么底气，厉西钊不会吃他亲弟弟的醋吗？

未必。

车往市区开，宁远辉和许知月一路闲聊，宁远辉说起自己的事情，这小子上大学后突然想开飞机，跟家里说了声直接参加了星野的飞行员自主培养计划，被星野送去国外航校两年，才刚回来。

"之前我家里人都觉得我坚持不下去，可我不但顺利毕业了，还是我们这一批学员中成绩拔尖的。"宁远辉得意地道。

许知月也笑了："那也挺好，我本来还以为你是来星野混日子的。"

宁远辉："当然不是，我是认真想开飞机的，希望以后能像你和师父一样，我来星野的目的很单纯的。"

听到这句，许知月忽然想到什么："你哥……"

"我哥什么？"宁远辉转头冲她一扬眉，"许姐姐想知道我哥的事？"

许知月问出口："你知道他为什么来星野吗？"

宁远辉："他自己怎么说的？"

许知月："说你爸放他出来独自历练。"

宁远辉哈哈笑："你信他呢，我爸要真放他独自出来历练，就不会现在让他两头跑了，是他自己要来临城的吧。"

许知月："'吧'的意思是你也不确定？"

宁远辉道："应该就是，星野已经快成我们家公司的边缘产业了，哪里需要我哥亲自过来，是我先知道你在星野，有一次听星野去航校给我们上课的教员提到你，才知道许姐姐你一直在星野工作，后来无意中跟我哥提了一下，没半个月就听到我妈说他来临城接手星野了。"

所以厉西钊确实是特地为她来的星野。

许知月心情略复杂，她其实早有感觉，今天终于得到了确切答案。

"他跟我不是这么说的……"

宁远辉："你也知道我哥是什么个性，他肯承认才奇怪了，其实许姐姐，我早猜到我哥迟早还得回头找你，你别看他嘴巴硬，对你是最没辙的。"

许知月尴尬地笑了一下，不知道该怎么接话。

宁远辉继续说："而且他这十年都没交过别的女朋友，你信吗？二十几岁的男人活得跟个苦行僧一样。"

"……我知道，"许知月道，"我听周渊他们说了。"

宁远辉："是吧，之前家里还跟他介绍过好几个呢，他连看都不去看一眼，我妈都愁死了，跟我说其实她早就知道我哥原来交了个女朋友，分手之后还追到国外去了，当初我妈睁只眼闭只眼没当回事，这几年时不时说后悔，当年没努力帮我哥留住你。"

许知月只觉无语，厉西钊的家长竟然是这个态度？

宁远辉解释："我妈就这样的，你也别有负担，我知道当年是你甩了我哥，别觉得对不起他，他要是表现得不好，你再甩了他就是。"

许知月："你这么说，你哥知道吗？"

宁远辉浑不在意："不用管他，我跟你说这些，可不是为了帮他说话，他那种个性，你甩他太正常了。"

许知月犹豫道："其实我觉得他个性也没有那么糟糕吧，好歹是你哥呢，你怎么这么说他？"

宁远辉："口是心非，嘴里没一句好听的，还不糟糕？"

许知月彻底无话可说，厉西钊在他弟这里实在没面子，她爱莫能助。

宁远辉再次笑了："我是不是不应该在你面前说他坏话？毕竟情人眼里出西施，你肯定觉得他好。"

"没关系，"许知月幽幽地道，"你说得挺对的，他就是这样。"

听完讲座已经快五点，出来之前许知月收到厉西钊发来的消息，说在场馆门口等她。

许知月有点意外，问宁远辉："你跟你哥说了我们来听讲座？"

宁远辉："没啊，他来接你了？"

许知月觉得稀奇，厉西钊是怎么知道她在这里的？

厉西钊的车就停在路边，他刚从沪市回来，让司机先回去了，自己开车来接许知月。

许知月和宁远辉上车，厉西钊目光落向车内后视镜中的宁远辉，冷冷地问："你没开车？"

"开了，先扔这里吧，你不是要接许姐姐去吃饭？算我一个。"宁远辉笑嘻嘻道，说好了不当电灯泡，转头他就忘了。

厉西钊懒得再说，发动车子。

许知月轻咳一声："我没跟你说我来了这里吧？"

厉西钊："猜的，你肯定在这。"

这么了解她的人，大概只有厉西钊。许知月拢了一下头发，掩饰略微的不自在，明明厉西钊也没说什么，或许因为还有第三个人在，让她莫名觉得别扭。

后座的宁远辉揶揄自己亲哥："你在许姐姐身上装了定位器吧？"

厉西钊和许知月都没理他。

吃饭时也是宁远辉一个人在侃侃而谈，说自己的飞行员生涯初体验，许知月和厉西钊各自默不作声地吃东西，把他的话当背景音。

厉西钊夹菜进自己碗里时，许知月抬目看了他一眼，厉西钊仍一句话没说，夹完菜又继续吃自己的。他不说话许知月也不想说，比耐性她从来不输给任何人。

宁远辉终于无奈了："我说你俩，谈恋爱就这么谈的？相顾无言搁这里演默剧呢？"

许知月道："这个时候嘴巴用来吃饭不就好了？"

厉西钊道："要是吃饱了你就先走，不用在这里说废话。"

宁远辉道："哦，原来是嫌我太碍眼了，打扰了你们谈恋爱。"

你知道就好。

宁远辉奇怪道："当年你们不是还经常带我一起出去约会，那时候怎么不嫌我碍着你们？"

厉西钊："你还是小学生？"

宁远辉笑："不都一样，你俩谈情说爱，当我不存在就是了。"

许知月继续闷头吃东西，不想参与这个话题。

宁远辉吃饱喝足，终于拍拍屁股走了。

厉西钊问面前人："他在你不自在？"

许知月目送宁远辉走远，收回视线："你很自在吗？"其实这么说还是挺奇怪的，普通情侣跟家人或是朋友一起吃饭，不该不自在才对，但许知月就是觉得跟厉西钊在一起，没法像对一般男朋友一样在人前自然相处。至少以前不是这样的。

厉西钊："他跟你说了什么？"

"哦，没说什么，"许知月心不在焉道，"说了些你口是心非的事情而已。"

她放下筷子，冲厉西钊笑："回去吗？"

厉西钊盯着她，半分钟后起身去服务台结账。

回程依旧一路无话，车子在入夜之后空旷寂静的高速公路上疾驰。许知月靠在座椅里，安静闭目养神。耳边是她从前很喜欢听的一首钢琴曲，重复播放。

进家门时厉西钊不知道碰到了哪个开关，别墅里的灯没像平日那样自动亮起，许知月心跳得有些快，人还在玄关已被厉西钊按入怀，炙热亲吻跟着落下。

她双手先是攀住厉西钊的肩膀，再像是受不住移上去，扯住了厉西钊后脑的头发。

亲吻让她丧失了思考能力，身体里的火却被挑了起来。

亲吻搂抱着跌跌撞撞进了客厅，厉西钊跌坐进沙发里时，双手还抱着许知月。

许知月跪坐在他身上，双唇稍稍分开，厉西钊背靠着沙发抬目看向她，眸色比黑夜更浓沉。他的眼里有不加掩饰的欲望，明明是被压制的姿势，气势却格外强硬，一眨不眨地盯着许知月，如同想要将人吃入腹内。

许知月轻抚他的脸，长发散开，垂落向一侧，眼神迷离的模样更显妖媚。

他们谁都没有出声，只有彼此不断加重的呼吸声，近在咫尺间。

许知月的大衣刚才在纠缠中就已经脱了，沉默对视片刻，她坐起身，在厉西钊目光注视中，缓慢而没有迟疑地脱去了身上的羊毛衫，再一颗一颗扣子解开了最里面那件贴身的衬衣。

到第三颗扣子时，厉西钊按住她的手，接下了她的动作，直至最后一颗扣子解开，衬衣从她肩头滑落。

厉西钊将人拉近，在她肩头落下一个吻。

许知月轻喘一声，慢慢闭起眼。

第十三章　我也很想你

许知月在汹涌而至的情潮中浮沉，终于缴械投降，回答了厉西钊
一直耿耿于怀的那个问题。

"我也很想你，一直很想。"

许知月半夜是被渴醒的，伸手往床头柜摸了一阵，没摸到自己的水杯，
恍惚间想起来，这是厉西钊的房间。她被厉西钊揽在怀中，对方一条手臂还
搭在她腰间。她小心翼翼挪开身体下床，一条腿踩在床边地毯上，因为腿酸
差点直接跌坐下去。许知月轻嘶一声，狼狈地稳住身体，去浴室胡乱拿了件
浴袍披上，轻拉开房门，摸黑下楼。

她的衣服还散落在楼下客厅里，这个地方到处是先前激情时留下的痕
迹，许知月没好意思看，拿了衣服去倒了杯水，重新上楼，直接回了自己
房间。

冲澡时她浑浑噩噩的脑子里才清明了几分……今晚的事情，是她主动
的，没有那么多为什么，就是突然想，就做了。

都是成年人了，遵循身体欲望，并不是一件多羞耻的事情。

而且，对象是厉西钊，面对那个人时，她的理智通常不能占上风。

洗完澡出来，只开了盏床头灯的房间里却多了个人，厉西钊随意披了件
睡袍，正在看她贴在墙上、每周更新一次的排班表。

"……你大半夜不睡觉，跑我房间里来做什么？"许知月走过去，没话
找话。

厉西钊转身看向她，平静目光在她身上转了一圈，模样跟先前沉浸在情
欲中发了狠的男人判若两人。

"为什么大半夜回房间洗澡？"厉西钊开口，嗓音有些低哑。

许知月干笑："渴醒了，浑身黏腻不舒服。"

厉西钊沉目盯着她："你过来。"

许知月犹豫上前，还没走近被厉西钊伸手一下攥过去，许知月皱眉拍了他一下："你轻点，疼。"

厉西钊不再说，脸上情绪淡去："走吧，回去睡觉。"

"不去，"许知月气道，"我就在这里睡。"

厉西钊看着她，许知月坚持："你回房去吧，我就睡这里。"

僵持一阵，厉西钊道："那就在这里睡。"

他比许知月还先坐上床，许知月走过去伸手想推他，被厉西钊用力扯下。

拉扯间她狼狈倒进床里，在厉西钊身体覆下来时手指抵住了他肩膀，偏过头："我要睡觉。"

厉西钊垂目看她片刻，喉咙里滚出一句："我关灯而已。"

他的手越过许知月，关了床头灯。

房间里彻底暗下，但厉西钊的气息就在身边，许知月躺下翻了个身，刻意想离他远点，又被厉西钊拉回去按入怀中。

"睡觉。"厉西钊在她耳边提醒。

上完床却没有旖旎温存和甜言蜜语，别别扭扭到这个地步的大约只有他们。

许知月闭起眼，心里实在不舒服。

身后人慢慢将她抱紧，再次提醒她："睡吧。"

第二天许知月飞国外，来去四天，回来厉西钊又去了沪市，他俩连着一周多没见，除了微信上偶尔发个消息，都忙得没时间理对方。

很快到了这一年的年底，三十一号那天下午飞完最后一个本场二段来回，落地在临城的机场时，许知月的飞行时长已经累积足够，见习机长的帽子终于可以摘去了。

从今天开始她便正式升为单飞机长，以后都不再需要教员带着飞。

下机时苏婷发来消息，问她什么时候到，跟她约定了碰头的地点，催促她早点过去。

今晚跨年，盛北岑会来临城举办一场音乐会，提前给她们送了票，苏婷很想去，拉上了许知月一起，许知月想着反正厉西钊也回不来，就答应了。

只是去听个音乐会而已，本来也没什么。时间还早，她打算先回去换身衣服，到公司外面时却碰上才下机回来的宁远辉。

宁远辉问她去哪，许知月随口说了，宁远辉跟她提议："音乐会有什么好听的，别去了，许姐姐，你跟我去沪市吧。"

许知月："去沪市做什么？"

宁远辉笑道："我妈想见你。"

许知月："……这不好吧？"

她跟着厉西钊弟弟去见他家长，这不是开玩笑吗？

宁远辉的手机铃声响起，他顺手接通，跟那边说了两句话，把手机递给许知月："我妈打来的，你接吧，她想跟你说话。"

许知月犹豫了一下，接过去，客气地问候对方："阿姨好。"

"你好，是知月吗？"电话那头的声音很亲切，带着笑意，听着还挺年轻的，许知月心头略松："是，我是。"

对方笑道："今天跨年，知月你要不要来家里？我下厨给你做好吃的，让小辉开车接你过来，晚点西钊也会回来，你有空吗？"

许知月解释："我约了朋友晚上一起去听音乐会。"

一旁的宁远辉立刻道："哪个朋友，苏婷姐吗？你的票给我师父好了，他肯定乐意去，你就当给我师父一个机会呗。"

他手机开的是免提，电话那边的厉妈妈闻言跟着劝："知月，你就来这边吧，音乐会让你朋友去听，下次想听让西钊陪你一起去，西钊这几天忙得晚上睡觉都在公司办公室，你肯来，我才有借口把他叫回家，我也很想见见你，可以吗？"

许知月犹豫着答应了下来，在微信上把电子票转给了顾明泽。

听到她说原本约了苏婷现在去不了，顾明泽回复过来一个大大的笑脸：

"多谢。"

许知月有一点心虚，没跟苏娉打招呼，反正……苏娉似乎也不是真那么不待见顾教员。

坐上宁远辉的车，许知月不解地问："你妈妈怎么知道我跟厉西钊的事，你跟她说的？"

宁远辉笑着解释："当然是我哥说的，我妈本来上个月又要给他安排相亲，他直接说自己已经有女朋友了，我妈就跟我打听，知道是你后，一定要我把你带回家。"

许知月："……为什么不是你哥把我带回去？"

宁远辉："我妈等不及呗，她盼这杯儿媳妇茶都盼了多少年了。"

五点半，厉西钊接到自己妈妈的电话，问他今天能不能早点下班，回家吃个饭。

厉西钊还在翻文件，刚要拒绝，他妈妈道："你今天一定得来，不许再推辞，吃个饭就走都行。"

厉西钊看一眼腕表时间，他如果吃完饭再回来赶着将事情做完，还能在十二点之前回到临城，便勉为其难答应了下来。

六点十分，厉西钊回到家，走进家中一眼看到的，却是跟着他妈妈一起在餐厅岛台边烤蛋糕的许知月。

俩人谈笑风生，相处十分融洽。

许知月抬目看向前方微微怔神的厉西钊，一个多星期不见，这人乍出现在她眼前，她竟然生出了几分骗不了自己的想念。

那夜的亲密还历历在目，此刻在厉西钊的家中见到他，更叫她脸颊莫名发烫。

她不好意思再看厉西钊，垂了眼，假装继续专注手上的活。

厉西钊妈妈笑着冲自己儿子示意："看到知月在这里怎么一动不动的？快过来招呼人。"

厉西钊眸色微敛，走上前。

"你来了。"

许知月再次对上了他视线，她看到厉西钊眼里掩不住的高兴，也笑了。

"嗯，阿姨叫我来，我就跟小辉一起来了。"

许知月和宁远辉到沪市是下午四点多，厉家住在市区的江景房，是位于顶层的复式楼。

上门之前许知月想着要买点水果什么的见面礼，被宁远辉阻止了："不用那么客气，你人来了我爸妈就够高兴的了，还要什么见面礼。"

坐电梯上楼时，许知月有些感慨，这个地方她从前来过几回，偶尔家里长辈不在时，厉西钊会带她回家来玩，地方她都还记得，没想到时隔十年，还能再次登门。

电梯门开时，玄关的大门也跟着开了，自后露出厉西钊妈妈宁雅琴的灿烂笑脸："是知月吗？欢迎！"

许知月心里那一点紧张顿时消散，厉西钊妈妈她从前就见过，学校开家长会时，还有一次就是在这个家里，厉妈妈跟朋友逛完街提前回来，她还没走，厉西钊介绍说他们是同班同学，厉妈妈什么都没多问，笑着留她吃了一顿晚饭。

十年不见，厉妈妈的模样几乎没怎么变，还跟当年一样优雅大方。

"知月你越长越漂亮了，我记得当年你来家里时，个子是不是比现在要矮一些？头发也短一点，当时我就想，我儿子竟然会把这么漂亮的女同学带回家，太阳打西边出来了吗？"

宁雅琴一边说一边笑，宁远辉顺嘴接了句："后来许姐姐走了，你还偷偷问我，她是不是经常来我们家里，妈其实当时就看出来了，许姐姐是哥的女朋友吧？"

宁雅琴笑着眨眼："那是当然的，你们这些小年轻谈恋爱的花招，都是你妈我一早经历过的，一眼就看得出来。"

许知月有点不太好意思，亏她当年还以为他们瞒家里瞒得很好。

说笑了几句，宁雅琴将他们迎进门，在客厅看电视的厉父也起身与许知月打了个招呼。

许知月客气地问候，厉西钊长得像他爸，但他爸看着要更威严一些，和厉西钊一样话不多。

宁雅琴拍拍许知月的手："西钊脾气像他爸，他爸也是个闷葫芦，你别觉得不自在，他话不多不是对你有意见，把这里当自己家，放轻松。"

许知月笑着与她道谢。

宁雅琴跟许知月介绍家里的情况，他们家人口简单，厉西钊和宁远辉都在外工作，家中只有她和厉父。

厉父前段时间做了个心脏手术，一直在家养病，如今身体好了不少，也不怎么管公司的事了，没事就约老朋友钓鱼喝茶，过得十分悠闲自在。

宁雅琴则是位脾气和善、开朗爱笑的富家太太，和丈夫感情向来都好，两个儿子也孝顺听话，是她们这些富家太太圈子里人人称羡的对象。

许知月看着他们，忽然明白过来，难怪厉西钊虽然个性不怎么样，却不讨人厌，宁远辉还更好相处，在和睦家庭里长大的孩子，总归不会太差。

闲聊了几句，宁雅琴去厨房跟帮佣一起做饭，让宁远辉招待许知月。

宁远辉带许知月去娱乐室打游戏，许知月没什么兴趣，干脆去了厨房帮忙。

宁雅琴不让她干活，只在烤蛋糕时让她搭把手："你这双手是开飞机的，不用干这些事。"

许知月笑了笑："开飞机也只是普通工作而已，小辉也在开飞机。"

宁雅琴却道："他比你差远了，我知道的，你一个女孩子能做上机长不容易，你当初是不是想去学开飞机，才跟西钊分的手？"

许知月微微一愣："厉西钊跟阿姨说的吗？"

"他才不会跟我说这些，"宁雅琴摇头，"我猜的，你们分手后他追去澳大利亚生病进医院，我跟他爸去把他接回来的，也问了问周渊，大概能猜到是怎么回事。"

许知月想解释："阿姨我……"

宁雅琴打断她的话："你不必说，我明白的，我儿子是什么个性我最清楚，你去追求自己的梦想没有错，他不理解你不支持你是他的问题，你甩了他也是他自找的。"

许知月不知道该说什么好，宁雅琴问她："西钊是不是直到今天，还是不肯低头，不觉得当初分手是他的问题？"

许知月越发无言，她确实没想到厉西钊妈妈会连这个都猜到。

"嗯……不过都是过去的事情了，一直追究好像也没什么意思，我们说好了不再提了。"

宁雅琴叹道："那也好，你们过了十年还能在一起，确实难得，重要的是以后。"

厉西钊进门时，她们烤的蛋糕刚刚出炉。

宁雅琴提醒自己儿子："你招呼知月，还有二十分钟可以吃饭。"

厉西钊伸出手，直接牵过还有些怔神的许知月："走吧。"

被他牵上楼回房，许知月才仿佛如梦初醒："你家里人都在楼下，你带我躲楼上来做什么？"

厉西钊松开手，道："免得你不自在。"

"我哪有不自在？"许知月话说出口，在厉西钊目光注视中又闭了嘴。

她确实有点不自在，毕竟是面对厉西钊的家长，厉西钊还是一眼就看穿了她。

许知月不再说，视线落向别处，随意打量起厉西钊的房间。

这里的布置、摆设都跟十年前一样，少了书桌上堆积成山的教材，显得更单调了。

她随手从一旁书架上抽下本书，翻了几页，一张夹在书页里的照片飘落地上。

许知月捡起来，看清楚照片愣了愣。

是他们高中班级的毕业合照，唯独少了她。

照片中的厉西钊站在最后一排最边上的位置，面色冷峻，与其他笑容灿烂的同学格格不入。

厉西钊自她手中抽走照片搁回去："别看了，没什么好看的。"

许知月："……我们以前的合照，你还有吗？"

他们以前一起拍过很多合照，都存在她手机里，但在跟厉西钊提分手之前，她的手机在背包里，连同厉西钊送她的那张钢琴曲CD一起被偷了，那个时候她确实以为是老天爷给她的暗示。如今再想起来，那么多的回忆，终究还是有遗憾。

见厉西钊盯着自己不作声，许知月无奈解释："我以前的手机在国外被偷了，里面的照片全没了，真的，没骗你，不是故意丢了。"

厉西钊似乎终于信了，拉开了手边的书桌抽屉，从里面拿了个十多年前的老款苹果手机出来，扔给许知月："都在里面。"

许知月拿过手机，摩挲了一下，当年这款手机刚出来，厉西钊就买了两，他们一人一个，最后她的那个被偷了，厉西钊的还在。

收回心绪，许知月尝试开机，但没反应。

她抬眼向厉西钊："是不是没电了，充电器还有吗？"

厉西钊又从抽屉里翻出条充电线扔给她，许知月试着充了五分钟，依旧半点反应没有："……坏了？"

厉西钊也拧了眉，接过手机看了看，无论他怎么按都没用。

许知月问："照片你还有备份吗？"

厉西钊："没有。"

许知月："……"

所以照片没了不是她一个人的责任咯？

厉西钊脸色不太好看，把手机重新收起来："下楼吃饭去。"

他转身走时，许知月伸手拉了他一下，厉西钊回头："做什么？"

许知月笑着提醒他："别一脸苦大仇深了，要不一会儿阿姨看到，还以为我们又怎么了。"

厉西钊的目光停在她脸上，片刻，他走去门边带上房门，又走回来，一伸手，抱着许知月的腰，把她抱坐到了书桌上。

许知月笑吟吟地睨着他："你又做什么？"

厉西钊倚在书桌前，视线漫不经心地描摹着许知月的脸："为什么来这里？"

许知月："阿姨叫我来的……"

"我是问你，"厉西钊嗓音低沉，没打算让她找借口，"为什么要答应来这里？"

许知月有种自己又被他看穿了的觉悟，但不想就这么认输，反问他："我来你高兴吗？"

厉西钊不答，只看着她。

许知月便也不回答，笑着不出声，与他较劲。

终于厉西钊先开了口："嗯。"

许知月："嗯什么？那就是高兴？"

厉西钊道："你高兴我便高兴。"

许知月舒了口气，总算叫这人坦诚了一回。

厉西钊继续追问她："你又为什么要来这里？"

"想见你就来了呗，哪有那么多为什么。"许知月也说了实话，故意用不在乎的语气。

她看到厉西钊眼里浮起一点浅笑，并不是她的错觉。

许知月被他的眼神蛊惑，抬手勾住了他脖子："厉西钊，你刚才在笑吗？"

厉西钊亲昵地碰了碰她的唇，把人拉进怀里，安静地抱了一会儿。

敲门声打断了他们之间难得的脉脉温情，宁远辉那小子在外头喊："你们干吗？躲房间里做什么呢？妈叫你们下去吃饭。"

厉西钊把人放开："吃完饭我们回临城。"

许知月听懂了他的意思："你这边的事情做完了？"

厉西钊："不重要，剩下的一点交给别人做就行。"

许知月笑，手指轻绕了绕他的领带："其实不回去，去酒店也是可以的吧？"

厉西钊的眸光微闪，喉结滚动："也好。"

离开厉家前，许知月得到了厉西钊妈妈塞过来的一封大红包，一再保证下次还会来玩，这才顺利和厉西钊一起出了家门。

坐进车里，她拆开红包看了看，里面少说有几万块，拿着有些烫手。

"……你妈妈给我这么多见面钱，我要是后面跟你又分了手，还得还给阿姨，不是白费了阿姨的心思？"

厉西钊开着车，目视前方，并不理她。

许知月也觉得这话说得挺没意思的，干笑了一下，目光落向车窗外。

今晚是跨年夜，城市灯火比平日更璀璨，街上人潮如织，无数人拥向外滩，厉西钊的车却开往相反的方向，逐渐将喧嚣丢去身后。

中途厉西钊在路边停车，下车去了趟便利店买东西。

看着他挺拔背影走进便利商店里，许知月装作若无其事收回视线。

不用问也知道厉西钊去买什么，她摸了一下自己的脸，不再想这些，低头看手机。

苏婷几小时前发了微信来，一番牢骚抱怨，骂许知月不但重色轻友，还把她卖了。

先前许知月心虚没好意思回复，这会儿才犹豫回过去："你跟顾教员一起听音乐会了吗？"

两分钟后，新消息进来："我听我的，他听他的，不要造谣。"

许知月："所以你现在确实和他在一起？"

苏婷："那不然呢？我是为了看盛北岑，谁理他啊。"

许知月："哦，祝你们开心，你开心，他也开心。"

苏婷发来一排各种愤怒的表情包："回头再跟你算账。"

许知月笑着摁熄手机屏幕，厉西钊已回到车上，东西随手放进扶手箱里，许知月瞥了一眼，跟上次的还不一样，这人去了半天，难不成是在挑这东西的款式牌子？

……他还真好意思。

厉西钊一句话没说，重新发动车子。

二十分钟后，车停在一间五星级酒店地面停车场，下车时许知月心情有些微妙，明明是她提议来酒店的，真到了这里，她又有点说不出的别扭。但不想输给身边镇定自若、神色从容的厉西钊，所以她也一言不发，没有表现出来。

厉西钊下了车直接往酒店大门走，许知月跟上，他们一前一后进门，各自一副生人勿近的冷气场，没有半点交流，仿佛陌生人。

看在旁人眼里，绝对想不到这是一对情侣。

厉西钊去前台开房间，许知月先一步去了电梯间等。

五分钟后，厉西钊过来，电梯门开，他们依旧是一前一后进去，谁都没说话。

厉西钊刷了卡，电梯门缓缓合上。

进房间后，厉西钊慢条斯理地脱下大衣，再是里面的西装，最后他随手抽了领带，解开衬衣最上面那颗扣子，回身看向一直站在门边没动的许知月。

目光落在许知月脸上，顿了顿，厉西钊沉声问："已经进房间了，现在觉得后悔？"

许知月走进来，平静地道："谁后悔了？"

她也脱去了身上的大衣，走去窗边拉开了落地大窗的窗帘。

外面便是霓虹灯闪耀的城市夜景，沿着黄浦江两岸星火连天。

厉西钊的视线跟随着她，窗外进来的灯光打在许知月侧脸上，映着她更显晶亮的眼眸，厉西钊走上前，许知月察觉到他的气息靠近，转回脸，厉西钊已伸出手，越过她，重新拉上了她身后窗帘。

许知月："做什么？"

厉西钊没有出声，与她眼神交会，低了头，安静交换了一个亲吻。

许知月微一怔神，回应了他的吻。

被厉西钊揽入怀，双唇稍稍分开，许知月轻喘气，小声道："先去洗澡。"

厉西钊嗓音低哑："等会儿再去。"

倒进床里时，许知月迷糊想到，她为什么面对厉西钊底线总是一再降低？

许知月轻声呻吟，实在受不住了就咬住厉西钊的肩膀，随着他的动作浮浮沉沉。汗水落进眼睛里，模糊视线中只有怀抱她的男人满盛情欲与热切的眼眸，那个人滚烫的目光落向她，让她心尖发颤，放纵自己一再沉沦。

直到窗外传来隐约的欢呼和倒计时喊声。

厉西钊撑起点身体，摸过床头柜上的腕表看了眼，十二点了。

许知月在万分难捱中抬目看向他，眸光闪动，眼中水汽氤氲："……你看什么？"

厉西钊把表搁回去，亲了亲她的唇，贴着她唇瓣轻声呢喃："新年快乐。"

许知月闭了闭眼，也回了他一句："新年快乐。"

恍惚间，她想起他们刚刚相恋的那一年，跨年夜，她趁着妈妈睡下后偷溜出家门，厉西钊骑车接她去外滩，他们牵着手在人潮中一起倒计时，也是第一个和彼此说新年快乐。

这么久远的回忆，她其实从没忘记过。

厉西钊的亲吻再次覆下，这一次是缠绵不尽的深吻。

许知月攀上他，不再多想，心无旁骛地回应。

快凌晨一点，许知月趴在床上看手机。

朋友圈里各种新年祝福、跨年夜动态刷屏。

零点刚过时，苏娉更新了一张照片，拍的是热闹的音乐会现场，五分钟后，顾明泽也更新了一张，相似的照片几乎一样的角度，许知月看得想笑，给他们一人点了个赞。

不只是他们，杨兮枝今晚也在跟她男朋友约会，温瑜和周渊照旧撒狗粮，连宁远辉都半夜溜出去约了年轻女生玩，还有其他的同事、同学、朋友，到处洋溢着秀恩爱的气息。

厉西钊下床去拿了瓶矿泉水来拧开递给许知月，许知月伸手接了，她确实渴得厉害。

厉西钊看她一直对着手机乐，问她："你看什么这么高兴？"

许知月笑着撇嘴："没什么，就是觉得我今天做了件好事吧，今晚朋友圈里甜甜蜜蜜成双成对的人真多，跨年夜快变成情人节了。"

厉西钊："你为什么不发朋友圈？"

许知月目光睨向他，奇怪道："你为什么总要我发朋友圈？你自己朋友圈不也什么都没有？"

厉西钊沉默了两秒，道："我们一起发。"

许知月："……"

厉西钊这奇怪的攀比欲，总是放在让她啼笑皆非的地方。

最后她还是满足了厉西钊，和厉西钊一起拍了张手指交缠，正经又不那么正经的特写，发了朋友圈。

扔掉手机，许知月爬起床，打算再去冲个澡。

"别跟过来，各洗各的。"

放纵过头的结果，就是第二天他们一觉睡到快十一点才起。好在许知月这两天休息，厉西钊也没有回去加班的打算。退了房，厉西钊开车带着许知月在街上漫无目的地转悠，问她想吃什么。许知月注意着窗外的路，忽然问："往前走两个十字路口再拐个弯，是不是快到我们学校了？"

厉西钊："嗯。"

许知月道："那去看看呗。"

十分钟后，车停在学校对面的街边，许知月四处打量，十多年的时间，这附近变化还挺大的，除了学校还在，旁边几条街都拆了，要不是厉西钊带路，她只怕都找不到这里来。她虽是本地人，但妈妈带她出国那年就把这边的房子卖了，也没有关系近的亲戚走动，这么多年她来沪市的次数，其实一只手就数得过来。

这两天是元旦假期，学校里看不到人，他们也没打算进去，就在外边随便看了看。

许知月记得她最后一次来学校，办完所有手续，跟班上同学告别，所有人都在说舍不得她，拉着她不肯放她走，唯独厉西钊站在人群最后面，一言不发，不知在想什么。她走的那天厉西钊也没去机场送她，直到她在澳大利亚安顿下来，主动联系厉西钊，他们莫名其妙的冷战才告结束，但那个时候她其实已有预感，他们早晚都会分手，或许厉西钊也有，只是不愿意承认。

"在想什么？"

厉西钊的声音拉回了许知月跑远的思绪，许知月回头冲他笑了一下："没什么，你看到对面那家奶茶店没有？我刚看了半天，学校外面其他的店铺都换了招牌，就这家奶茶店还在，你去给我买一杯呗。"

厉西钊皱眉："饭没吃先喝奶茶？"

许知月："有什么关系，快点。"

厉西钊不情不愿地推门下车，许知月又叫住他，从包里拿出昨天厉西钊妈妈给的红包，抽了一张一百的新票子，塞给厉西钊："拿这个买。"

厉西钊眉蹙得更紧，目露嫌弃："现在谁买东西还用现金？"

"我用，"许知月道，"就用这个，我得早点把这些钱都用了，免得还有机会还给阿姨。"

厉西钊："……"

半天他憋出句"不可能还"，接过钞票下了车。

两天后，许知月以单飞机长的身份第一次执飞，目的地是京市，两段来回。

一起飞的还有一个F3级的副驾驶，和宁远辉这个跟班学习的。

许知月清早到公司餐厅吃完早饭，直接过去飞行准备室，副驾驶已经先一步在这里等，领了放行资料。许知月确认无误签了名，又过了十几分钟，宁远辉姗姗来迟，打着哈欠跟他们打招呼。

许知月见状不禁拧眉："你昨晚没睡好吗？一大清早就哈欠连天？"

宁远辉摆了摆手，不以为意道："打游戏睡得比较晚而已。"

许知月的脸上不见笑容，教训他："你是飞行员，明知道第二天要飞，头一天为什么不休息好？因为不需要你上座，就觉得自己身上没有责任，可以敷衍对待是吗？"

宁远辉一愣，似没想到许知月会这么严格。

许知月严肃道："你如果是这个态度，我可以要求不让你上机。"

宁远辉终于反应过来许知月是认真的，赶紧赔笑："别啊，我就是打个哈欠而已，下次不会了，真没事，我保证不会有影响。"这要是被机长赶下飞机，回头他就得面临一系列的检查检讨，还可能影响以后转升，麻烦大着。更要命的是，他哥知道了也不会放过他。说完宁远辉赶紧跑去买咖啡提神，生怕许知月真的翻脸。

看着他火急火燎离开的背影，一旁的副驾驶笑叹道："许机长，我还是第一次见你对人这么严厉。"

许知月摇了摇头，没多解释。她如今是机长，肩上扛的责任本来就比以前重，宁远辉是厉西钊弟弟，她教他也是应该的。

之后开航前准备会，乘务长把机上乘客名单给许知月，告诉她厉西钊也在其中。

许知月："厉总？"

"刚收到的名单，应该是临时加的，"乘务长解释完，好奇地问了句，"许机长你自己不知道？"

许知月确实不知道，厉西钊每次跟她一起飞，从来不提前告诉她。身为人尽皆知的厉西钊女朋友，许知月觉得自己实在有点没面子。

厉西钊的微信消息恰巧进来："一会儿我跟你们一起进场。"

许知月不想理他，将手机倒扣在桌面上，继续开会。

二十分钟后，他们从飞行准备室出来时，厉西钊带着他的秘书助理也刚坐电梯下来。厉西钊在众目睽睽下走向许知月，示意她："走吧。"

许知月也不能说不，厉西钊想跟他们一起提前进场，还能让他走开不成？

上机组车前厉西钊接了个电话，其他人先上车，很自觉地各自坐开，把许知月旁边位置让给厉西钊。

厉西钊上来，径直坐到了许知月身边。

车往停机坪去，许知月低头看手机，身边人发来微信："临时决定去那边，有个合同要谈。"

许知月回复："你在跟我解释？不用解释，我知道今天是我第一次以单飞机长身份执飞，你特地来陪我。"

厉西钊："……"

许知月："你又想说我自作多情？"

两分钟后，厉西钊再次回复过来："今天能让我进驾驶舱看你飞？"

许知月："不能。"

厉西钊："又是会影响你情绪？"

许知月："你弟跟着一起飞，坐不下。"

这个理由，厉西钊完全无法反驳。

下车时，厉西钊回头瞥了一眼宁远辉。

宁远辉心神一凛，不等他说，厉西钊轻声吩咐："听许机长的话，别给她添麻烦。"之后便没再理他，先一步下了车。宁远辉嘴巴张开又合上，半个字说不出，这下是真不敢再放肆了。

飞机起飞，进入巡航状态后，乘务长进来驾驶舱问许知月他们想喝什么，许知月点了杯橙汁，副驾驶和宁远辉都要了咖啡。

五分钟后，乘务长将饮料送进来，递果汁给许知月时，顺手塞了张字条到她手里。

许知月微微诧异，乘务长笑得促狭："厉总让我给你的。"

许知月莫名其妙，厉西钊是小学生吗？还玩传字条这一套？

"一会儿落地之后出来一趟，有东西给你。"

许知月看罢直接把字条收起来，神色不动半分。

宁远辉贴向前好奇地问她："许机长，厉总给你字条传情啊？他还玩这个？"

副驾驶先笑道："这种事情你小子也打听，胆子倒是大。"

许知月："啊，他一贯这么幼稚。"

副驾驶："……"

宁远辉"噗"一声，差点把嘴里的咖啡喷出来。

许知月皱眉提醒他："你注意点，咖啡喷面板上出了事你能负责？"

宁远辉赶紧捂住嘴，副驾驶也笑着提醒："别不当回事，要是你喷口咖啡烧坏了面板，那乐子可就大了。"宁远辉狼狈地搁下咖啡杯，心有余悸："没事没事，我没那么不小心，而且我坐后面哪能喷那么远。"

许知月顺嘴问他："真遇上面板过热冒烟的情况，要怎么做？"

宁远辉直接被她问住了，愣了半天脑袋才重启，不确定地回答："……执行烟雾排除检查单？"

许知月："需要想这么久？"

宁远辉尴尬道："我一下没反应过来。"

许知月补充："在执行检查单前要先戴上防烟面罩，之后还要联系返航或者备降。"

宁远辉讪讪地应下，副驾驶笑着打圆场："这是小概率事件，不会这么倒霉的。"

宁远辉猛点头，他才不信他们会这么倒霉。

许知月："话不要说太满，万一的事情谁也不知道。"

宁远辉小声嘟哝："许机长你就不能想点好的吗？"

许知月终于笑了："我也希望不会碰上这种事情。"

宁远辉："肯定不会！大吉大利！"

三小时后，飞机顺利着陆京市机场，会在这里停留一个半小时返航。

机组几人就在驾驶舱里休息，等客舱里打扫过后返程的乘客登机，就可以返回临城。许知月看一眼腕表时间，估摸着乘客下得差不多了，起身出了驾驶舱。

厉西钊果然在舱门口等她，其他乘客都已下了机，连他秘书和助理也先一步去了廊桥。

乘务员们很自觉地避去客舱里，把空间留给他们。见厉西钊倚在舱门边漫不经心地玩手机，许知月走上前："你要给我什么？之前为什么不给？"

厉西钏："之前忘了。"他说得理直气壮，把手里的东西递给许知月："送你的。"

许知月一看，竟然是一款新手机："你送手机给我做什么？我自己的用得好好的，去年才换的。"

厉西钏皱眉："给你就拿着，哪有那么多为什么。"

许知月还想拒绝，话到嘴边，忽然想到什么，把装手机的盒子接了过去，当着厉西钏的面拆开。

里面的手机果然已经做过设置，开机之后她点开图库，不出她所料，存的全是他们从前的照片，厉西钏都给找回来了。

"你送我的是这个？"许知月晃了晃手机，笑起来，"不必这么拐弯抹角吧？"

厉西钏矜傲一抬下巴："之前那只手机今早刚修好了，照片都导进里面了。"

许知月笑他装模作样，嘴上却道："谢谢啊。"

厉西钏："喜欢吗？"

许知月翻了几张照片，从前的记忆全部涌上心头，照片里的她跟厉西钏还很稚嫩，尤其是厉西钏，虽然也跩得二五八万的，但跟面前这个一副霸道总裁派头的强势男人却很不一样。把手机收起来，她抬头冲厉西钏笑："喜欢。"

厉西钏一抿唇角："我走了。"

许知月这才意识到："你来这里真有事做？"

"不然呢？"厉西钏奇怪地看她，脸上仿佛写着你当我没事坐飞机玩。

许知月："哦，那你走吧，拜拜。"

"我后天回来。"

厉西钏话说完，将她拉近身前，轻轻抱了她一下。

这突如其来的温存让许知月有些蒙："被人看到了……"

厉西钏："看到就看到。"

许知月也不再说，安静抱了一会儿，厉西钏放开她，终于踏出了舱门。

许知月站在门边看他走远，在厉西钊回头时还冲他挥手笑了笑。

直到身后响起宁远辉带笑揶揄的声音："这么依依不舍啊？"

许知月收回视线，心情很好地吩咐他："到饭点了，你去航站楼里打包几份吃的来，我请客。"

"……行吧，我去。"宁远辉无可奈何地去跑腿。

谁叫许知月不但是机长，还是他嫂子，他哥亲自叮嘱的听嫂子的话，他不敢当耳边风。

副驾驶去了客舱跟那些空姐们聊天，许知月回到无人的驾驶舱，捣鼓她的新手机。把那些照片从头到尾看了一遍，她换上自己的手机卡，先下载了微信，登录之后给厉西钊发去一条："么么哒。"

两分钟后厉西钊回复过来："做什么？"

许知月笑，当初她就喜欢给他发这个，现在总算找回点当年谈恋爱的感觉了。

许知月："不做什么，发着玩的。"

厉西钊："哦，么么哒。"

许知月看着那一行字，想象着厉西钊发这个时的表情，笑倒在驾驶座里。

回到临城是下午五点，许知月正低头看厉西钊发来的微信，忽然有人叫她："知月。"许知月一抬头，站在公司门口等她的人竟然是刘骁。她下意识地拧眉，对方走过来，手边还拖着个行李箱，神色有些局促："我刚从京市回来，在飞机上听到机长广播是你的声音，就想着来这里见你一面。"

许知月还没开口，宁远辉先上前一步挡在她面前，戒备道："你是谁啊？"

刘骁只看着许知月："我能跟你单独说几句话吗？"

许知月其实不想应付他，但在公司门口人来人往的地方，闹起来实在不好看，犹豫了两秒，她回头示意宁远辉："你先进去吧。"

宁远辉怀疑地盯着刘骁，最后一撇嘴，不情不愿地进了公司大门。

许知月转身就往一边没人的地方走，刘骁拖着行李箱追过去："知月……"

许知月皱眉提醒他："你还是叫我的全名吧。"

刘骁清了一下喉咙，见许知月神色不耐，犹豫说："我跟她分手了，快结婚的时候才发现我跟她不合适……我其实不喜欢她。"

等他说完，许知月奇怪地问："你特地叫我来说话，就是说这个？"

刘骁："我们能不能，我是说，知月，我一直忘不掉你，我喜欢的人是你，之前是我错了，你能不能原谅我，再给我一次机会？"

许知月像听笑话一般："不能，刘骁，你要是还要点脸，就别来再来烦我，以后我俩桥归桥路归路，就当不认识。"到了今天，她才不得不承认厉西钊说的，她之前眼光真的太差了。

刘骁："因为你交了新男朋友？"

"跟他没关系，"耐性告罄之前，许知月最后道，"我就算没交新男朋友，也绝对不可能再跟你一起，最后一次，别再来找我。"

宁远辉的车从地下停车场开出来，车停在他们身边，宁远辉落下车窗示意许知月："许姐姐，我送你回去。"

见宁远辉开的也是辆顶级跑车，刘骁脸色微变，许知月不再理他，绕去副驾驶上了车。

宁远辉瞥一眼车外的男人，仿佛明白了什么，一脚踩下油门，车子开出去。

车开远之后，他笑问许知月："许姐姐，刚才那个是你前男友吧？"

许知月："……你怎么知道？"

"猜的，"宁远辉道，"这种事情我见得多了，不过他似乎哪方面都比不上我哥。"

许知月闻言好笑道："你嘴上时不时吐槽你哥，其实还是很向着他的嘛。"

"那不然呢？"宁远辉问，"你觉得我哥跟他谁更好。"

许知月实在不知道该怎么说："……你哥也没有那么差，沦落到跟莫名其妙的人比。"

宁远辉哈哈笑："我哥听到了这话肯定开心。"

许知月赶紧提醒他："今天的事情，别跟你哥说。"

宁远辉："为什么？你被人骚扰，都找到公司来了，不能告诉我哥吗？"

"别说了，"许知月微微摇头，"说了也没什么意思。"

除了让厉西钊吃干醋，她看不出有什么让厉西钊知道这事的必要。

宁远辉："行吧，我不多嘴就是了，放心，下次他再来骚扰你，我帮你解决。"

许知月笑了："应该不会再有下次。"

厉西钊不在家，许知月也懒得回去，约了苏婳和杨兮枝晚上一起在兰欣苑吃火锅。

许知月本来想叫宁远辉一起去，这小子说约了小女朋友去市区吃饭，许知月便算了，只提醒他："你明天还要飞，别玩太晚。"

宁远辉笑着保证："不会，十点前我肯定回来，许姐姐的话我不敢不听。"

许知月不再管他，直接上楼。

提议约这顿火锅的是杨兮枝，吃的东西都是她买来准备的，她昨天刚跟公司提交了辞职申请，等下个月批下来就能正式离职，也会从这里搬出去。

进门坐下后许知月不解地问："你不是才搬来这里跟苏婳一起住，怎么突然说要离职了？"

杨兮枝还没开口，苏婳先替她回答："为了爱情呗，他男朋友要调去京市工作，她决定跟着一起去。"

许知月好奇地问杨兮枝："你跟你男朋友，也没谈几个月吧？就这么跟着去了，要是之后分了手，不会后悔？"

她记得之前七夕时，杨兮枝还是单身，还跟苏婳一起出去听演唱会来着。

杨兮枝半点不担心："有什么好后悔的，分手了再说呗，反正我现在喜欢他，舍不得跟他分开，不去才会后悔，要是抱着以后分后就怎样怎样的心态去谈恋爱，不如不谈，我知道你们担心什么，放心好啦，我去了那边还是干这行，已经差不多定下了。"

苏婷吐槽她："你就是个恋爱脑。"

杨兮枝："你少来，你不是恋爱脑，之前看顾教员哪哪都不顺眼，现在还不是跟他打得火热。"

苏婷："那我也不会为了他辞了工作，跑去人生地不熟的地方重头来过。"

她俩斗嘴时，许知月想着杨兮枝说的那句"抱着以后分手的心态谈恋爱，不如不谈"，一时有些走神。

直到苏婷把话题牵向她："月月，你觉得呢？"

许知月愣了一下，回神道："唔，其实你俩说得都有道理吧。"

然后她就被那两人同时鄙视了。

许知月："……"算了，她就不该说。

许知月原以为，刘骁被她一顿奚落，肯定不会再出现在她眼前，结果过了没两天，这人竟然又来了，特地在公司门口等她。

许知月依旧是刚下机回来，这次干脆直接当不认识他，径直往公司里面走。

刘骁着急跟上来，叫她的名字："知月！"

又接着改了口："许机长，我没别的意思，那天我说的话，你听了不高兴，是我说错话了，我今天是来跟你道歉的。"

一起回来的同事都好奇看向她，许知月忍无可忍，顿住脚步猛回身，冷声问："刘骁，你到底想做什么？"

刘骁走上前，将手里那张钢琴曲CD递给她："你寄回给我的，这张CD我记得你很喜欢，你还是拿去吧，一张CD而已，不必特地还给我。"

许知月没接，忽然伸出的另一只手两指将东西捻过去，厉西钊瞥了一眼封面，随手扔进了一旁的垃圾桶里。许知月惊讶转头，她没想到厉西钊会突然出现。

厉西钊目光冷然，落向脸色难看的刘骁："是你自己走，还是我叫保安请你走？"

刘骁咬了咬牙，解释："我没有别的意思，我只是想跟许机长说几句话而已。"

厉西钊："许知月现在是我的女朋友，以后也是，跟你没有任何关系，请你不要再出现在她面前，她也没有话想再跟你说。"

刘骁看向许知月："你也是这个意思？"

许知月："刘骁，我们好聚好散吧，没必要弄这么难看。"

刘骁："……一点机会都不能再给我吗？"

许知月："不能。"

僵持一阵，刘骁似终于放弃了："抱歉，我不会再来了。"

许知月点点头，又想起件事，冲刘骁说："你拿手机出来，打开微信收款码，之前你送我的那条手链我不小心丢了，我转账还你。"

刘骁："不必……"

许知月："我不喜欢欠人东西，你那条手链不便宜，既然分了手，我还你是应该的。"

她坚持扫了一万块给刘骁，彻底算清楚了跟他之间的账。

刘骁一离开，厉西钊也转身便走。

许知月跟过去，和他一起坐电梯下去地下停车场，坐上车才开口问："你不是下午才回来？"

厉西钊冷淡地道："我要是不提前回来，也不会正巧看到今天的事。"

许知月："……你一定要这么说话吗？是他来纠缠我，我没想搭理他。"

厉西钊冷着脸看前方，没理她。

许知月心里冒出火气："厉西钊，你到底在闹什么脾气？嘴上说不介意，却一再为一个我根本没放在心上的前男友跟我吃醋，你就这点肚量？"

厉西钊的车才开出公司没多远，他一脚急刹车停在了路边，转头问许知月："你以为我在介意什么？"

许知月提起声音："你不说我怎么知道？"

厉西钊看着她，良久，终于道："我是介意你有前男友，无论他有多垃圾，可你说的，他是你前男友这是改变不了的事实，我们分开十年，你早就不记得我了，我算什么，要是我们没有重新开始，在你眼里我跟他有什么区别？都只是你前男友而已，或许以后你还会有第三个第四个前男友，我对你来说从来就不是特别的，你也可以喜欢别人，看着别人，心情因为别人起伏波动，不是吗？"

许知月愣了愣："所以你介意的是我喜欢过别人？"

厉西钊沉默两秒，情绪已迅速收敛，重新发动了车子。

许知月回想这几个月她和厉西钊之间的相处，忽然意识到他们的沟通果然还是不够，所以才会一直别别扭扭，始终感觉不对。

停车时，厉西钊疲惫地揉了揉眉心，开口打破僵局："抱歉，我刚说话太重了，走吧，到家了。"

他推门想下车，许知月伸手过来，抓住了他一边手腕，看向他："我们好好谈谈吧。"

许知月抓着厉西钊手腕不放，车内气氛有一瞬间凝滞，厉西钊的目光落至他们交叠的手，再缓慢移向她："你打算在这里说？"

许知月："……"

这人怎么不按常理出牌？

进门厉西钊径直往厨房去，开冰箱的同时问许知月晚上想吃什么。偶尔他们两个人都在家的时候，会一起做饭吃，当然是厉西钊做，许知月打下手，不过厉西钊也只会做几个简单的炒菜或者西餐，能填饱肚子就行。许知月说随便，厉西钊便自己做主取了两块牛排和鸡翅出来。

看着他挽起衬衣袖子熟练地醒冻食材，许知月话到嘴边，竟然不知道该怎么开口。先前积蓄了一路的那口气，这会儿也已所剩无几。

厉西钊在干活的间隙抬眼瞥向她："你想说什么，现在说吧。"

许知月："……你不要假装淡定来逃避问题。"

厉西钊不为所动，手中的活也没停："你说，我听着。"

"你能不能认真点？"许知月一口气又提了起来，她可能迟早会被厉西钊气死。

厉西钊问她："你不饿吗？"

许知月的肚子配合地叫了一声，看看腕表已经快六点半了，厉西钊不问还好，一问倒提醒了她，她中午只吃了两口飞机餐，这会儿是真饿了。眼见许知月脸上的气愤变成了些微尴尬，厉西钊扯开嘴角，仿佛笑了一下："吃饭的时候再说吧。"

许知月不再作声，默默过去帮他打下手。

蒜香煎牛排、盐烤鸡翅、海鲜奶油浓汤、蔬菜沙拉，七点之前全部上桌。

许知月坐到餐桌前，面对这一桌子色香味都不错的西餐，苛责的话再说不出口："……你是不是偷偷去新东方报了名？"

厉西钊看她的眼神，仿佛在看傻子。

许知月也觉得自己说了一个冷笑话，喝了口果汁掩饰过去，低头吃东西。

厉西钊切着牛排，平静问："你说好好谈谈，谈吧。"

许知月手上动作一顿，抬眼看向他："你知道我想谈什么？"

厉西钊："大概知道。"

许知月轻抿唇角："我之前说的我跟刘骁分手那晚，的的确确没有想不开，你是不是还是不信？"

"没有，我知道不是。"厉西钊道。

许知月闻言皱了皱眉："什么时候知道的？"

厉西钊将一块牛排送进嘴里，慢慢咀嚼咽下后，回答她："一开始就知道。"

许知月："……"

她想把面前的盘子扣厉西钊脑袋上去。见许知月眼睛都瞪圆了，厉西钊语气更淡："你当年能决绝跟我分手，现在又怎么可能为一个劈腿的垃圾要死要活，你就不是那种恋爱脑个性的人。"许知月顿时气不打一处来："你既然知道，当初为什么要我停飞做心理测试？故意耍我好玩吗？"

"不是耍你，"厉西钊道，"你刚失恋，停飞休息几天平复一下心情，应该的。"

许知月眉头紧拧："你怎么知道我失恋？你查过我的事？那晚你出现在桥边不是巧合，是不是一直跟着我？"

厉西钊没有接话，继续切着牛排。

许知月："别避而不答，小辉都跟我说了，你知道我在星野工作，才来的这里，少拿你爸放你出来历练那套糊弄我。"

厉西钊的脸上半点没有被拆穿的尴尬："你既然知道了，还问什么？"

许知月："后面两个问题呢？"

沉默了两秒，厉西钊回答："是。"

"两个都是？"

"是。"

许知月轻嗤："憋了这么久，现在肯说实话了？所以你为了我来星野，结果知道我交了别的男朋友，心里不舒坦，才会一直对我阴阳怪气的？"

厉西钊目光落向她，语气有几分说不出的意味："我没想过你会找别人。"

"十年，很多事情都变了，"许知月提醒他，"你这么自信我不会找别人？为什么不想想可能我不但找了别人，说不定还结了婚连孩子都有了？"

厉西钊："也许吧。"

是他自己不愿意相信而已。

"厉西钊，"许知月叫他的名字，"你当年去澳大利亚找我，我不是故意不见你，航校管得严，我那段时间在考试，连着两周没有外出，不知道你去找过我。"

厉西钊的眼里映着她的影子，半晌，轻"嗯"了一声。

许知月知道他接受了自己这个解释，接着说下去："你这十年没找过别人，我信，可我猜你应该也确实放弃了，只是没再遇到能让你动心的人，至少在听说我就在星野工作前，你真的没想过走回头路吧，所以你才连同学群都没加，想跟过去彻底斩断联系。"

"你原本是不是以为，我来星野工作，是因为你？"

厉西钊蹙眉，算是默认了。

"我不是，你来了这里，看了我的简历，也发现是你自己想多了，然后你知道我不但不是为了你来的，我还交了别的男朋友，你当时是怎么想的？很生气吗？肯定很生气吧，你没忘了我，我却忘了你喜欢上了别人，你是不是觉得自己是个傻子？"许知月问得直接，不给厉西钊回避问题的机会："所以你今天才会那样质问我，因为不甘心是吗？"

厉西钊搁下刀叉，彻底没有了进食的欲望。

"是又怎么样？"

他就这么定定地看着面前的许知月，这个十年来一直不曾从他心头抹去分毫的人。他不是在跟许知月较劲，是跟自己较劲，而且最终一败涂地。

许知月也在看他，漂亮的黑瞳里有闪烁的亮光，渐浮起笑意："你确实是个傻子。"笑过她叹了口气，在厉西钊目光注视中认真解释道："他追了我两年，一开始表现确实不错吧，比你当年表现好得多，你别瞪我，我说的是实话，也可能他比较会演，追时对我嘘寒问暖无微不至，要多体贴有多体贴，还从来不会拿不好听的话堵我，我就算是铁打的心也会有动摇的时候吧？"

"后来他送了我一张CD，就今天被你扔了的那张，你当年送过我一样的CD你总记得吧？你送的那张在国外跟我的手机一起被偷了，我以为再也找不回来了，他送给我时我确实有些感动，就想着给他个机会也给我自己个机会，尝试跟他交往。"

许知月说着微微摇头："可惜我眼光确实不好，也骗不了自己，所以那天知道他劈腿，我也没有特别生气，反而松了口气，我这么说是什么意思，你应该听得明白吧？"

"我跟他的事情，我原本没义务跟你交代这么清楚，但我不想这事成为你心里的一根刺，所以我说给你听，你听懂了吗？"

许知月话说完，等着面前人表态。

片刻，厉西钊重新拿起刀叉："先吃东西吧。"

许知月觉得自己该说的都说了，但厉西钊面无表情，她也不知道还能说什么："你……"

厉西钊还是那句："先吃东西。"

再没有交谈，平静吃完这一顿饭，厉西钊收拾了餐具扔进洗碗机里，回头见许知月站在岛台边似乎在发呆，他洗了个手，走过去问："去洗澡吗？"

许知月下意识拉了他一下："我刚说的，你到底听进去了没有啊？"

厉西钊："我听到了。"

许知月不信："真的？"

"嗯，"厉西钊抬手，宽大手掌罩住了她的脑袋，像年少时经常做的那样，"别想这些了。"

许知月双手捉下他的爪子，脸上写满不满："你是不是在糊弄我？"

厉西钊的目光在她脸上停了两秒，弯腰将人打横抱起。

许知月吓了一跳，怕一言不合又被他扔地上去，赶紧抱住了他脖子："你干吗？放我下来。"

厉西钊抱着她毫不费力气："上楼。"

许知月忽然意识到："你现在有多高？"

厉西钊瞥了她一眼，说："一米八七。"

许知月心道难怪他力气这么大，上高中那会儿，厉西钊好像就只比她高一点，她后面没怎么长了，现在也才一米七零出头，以前跟厉西钊打架还能打个平手呢，以后大概是一点希望都没了。

厉西钊抱着她上楼进房间，最后把人放到了浴室洗手台上，在许知月试图下来时，捉过她的手，轻轻摩挲了一下虎口的位置，再牵住了指尖。

见他专心盯着自己的手看，许知月问："干吗？"

厉西钊抬眼，回视向她，压着声音："真没喜欢过别人？"

许知月："……反正我都说清楚了，你自己理解吧。"

厉西钊的眼里有深而亮的光，始终看着她："想我吗？"

他问的是，这么多年，许知月想他吗？

许知月在他目光注视中，心跳不自觉加快，不答反问："你呢，想我吗？"

　　到了这个时候，依旧想跟他较劲。

　　厉西钊先低了头，嘴唇贴近许知月时，轻声呢喃出那两个字："很想。"

　　许知月在汹涌而至的情潮中浮沉，终于缴械投降，回答了厉西钊一直耿耿于怀的那个问题。

　　"我也很想你，一直很想。"

第十四章　对不起

厉西钊的声音低沉，他也在压抑，压抑其中的心疼和歉意。

许知月怔住，厉西钊走上前，轻轻拥住了她，一声低喃落进她耳中。

"对不起。"

早起出门时还刚过七点，许知月上午有个培训要参加，打算直接去公司吃早饭。出门时被厉西钊叫住，正在系领带的男人走上前来，伸手将她拥进怀，炙热亲吻跟着落下。

缠绵一夜之后的早上，许知月其实有点不太好意思面对他，但厉西钊态度自然，她也跟着将最后一丝扭捏抛去，笑着回应。

亲吻之后许知月帮厉西钊把领带系好，问他："你今天不去公司？"

"回沪市，"厉西钊简明扼要道，"先送你去公司。"

车开到星野门口，下车时许知月冲厉西钊挥了挥手："回见。"

厉西钊坐着没动，看着她也没出声。

许知月："喂，你不该说句什么吗？"

厉西钊拉下她的手，拇指轻轻摩挲了一下她手掌心，这才开口："你去吧。"

许知月想着这个人大概又在装模作样，没有揭穿他，见前座的司机和助理都看向前方目不斜视，快速贴过去在厉西钊脸上亲了一口，瞧见厉西钊眼里闪动的亮光时，才仿佛得逞一般丢下句"拜拜"，快速下了车。

看着厉西钊的车子开走，许知月又在原地站了片刻，笑了笑，转身进门。

上午的培训之后许知月接着在公司吃了顿中午饭，下午飞昌都。昌都的机场在海拔四千米以上，属高高原机场，许知月三年前就取得了高高原航线运行资质，昌都那边也飞过不少次了，算是驾轻就熟。

飞那边的航班实行双机长制，除了许知月，另一位和她一起飞的机长恰巧是她师父严卫民，还配备了一位资深副驾驶。

在飞行准备室见到许知月，严卫民十分高兴，他们今晚要飞去昌都过夜，商量着晚上一起去吃那边的特色美食。

许知月笑着提醒他："师父，你不得忌口吗？"

严卫民当上总飞行师后依旧整天在天上飞，比起坐办公室，他显然还是更喜欢开飞机。但毕竟年纪大了，一个不留心就可能有三高或相关的毛病，所以在饮食这方面，严卫民一贯很注意。

严卫民一挥手，不在意道："偶尔放纵一次，有什么关系。"

他们开完航前会，接着坐机组车进场。

登机之前，许知月收到厉西钊发来的微信："高原上天冷，到了那边记得多穿点，明天见。"

许知月："你明天就回来？"

厉西钊："嗯，怕你太想我。"

许知月："……"她没有再回，以为说开了厉西钊就能对她柔情蜜意，她果然想太多。

身后的严卫民笑着调侃她："都上飞机了还舍不得关手机哪？以前怎么没见你这样？"许知月不好意思地咧了一下唇角，赶紧关了机。

进入驾驶舱，严卫民打发了副驾驶去跟机务沟通，让许知月坐左座，他自己坐到右边位置上，顺口问她："那小子对你好吗？"

许知月点了点头："师父，你不用操心我。"

"不能不操心，"严卫民道，"那小子家里有钱，还是我们老板，我怕他欺负你。"

许知月有点无奈，又有点感动，她知道他师父是真的关心她，所以认真解释道："师父，我跟他是高中同学，还是初恋，很难得才能再在一起，没事的。"

严卫民闻言略微惊讶："竟然是这样？"

许知月笑："就是这样。"

她这么说严卫民才稍稍放下心，许知月跟他闺女差不多大，父亲早逝，母亲远嫁，一个女孩子孤身在男人占据绝大多数的行业里打拼，很不容易，他一直把许知月当自己女儿看，希望她事业一帆风顺，希望她能觅得良缘。

好在许知月有原则有主见，上进心也强，很少需要他操心，这样很好。

临城飞昌都需要五个小时，进入巡航阶段后，乘务组送饮料进来，三个人都要了咖啡。

严卫民在咖啡快喝完时，拍了两下自己胸口，许知月见状问他："师父你有哪里不舒服吗？"

严卫民皱了皱眉，想了一下，回答她："突然有点胸闷，应该没什么问题。"

许知月提醒他："你要不去休息一下吧，我盯着就行。"

严卫民没有逞强，也没离开驾驶舱，和后座的副驾驶交换了位置，坐下后靠在座椅里闭了眼。

许知月不时回头看他一眼，严卫民像是在睡觉，但眉头紧蹙着，额上似乎还有汗，睡得很不安稳。

她轻声喊："师父……"

半晌，严卫民闭着眼有气无力地回答："没事，我歇一会儿，你们不用管我。"

许知月隐隐有些担忧，但严卫民说没事，她只能勉强把心放回肚子里。

两小时后，余晖已度染整条漫长的天际线。

许知月正盯着仪表盘，身边副驾驶忽然惊呼出声："严教员！"

许知月立刻回头，就见她师父蜷缩起被安全带勒住的身体，已满头大汗，痛苦地捂住了自己心口。

"师父，师父！"

许知月大声叫他，严卫民却没有反应。

副驾驶解开身上的安全带去后面把人扶住，紧张道："像是突发心梗，得赶紧急救。"

许知月回神立刻打内话联系乘务组，让外面的人进来，再接着联系地面管制，申请去最近的机场备降。安全员和乘务长很快进来驾驶舱，看到严卫民的情况都吓了一大跳。

许知月刚与地面管制对话完，冷静吩咐他们："快把师父移出去，立刻进行心肺复苏，乘务长你问一问机上乘客里有没有医务人员，请他们帮忙，并且通知乘客我们要备降怀城，记得安抚一下乘客的情绪。"

"星野5407，请飞往怀城机场，左转航向060，雷达引导。"

无线电里传来地面管制的声音，许知月回答的同时跟着调转航向。

一旁的副驾驶配合，转头瞥见许知月压平的唇线，心知她在担心被移出了驾驶舱的严卫民，又见她跟随指令的动作却没有一丝错乱，这个时候还能维持镇定和理智，着实叫人佩服。

十分钟后，乘务长打内话过来告知驾驶舱，机上乘客里恰巧有位外科医生在，第一时间为严卫民进行了心肺复苏急救，暂时的情况还好，但得尽快送医。

许知月稍松了口气，回答："十五分钟后，备降怀城机场，做好准备。"

飞机落地时，救护车已经在停机坪上等待。

严卫民被送下飞机，许知月也走出了驾驶舱，见严卫民已昏迷不醒，她的心高高悬着，一手都是冷汗。从前哪怕遇到故障、特情，她都能配合其他人从容应对，但今天在高空中突然倒下的是她师父，即便表面上没有表现出来，但刚才有一瞬间她确实担忧得差点慌了神。

乘务长过来轻拍了拍她后背，提醒她："许机长，你跟着严教员一起去医院吧，刚接到公司来的通知，之后会换机组飞去昌都。"

许知月紧绷的神经骤松下，点了点头。

刚才在飞机上确认了要备降怀城后，她已经让副驾驶打卫星电话把事情告知了公司的运控中心，好在星野在怀城这边也有基地，可以让其他机组来替换他们。

严卫民一进医院就被推进了抢救室，许知月背靠着门外走廊墙壁，浑身都已脱力。上一次……上一次这样是她爸爸，也是在飞机上发生意外，她和妈妈收到消息赶到医院，在抢救室外等到的却是噩耗，她爸爸没再睁开眼睛。

许知月慢慢攥紧拳头，以为早已淡去的噩梦，又一次被唤醒，她才惊觉自己其实一直在害怕。

晚上八点，飞机落地怀城机场，厉西钊脚步匆匆地走下舷梯。

他是搭乘公务机来的，在知道严卫民出事许知月跟着去医院后，立刻找人临时申请航线，第一时间飞来了怀城。许知月的电话一直打不通，微信消息发过去也没有回应，厉西钊助理不得不先联系怀城的基地。

他们到医院时得知严卫民已经被送进了重症监护室。

厉西钊快步上楼，却在看到走廊尽头独自站在那里的身影时下意识地停住了脚步。

许知月一个人守在重症监护室外，身上只穿了一件飞行员夹克，背靠着墙低着头，单薄的身体笼在灯光暗处的阴影里，显得很疲惫。

厉西钊从未见过这副模样的许知月，在他的认知里，许知月倔强、要强、好胜，有着与长相不符、比绝大多数女人都更坚毅的个性，一直以来他都觉得自己抓不住她，只能被动被她牵着走，这是第一次，他亲眼看到，原来许知月也会有这样脆弱无助的时候。

他没有庆幸，只有心疼。

像是有所感应，许知月转头朝着厉西钊的方向看了过来。

眼神交会，厉西钊看到她微红的双眼和眼中藏不住的担忧，大步走过去。

被厉西钊拉进怀里时，许知月眼睫微微颤动，好似这才回过神，意识到突然出现过来抱住她、给她安慰的人是谁。

"我来晚了，"厉西钊轻拍她的背，温声道，"别怕，不会有事。"

安静抱了片刻，许知月的神思回笼，从厉西钊怀中退出来。

"……你怎么来了？"

她没想到厉西钊会来，乍一见到这个人，让她有种分外不真实之感。

"收到消息，你师父出了事，过来看看，他现在怎么样？"

厉西钊的语气平缓，有种安抚人心的力量。

许知月心头一松："还不知道，医生说要观察两天看看情况，幸好之前的急救措施做得到位。"

也幸好她这次等来的，不是再一次的噩耗。

厉西钊微微颔首，问她："你吃晚饭了？"

许知月一愣，面露些许尴尬："忘了……"

厉西钊："走吧，先去吃饭休息，明早再来，你在这里也进不去，干等着没用。"

许知月有点犹豫，厉西钊再次提醒她："你也没法在这里过夜，先走吧。"说罢他直接牵过许知月的手，将人带走。

走出医院，被冷风一吹，许知月打了个寒战，厉西钊还带着体温的大衣落至她肩上。

许知月抬目看向他，厉西钊伸手帮她拢了一下衣服："穿好，别冻着了。"

许知月："……你怎么突然这么体贴？"

厉西钊："我不是你男朋友？我不该对你体贴？"

许知月想想倒也是这个道理，就是厉西钊突然这样，她怪不适应的。

厉西钊不再说，帮许知月把衣服穿好，拉开车门，揽着她上车。

厉西钊助理订的酒店离医院不远，又去附近餐厅帮他们打包了晚餐送来房间。

许知月看着厉西钊助理拎来的两大袋子打包盒，嘟哝了一句："我吃不了这么多。"

厉西钊脱去西装外套走过来："我也没吃晚饭。"

许知月闻言有些惊讶："这么晚都没吃？"随即她想到厉西钊可能一收

到消息就让人临时申请航线赶来了这里，顾不上吃饭吧。这么想着，许知月心头有些触动，跟他说了声"谢谢"。

"不说这个，"厉西钊似乎不爱听这两个字，"我一直给你打电话发微信，你没回复我。"

许知月掏出手机看了眼，还是关机状态。

她从下飞机一路跟到医院再到现在，脑子里乱糟糟的，压根就把开手机这事给忘了。

重新开机，微信消息里果然十几条未读，全是厉西钊先前发来的。

"我听说了，现在情况怎么样？你别继续飞了，我让公司安排机组替换你们。"

"看到了给我回条消息。"

"我让人申请了公务机航线，一小时后出发，你别急，等我过去。"

"别想太多，会没事的。"

……

许知月低着头，把那一条一条的消息看完，酸涩涌上心头，连鼻子也酸了。

回神她敛下那些泛滥的情绪，打了个电话给严卫民的妻子，公司那边第一时间已经将事情通知了他家里人，许知月这会儿亲口把师父的情况告诉师母，好叫对方放心。

"是，没事，现在还在ICU，观察两天应该就能转普通病房。"

"您别担心，不会有事的。"

"我明天也在这里，等您过来。"

厉西钊把餐盒取出，目光不时落向许知月，明明也很担心，却还要装作镇定安慰别人，许知月就是这样，永远不愿意在人前露出软弱的一面。

看她挂断电话，厉西钊叫她："先吃东西。"

许知月其实没什么胃口，勉强送了几筷子饭菜进嘴里。

厉西钊抬眼看她，几次话到嘴边，最后只有一句："多少吃点。"

许知月含糊应了声，低了头继续扒饭。

一碗饭最后也只吃了三分之一，许知月去浴室洗漱，看着镜子里自己疲惫困顿的双眼，用力闭了几闭。

厉西钊跟过来，倚在门边看她，目光跟随她的动作转，在许知月洗脸时伸手帮她把长发拨去耳后。

许知月身形微微一顿，转开脸："别动了。"

厉西钊轻声提醒她："头发沾湿了。"

她洗漱完出来，厉西钊还站在门边，拉住了她胳膊，侧身帮她把鬓边沾到的水珠擦去，许知月小声说了句"没什么关系"，被厉西钊按住。

做完这些他盯着许知月的眼睛，许知月被他眸中的亮光吸引，愣神了一瞬，厉西钊轻抚了抚她的发，温声道："去睡吧。"

许知月躺上床，很累却睡不着，闭起眼，脑中不断嗡鸣作响，交替闪现的画面，一时是失去意识被推进抢救室的严卫民，一时是当年盖着白布从抢救室被推出来的她爸爸，怎么都挥之不去。

身旁大床陷下去一块，厉西钊的气息带着洗澡过后的温度覆上来，他的亲吻跟着落下，许知月闭眼躲开了："我没心情。"

厉西钊的吻落到了她眉心，许知月细长的睫毛动了动，缓缓睁开眼，对上他漆黑如墨的双瞳。

"你在想什么？"厉西钊问她，"能跟我说吗？"

许知月有点不知道该怎么开口，她爸爸的事情，当年就没跟厉西钊说过，现在再说好像也没什么意思，她只是因为师父出事一时胡思乱想，才会心烦意乱。

"没事……"

厉西钊："真没事？"

许知月慢慢点头。

"那明天再说吧，"厉西钊轻拍了拍她的背，躺下将人揽入怀，"别想太多，睡吧。"

许知月合上眼，身后厉西钊的心跳声就在她耳边，合着她自己的，一下又一下，终于让她渐平静下来，沉沉入眠。

第二天清早，医院那边传来消息，严卫民半夜已经醒了一回，目前情况比较稳定，依旧在ICU里观察。

许知月和厉西钊天一亮就去了医院，虽然见不到人，但可以找医生问问情况。

"他这个状况后续的恢复还得等他彻底清醒了再看，目前来说情况是还可以的，但你们说他的职业是飞行员，就算彻底恢复了能不能达到健康体检标准，这个就很难说了……"

许知月其实已经有心理准备，她师父很大可能要提前退休，眼下人能救回来已经是万幸。站在身后的厉西钊的手按到她肩上，许知月回头，抬眼望向他，眼神与他示意自己没事，再跟医生道了谢。走出医生办公室，许知月一声叹："还好师父在退休前已经升上了总飞行师，也算没有遗憾了。"

厉西钊一句话没说，带她去外面走廊上，让她透口气。

九点多时，严卫民的家人匆匆赶到，她们是坐清早第一班飞机来的，由星野负责对接的人员陪同过来。严卫民的妻子拉住许知月的手，红着眼睛半响没说出话，许知月轻拍了拍她手背，低声安慰了她几句。

严婷婷则一再跟许知月道谢，她是严卫民的女儿，一直在外地工作，照顾不了父母，这几年家里全靠许知月帮忙，许知月比她这个女儿做得更好，这回的事情，也多亏了有许知月在。

许知月微微摇头："我应该做的，不要说这些了，你们去看看师父吧，师父的具体情况，医生跟你们说会更清楚些。"

目送她们母女离开，许知月终于松了口气，回身对上厉西钊一直盯着自己的目光，她愣了愣，问："做什么？"

厉西钊欲言又止："你，还好吗？"

许知月："没事，医生也说师父情况不错，不会有事。"

厉西钊皱眉道："我是说你，你的情绪一直不太对。"

许知月下意识否认："没有。"

"在我面前不用伪装，"厉西钊打断她，"是想起你爸爸了？"

许知月嘴唇动了动，接不上话。

厉西钊道："我们去楼下走走吧。"

　

楼下花园里的空气要好上不少，走了几步许知月的心神渐渐放松，在厉西钊停下脚步回头看她时，开了口："我爸的事情，你怎么知道的？"

厉西钊："想知道总有办法知道。"

许知月讪道："……我确实有些不好受，总想起从前的事情。"

厉西钊："你可以说给我听。"

沉默一阵，许知月慢慢道："我爸爸离开的时候他才四十岁，我总觉得像一场梦一样，很长一段时间都没有实感，现在看到我师父这样，才又想起他。

"……我小时候第一次接触飞机，是我爸开着小型机带我飞上天，那个时候我爸在我眼里就是我最崇拜的人，我说我想以后跟他一样开飞机，他笑着答应我说好，他会亲手教我，可惜还没等到我开始学飞，他已经离开我了。

"我和妈妈没有师母她们这么好的运气，我爸出事时我们赶到医院，他已经身上盖着白布被推出了抢救室，我妈当时哭晕了过去，我却一滴眼泪都没有流，我睁大眼睛努力想再看一眼我爸，拒绝接受他已经离开的事实，后来我一直发高烧做噩梦，用了很长的时间才慢慢走出来。"

许知月语气平静又压抑，眼里的波光仿若要化作泪水流淌出来。

厉西钊安静地听着她说，他想起自己第一眼见到的许知月，在高一的新生开学典礼上，许知月作为学生代表上台发言，台上一直微笑着的那个人如皎月生辉，明亮夺目，就这么轻易映进他心底。

可那个时候的他并不知道，他的月儿其实经历过这样的伤痛，却始终藏在心底，从不与人说。

"所以你执意要学飞，哪怕你妈妈激烈反对，哪怕我不理解你埋怨你，你也义无反顾地要走和你爸爸一样的路。"

厉西钊的声音低沉，他也在压抑，压抑其中的心疼和歉意。

许知月怔住，厉西钊走上前，轻轻拥住了她，一声低喃落进她耳中。

"对不起。"

第十五章　心安是归途

> 许知月觉得有些冷，把厉西钊的腰抱得更紧，她靠在厉西钊背上，仿佛能听到他的心跳声与自己呼吸的频率重合。
>
> 浮浮沉沉十数年，在这一刻她终于有了实感，她现在拥着的这个人，便是心安之处是归途。

在怀城多待了两天，等严卫民彻底清醒转入普通病房后，许知月跟着厉西钊返回了临城。

签派把她这几天所有的排班都取消了，回到临城厉西钊又叫人给她多放了几天假。都是厉西钊一句话的事情，虽然许知月并不乐意。

"我想回去上班。"

几天不飞她浑身不舒服，在家里待着也没什么意思，还不如早些回去工作。

厉西钊却说马上过年了，等过完这个年再说。

"别人过年也是正常排班，你又给我搞特殊化。"

去沪市的车上，许知月抱怨着身边人，厉西钊充耳不闻。

许知月："你到底有没有在听我说话？"

"听到了，"厉西钊淡声解释，"也就休息四天，初三就放你回去上班。"

许知月随口便说："那我为什么要跟你回去，我也可以去澳大利亚看我妈吧？"

厉西钊侧头看向她，许知月一扬眉："不对吗？难得过年休息，我去看我妈不应该？我们母女七八年没一起过春节了。"

厉西钊收回视线："那去吧，我们现在回机场。"

他说着就要掉头回去，许知月见他来真的，赶紧制止："算了，我妈前几天给我打电话，她跟叔叔去夏威夷度假了。"

厉西钊懒声拖出一句："嗯。"

许知月看他这副冷冷淡淡的样子，有点怀疑在怀城那几天这人的体贴可能是她的错觉："……你那天是不是跟我说了对不起？"

厉西钊再次睨了她一眼，眸光动了动又移开，没有回答。

许知月："喂！"

不怪她这么问，那天她说起自己爸爸的事情，心绪起伏太厉害，整个人恍恍惚惚的，厉西钊抱住她跟她说了什么，她是真记不太清楚了，那句似是而非的"对不起"，她这两天一直在怀疑是不是自己听错了。

厉西钊怎么会跟她说对不起？不可能的吧？

厉西钊："没听到就算了。"

看吧，就是这个气死人的态度。

许知月："你就是这么安慰人的？什么叫没听到就算了？"

厉西钊："你不是那种需要别人不停安慰，反复揭伤疤给人看的个性。"

许知月顿时说不出话了，虽然也没错吧，但她真的有点介意那天厉西钊到底有没有跟她道歉。

"你不说也算了。"

最后也只憋出这一句赌气的话。

厉西钊继续开着车，在许知月已经不想搭理他、靠进座椅里打算睡觉时，忽然开口："你觉得听到了什么就是什么。"

许知月微微一愣，诧异回头，厉西钊目视前方，神色沉沉，仿佛刚才说话的人不是他。

但这次许知月千真万确听清楚了，厉西钊是这么说的。

她听到了什么就是什么，那就是确实说过"对不起"喽。

这么想着，许知月没忍住低声笑了。

厉西钊皱眉："笑什么？"

许知月轻咳一声，也故作矜持："没笑什么，你开车吧。"

厉西钊的目光再落过来时，许知月已经哼着歌躺进座椅里闭了眼睛，这么多天她的心情终于彻底放晴，嘴角也是上扬起的。厉西钊默不作声地看她片刻，收回视线，眼中也有一闪而过的笑意，在红灯转绿时，重新踩下油门。

到沪市后厉西钊却没有直接把车开回家，而是往相反的方向去。

许知月纳闷问他："去哪里？"

厉西钊："去了就知道。"

厉西钊带她去的地方，是远郊的一处工业园，园区深处藏着一间机械生产厂。

许知月进门一眼看到厂区中间的银之翼，目光瞬间就亮了，当然那只是一架战机模型，但按照一比一的比例制造，外表看上去竟能以假乱真。

"你带我来就是看这个？"她回头问身边人，语气里有掩饰不住的欣喜。

厉西钊："你先去看看。"

许知月："送我的？"

厉西钊点头："去看看。"

当然是送给许知月的。他可以送许知月一整支机队，偏偏许知月想要的是战斗机，只能退而求其次。

不必他说，许知月已大步走了过去。

走近了看，才觉这架模型机做得是真不错，无论是机身外形，雷达罩的样式，还是整体式的内框风挡，都与真机一模一样，手感也不比真机差，一样是以钛合金制作而成，造价想必不菲。

许知月喜出望外，爱不释手。上开式的座舱盖还可以允许进入内部，厉西钊提醒她进去看看。坐进机舱里，许知月随手一碰，看到仪表盘显示出数据时，她才真正惊讶起来，问厉西钊："这其实是一台模拟机？"

"嗯，"厉西钊随口解释，"战机的制造属于军工机密，没法送你真正的银之翼，这里本来就是模拟机制造公司的生产基地，我跟他们定制的，外观是你要的银之翼，内里是一台模拟机，功能没有那么完善，你就当一台模型游戏机玩玩吧，我看你似乎挺喜欢收集航模的。"

她确实喜欢，大大小小、各种类型的航模收集了不少，之前搬去跟厉西钊同居时，她自身行李没有多少，大部分宝贝都是那些航模。

但她的那些收藏品再好，却没有一件是跟眼前的一样，这样逼真且与众不同。

许知月放空思绪闭上眼睛，似乎终于能体会她爸爸当年开着战机一飞冲天时的心境，那才是真正属于天空之下的猎鹰。

即便再也看不到，也永远鲜活印刻在她的记忆里。

睁开眼时，许知月眸中笑意愈加明亮，转头冲身边一直注视着她的人说："这个礼物我很喜欢，谢谢你。"

厉西钊始终看着她，喉咙滚动："不用。"

回城之后找地方吃了顿饭，下午许知月又被厉西钊带着去看楼盘。

"你打算买房？"见厉西钊认真在看从售楼小姐手里拿到宣传单，许知月好奇问他。

厉西钊头也不抬："先看看。"

许知月忽然想到什么："你叫我带户口本出来，不会是为了这个吧？"

早上他们出门前，厉西钊提醒她带上户口本，她当时还觉得奇怪来着，这会儿才想到难不成是厉西钊要买房，还打算拉上她一起？

厉西钊淡定"嗯"了声。

售楼小姐一看有戏，推销得越发卖力，热情邀请他们去参观样板间。

厉西钊示意对方带路，许知月赶紧跟上去追问他："你真打算买这里的房子？这里的房价贵得很，我可买不起，我打算在临城买房的，要不你买你的，我买我的。"

厉西钊目光睨过来："我买我的，你买你的？"

虽然是重复许知月的话，他的语气却多了几分要挟之意。

"那不然呢？"许知月问，"我俩一起买房算什么？"

"你觉得算什么就是什么，"厉西钊道，"不重要，随你。"

许知月："你这分明是耍无赖。"

厉西钊直接牵住了她的手："反正你本来也打算买房。"

许知月确实有这个想法，之前有一次发工资时，她看到银行卡短信提示消息里的数字，一个高兴就跟厉西钊说漏了嘴，说自己存钱打算在临城买房，当时厉西钊没说什么，没想到他其实记下了这件事。

"我是打算在临城买，离机场近一点的，上班方便。"许知月认真说。

厉西钊冷不丁问她："你打算一直待在临城不回来了？"

许知月一愣："……我妈又不在国内，我在哪里都一样吧。"

虽然她户口是在这里没错，当初也坚持没听她妈的话改国籍，但这几年她都在临城工作，早就习惯了，并没有换工作换地方的想法。

厉西钊："哪里都一样，那就回来吧。"

前面领路的售楼小姐带他们走进样品间内，厉西钊看中的大平层有四百多平，如果想买能看到江景的，还要更贵一些。

售楼小姐仔细为他们介绍这套房子的优势，许知月听得心不在焉，厉西钊说的那句"那就回来吧"一直萦绕在她耳边。

厉西钊冲售楼小姐示意："我们想自己看看。"

对方很知趣地让他们随意看，没再跟着他们。

"这边两间房打通，可以做一间航模收藏室，银之翼的模型也放得下。"

厉西钊的声音唤回了许知月跑远的思绪，闻言她确实有些心动："可是，这不能我觉得算什么就是什么吧？"

厉西钊看着她："我们今天都带了户口本。"

许知月："所以？"

沉默了一下，厉西钊到底没有说出口，移开眼："以后再说吧，不急。"

许知月知道他想说什么，刚过来的路口等红灯时，她已经看到了路边的婚姻登记处，其实如果厉西钊现在再提结婚的事情，她未必不会答应。

不过算了，厉西钊不急她也不急。

"星野在这边也有基地，回来这里工作吧。"厉西钊道。他的语气，似乎只是一个建议，看向许知月的眼神却透露了他心里的期待。

许知月没有揭穿他，她知道厉西钊不可能一直留在临城，早晚还是要回沪市，她自己从前不愿意回来，是因为这个地方留下了太多她不敢触碰的回忆，如今却不一样了。

哪怕那天杨兮枝说要为了男朋友换个城市，她内心其实并不赞成，但轮到她自己，依旧心软了。

许知月笑着说："那得看你表现，我考虑考虑吧。"

厉西钊做事一贯不喜欢拖泥带水，房子看完，当场就付了预付款。

名字写的是他和许知月两个人的，许知月这几年也存了不少钱，虽然对这房子来说不过杯水车薪，但说好了一起买，她就没打算占厉西钊便宜。走出售楼处时，许知月的脑袋还有些蒙，想着自己今天是不是冲动过了头，身边人把合同递过来："你收着吧。"

厉西钊已经开了车门，示意她上车。于厉西钊而言，买套房大概跟去便利店买串香肠也没什么差别，许知月看他神色这么淡定，自己一个人纠结似乎也没意思，于是想开了，高高兴兴地把合同收起来。

无论如何，以后她也是有房一族了，虽然是跟厉西钊合买的。

路上，厉西钊收到周渊的电话，听说他们都回了沪市，约他俩晚上一起吃饭。

厉西钊："不去。"

那边的周渊哇哇叫："你们天天二人世界还没过腻啊？一起出来吃个饭怎么了？"

许知月也赞同："那就去吧，我正好也想见温瑜。"

见厉西钊满脸不乐意，许知月笑着推了一下他胳膊："别这么小气啦，偶尔也要经营一下朋友关系吧。"

厉西钊冷漠道："狐朋狗友。"

许知月好笑提醒他："那也只有周渊这个狐朋狗友会陪你去万里追爱。"

厉西钊看向她，许知月："难道不是？"

厉西钊不说话了，勉为其难，把车开去了周渊约的酒吧餐厅。

餐桌上听到许知月说起他们下午去看房的事，温瑜惊喜问："你俩打算结婚了吗？定在什么时候？"

许知月："还没有。"

厉西钊："在考虑。"

同时开口，话说完厉西钊瞥一眼许知月，在对面俩人促狭笑声中扭开脸。

许知月无奈道："是还没有，但在考虑。"

这个答案大概能让身边的大少爷满意吧，她想着。厉西钊握住她桌子底下的手，用力捏了一下。

周渊把那份预购房合同拿过去仔细看了看，笑问自己老婆："要不我们也去这里买一套吧，就买他们楼上或者楼下，以后做邻居方便串门。"

温瑜猛点头："好啊，好啊。"

许知月闻言也很高兴："那不错，我们还能互相有个照应。"

只有厉西钊皱着眉，似乎很不情愿。

周渊一眼看穿他："喂，你不是这么小气吧？还嫌弃我们会打扰你俩啊？我们都没嫌你们麻烦呢！"

厉西钊根本懒得理他。

吃喝说笑间，忽然插进一道温柔的女声："西钊，周渊，温瑜，真的是你们？"

他几人诧异抬头，许知月的目光也跟着落过去，走过来的是一位很有气质的年轻女人，她不认识的。

温瑜先回神道："林舒，你怎么在这里？你什么时候回国的？"

女人走近他们桌边，笑着说："我刚还以为看错了，没想到真是你们，好巧，在这里也能碰上，我昨天刚回来的，跟朋友来这里吃个饭。"

周渊也笑着示意她："好久不见，坐会儿呗。"

对方大大坐下了，先跟周渊、温瑜他们寒暄了几句，接着视线转向另边不动声色的厉西钊，看他的眼神里似乎多了点什么，很快又掠过他，看向他身边的许知月，打招呼道："你好，我叫林舒，不知道怎么称呼？"

许知月还没来得及开口，厉西钊先介绍："许知月，我女朋友。"

林舒的眸光动了动，与许知月道："幸会。"

那一瞬间，许知月很确信看到了林舒神情中的黯然，虽然很快又被她掩饰了过去，脸上展露的只有盈盈笑意。

许知月看明白了，只装作不知，在厉西钊简单说对方是他大学同学后，笑着点了点头："你好。"

说了几句话，林舒被她朋友叫走，临走时说下次再约他们出来聚，厉西钊没接话，周渊两口子应下了。

人走开之后，温瑜小声告诉许知月："林舒是厉西钊在欧洲念书时的同学，追了他好几年，有一回我跟周渊去那边找厉西钊玩，他要参加学校里的一个项目没空招待我们，还是林舒当导游带着我们在那边玩了一个星期，虽然这样，但是你放心啦，厉西钊跟她没什么的，早就明确拒绝过她了。"

厉西钊默不作声地帮许知月剥虾，仿佛被议论的那个人不是他。

许知月笑了一下："噢……"

周渊轻咳一声，提醒自己老婆："你别跟知月说这些有的没的了，都是过去的事情。"

温瑜不赞同道："你这种语气，才显得好像他们有什么一样，为什么不能说？我不是怕知月误会嘛。"

其实她和周渊都没说的是，林舒漂亮、知性、聪明，一心一意喜欢厉西钊，被追的正主究竟什么想法他们不知道，但他们这些外人看在眼里还是挺动容的，周渊当年甚至还劝过厉西钊，不如干脆接受林舒算了，厉西钊当时只回了他两个字。

"不想。"

当然他们不说，许知月自己也猜得到，犹豫着想说点什么时，厉西钊把剥好的虾肉扔她碗里："吃东西。"

许知月筷子夹起虾肉，笑吟吟地看向他："你不要这么心虚，我没怀疑你什么。"

厉西钊："……吃东西，少说话。"

许知月冲对面看戏的两个道："你们看他，色厉内荏，装呢。"

周渊和温瑜放声笑起来，周渊不停点头："果然，还是只有你吃得住他。"

温瑜附和："我就说嘛，只有知月最适合厉西钊，周渊那会儿还不信我说的呢。"

晚餐快结束时，许知月去了趟洗手间，碰上正在这里补妆的林舒。

她笑着与人一点头，走过去洗手，察觉到身边人的视线落向自己时，许知月抬了头，冲镜子里的林舒微笑："你是有话想跟我说吗？"

林舒犹豫了一瞬，问她："你，是飞行员？"

许知月目露惊讶："你知道？"

听到她承认，林舒神色略微复杂："……听他说过，他说他的女朋友在澳大利亚学飞，他们只是暂时分开，我猜他说的人就是你，你们在一起好多年了吧？"

许知月只能笑，没有戳破厉西钊的谎言："嗯。"

厉西钊找过来时，许知月正靠在走廊墙边发呆，和餐厅里一样的旋转灯光在她的脸上拖出道道长短不一的影子。

"一直站这里做什么？"

听到什么声音，许知月抬眼看向面前人，目光停在厉西钊脸上片刻，回神轻声说："没什么，里面空气太浑浊了，出来透口气。"

厉西钊沉声问："碰到了林舒？她跟你说了什么？"

许知月笑着歪了歪头："你刚来的时候也碰到她了吧，她又跟你说了什么？"

厉西钊视线飘忽了一瞬："……没说什么。"

许知月："我不信。"

厉西钊有点没好气："她说你不是我编出来骗她的，她很高兴，可以了吗？"

许知月"唔"了声，背倚着墙，伸手点上他心口："厉西钊，你拒绝人，一定要拿我当借口吗？什么叫暂时分开？你那时候根本没想过回头找我吧？"

厉西钊捉住她作乱的手，更往前了一步，在这昏暗狭窄的走廊过道里，他们靠在一起，近似呼吸交缠。厉西钊的声音有点咬牙切齿："至少我拒绝了她。"

这又是要翻旧账了，许知月开始装傻："我酒喝多了，头疼。"

厉西钊黑眸一瞬不瞬地注视她，眼里有隐约的奚落，全然看穿了她拙劣的演技，捉着她的手却捏得更紧。

许知月有些顶不住，只得投降："你要干吗啊？"

厉西钊："你看到她，就没点别的反应？"

许知月一下又笑了："别的反应？你期待我给你别的什么反应？"

厉西钊绷紧着脸，看着她没出声。

许知月笑完，终于说了实话："好吧，我承认，我其实有点吃醋。"

厉西钊咀嚼这两个字："吃醋？"

"如你所愿了，"许知月自嘲，"本来好像不应该吃醋的，可我有点控制不住。"

她一个人站在这里，认真在想自己为什么要吃醋，温瑜说厉西钊拒绝了她，而且拒绝得很彻底，不是吗？

这会儿面对厉西钊，似乎突然就想明白了，大概是嫉妒他们之间那空白的十年，有别人能陪在厉西钊身边吧。厉西钊的心情应该也是一样的，即便她说清楚了她和刘骁之间的事，厉西钊也会忍不住翻旧账、拿话刺她。

他们其实不过半斤八两罢了。

厉西钊看到许知月神情中难得的羞赧和懊恼，眸色柔和了几分："走吗？"

许知月一愣："现在走？不要跟温瑜他们说？还没买单……"

"走了再说，单让他们买。"厉西钊抛弃朋友抛弃得毫无负担。

"你也太不够朋友了。"

许知月一边笑，被他牵住手，走这边直接绕去后门离开。

发动车子时，许知月问："现在去哪？回你爸妈家？"

厉西钊："不去，和上次一样。"

许知月想了想，和上次一样，那就是……去酒店？

路上周渊打电话过来，骂了厉西钊一顿，厉西钊开着外放有一搭没一搭地听，也不回他，权当对方在说单口相声。

许知月听得哭笑不得，最后无奈地替他道："我们先回去了啊，过两天再请你们吃饭。"

那边温瑜也把电话抢过去："那改日约，祝你们度过一个愉快的夜晚！"

听出她笑声里的揶揄，许知月赶紧挂断电话。

厉西钊一手搭在方向盘上，另一只手牵住她。许知月感受到他手心的微热，耳边回荡着温瑜那句语调转了几转的"愉快的夜晚"，莫名其妙红了耳根。

不必说出来，那一点旖旎心思她和厉西钊都心照不宣。

走进酒店房间，刚带上门，厉西钊一把将人捞进怀，直接亲了上去。

他一手搂着许知月的腰，另一只手摸索着按下了墙上的电灯开关，结果开的只有玄关的一盏射灯。许知月眼睛眨了几下睁开眼，看到的是厉西钊紧盯着自己的幽深目光，里面藏着最热切的欲望，毫不掩饰，几要将她烫化。眼神交会，厉西钊的亲吻越发炽热，许知月很快受不住，在厉西钊修长手指解开她衬衣最上边那颗纽扣时，下意识抬手按住了他的手。

厉西钊的动作顿了一顿，继续亲吻，坚决拨开她的手，一颗一颗解开了她的衬衣扣子。

许知月眼睫不断颤动，忽地听到一声低笑，灼热的呼吸落近她耳边，让她痒得往后缩了缩，被厉西钊抱着压到了身后墙上。她再次睁眼觑向面前人，那双黑沉双眼里多出了一点称得上是促狭的笑意，许知月一下没反应过来："……你笑什么？"

"内衣。"厉西钊的手指停在她内衣边缘，轻轻摩挲。

许知月低头，瞬间红了脸。这是上次厉西钊叫女秘书帮忙买给她的内衣，酒红色蕾丝款前开扣样式，咳……

"你特地穿这件？"厉西钊在他耳边问，暗哑嗓音十足蛊人。

许知月："我随便拿的，其他的都洗了……"

这话好像没什么说服力，但她真没说谎，今早赶着出门，就顺手拿了这件新内衣，这下被厉西钊看到，她说自己不是蓄意勾引，估计厉西钊压根不信吧。这么想着，许知月不由羞恼，用力拍开了厉西钊作乱的手，扯住自己衬衣领口："不许看。"

"又不是没看过。"厉西钊淡定道，捉住了她的手。

互相较劲之后，许知月到底敌不过他的力气，瞪了他一眼，不情不愿地松开了。厉西钊垂眸盯着眼前的风景片刻，没有帮她解开，低了头，亲吻落上去。

许知月一声喘，高仰起头，身体很快彻底软了，双手用力搂住了厉西钊的脖子。

折腾到第二天快中午，他们才回到厉西钊家。

但许知月没想到，他家里会有这么多人在。跟上次来时只有厉西钊爸妈不同，家门一开，满屋子都是欢笑声，老老小小少说二三十人，偌大一个厉家竟然显得有些拥挤了。

宁雅琴笑眯眯地招呼自己准儿媳妇进门，炫耀一般拉着许知月向其他人介绍，许知月甚至没反应过来，手里已经被塞进了一沓红包。

这些都是厉西钊的家人，他爸是家中老大，老人过世后亲戚每年过年就在他们家里过年，光是厉西钊的叔叔姑姑就有七八个，同辈兄弟姐妹有十几人，再小一辈的孩子也有好些个，热热闹闹一大家子，一起准备年夜饭、打牌、看电视，气氛融洽和睦，跟许知月印象里的有钱人家庭完全不一样。

之前星野内部流传的厉西钊是被家族排挤，才不得不去临城接手星野的八卦，显然没有半点依据。

长辈们夸着许知月能干，年轻一辈撺掇她和厉西钊上桌打牌，小孩子们则好奇围着许知月这个漂亮婶婶你一句我一句，叽叽喳喳说个不停。

"婶婶你真的能开飞机吗？下次你开飞机我能不能去看？"

"我也要去！我也要去！"

"婶婶你能不能把飞机开去月亮上？"

"笨蛋那是航天飞船不是飞机。"

"婶婶你以后也教我开飞机吧！我要跟你学！"

……

"婶婶你长得好漂亮，为什么想不开嫁给钊叔叔？"

听到最后这一句，厉西钊走上前，黑着脸瞪了一眼说话那个看着还不到五岁的小男孩，小孩子们一哄而散。许知月乐不可支，确信了厉西钊这人是真的人缘差极了，连他的这些侄子侄女们也不给他面子。笑够了她问把自己拉去外头阳台的厉西钊："我要不要给那些小朋友也发红包？"

"不发。"厉西钊斩钉截铁。

许知月没忍住又笑了："喂，你不会吧，还跟小辈计较啊？我都没说你呢，你家里这么多人，你也不提前跟我打个招呼，我一点心理准备都没有。"

厉西钊："不用做心理准备，这里也是你家。"

许知月听着他说的，笑过忽然有一点鼻酸。自她爸爸去世后，她就再没过过一个像样的年，一开始那两年家里就她和妈妈，她们都下意识回避这个阖家团圆的日子，去了澳大利亚之后就彻底不过年了，之后这几年她在临城工作，几乎每年春节都在天上飞，哪怕有她师父惦记着叫她一起回去吃年夜饭，可她总觉得自己是外人，大多数时候都会拒绝。

辗转十数年，她早已习惯了一个人，但是今天，厉西钊把她带回家，用这样自然而然的语气告诉她，这里也是她的家。

许知月吸了一下鼻子："你别说这么肉麻的话，听着怪不适应的。"

"感动就感动，嘴硬什么。"厉西钊一眼看穿她。

许知月："……"

就厉西钊这张嘴，她的感动永远超不过三秒。

厉家的年夜饭不到深夜不会结束。期间宁远辉打来视频电话，他今天也要飞，明天才能回家，这会儿刚刚落地，马上要接着飞第二段。对着满桌子的山珍海味流完口水，宁远辉在视频里抱怨厉西钊只给许知月放假，却把他这个亲弟弟给忘了，厉西钊拿过电话，回了句"你有本事也升了机长再说"，直接挂断。

许知月有点不太好意思，总觉得对不起宁远辉那小子。

"你能帮我跟签派那边打招呼，不能顺便提一句小辉吗？"

厉西钊理直气壮道："忘了。"

所以宁远辉说中了，他是真的把自己弟弟给忘了，惦记着的人只有一个许知月。许知月哑口无言，算了，还是不要告诉宁远辉得好。

下午，厉西钊被一帮兄弟姐妹拉着打扑克，许知月就坐在他身边看，这位大少爷比所有人话都少，但出手快准狠，牌桌上所向披靡。

许知月以前真不知道厉西钊打扑克这么厉害，上回同学会他还只是小试牛刀，今天才真正大展身手。

"嫂子，你别看钊哥他这样闷不作声的，扑克是他的强项，而且他还手气特别好，牌桌上从来没输过。"

"就是，我们以前都怀疑，他一辈子的好运气都搁牌桌上了。"

"那当然不是啦，西钊要是运气不好，哪能哄回这么漂亮的老婆。"

其他人七嘴八舌一顿调侃，许知月赔着笑。

厉西钊面无表情扔下一副炸弹，通杀。

满桌都是哀号的声音，许知月凑近厉西钊，笑眯眯问他："好玩吗？"

厉西钊目光睨向她："你想玩？"

许知月之前没玩过，但看了这么久看也会了。

于是换她上桌，一把牌抓到手上，她的手气竟然不比厉西钊差。

厉西钊坐在她身后，双手环过她自然而然地帮她理牌，咬着耳朵提点她要怎么出。周围人纷纷起哄，厉西钊这么温柔耐心的模样，他们都是第一次见。厉西钊谁也不理，只一心一意教许知月。

入夜，酒足饭饱，他俩没跟其他人打招呼，悄悄出了家门。

"去哪里？"许知月问。

厉西钊随口提议："去江边走走。"

许知月不愿动："吃太饱了，不想走。"厉西钊踌躇了一下，牵着她走出电梯间，又绕去另一边的工人电梯，上楼没有惊动家里人，带着许知月去了储藏室。

他当年那辆特地为了许知月改装，加了个后座的山地车还在这里，拿气筒打了气，厉西钊示意有些呆愣的许知月："走。"

许知月这才回神："骑这个？"

厉西钊："嗯。"

"能行吗？"许知月有点怀疑，"没坏吗？"

厉西钊道："试试就知道。"

车还能骑，虽然有些生锈了，只要放慢点速度，问题不大。再次坐上后座，搂住厉西钊的腰，许知月心里有些五味杂陈。当年少年的身形变成了眼前成熟男人的宽阔肩背，那一身校服也变成了西装……

等等，西装？

许知月"噗"一声笑了。厉西钊没有回头，但听到了她的笑声："你笑什么？"许知月的声音里满盛笑意："厉总，你穿西装骑这自行车，不别扭吗？"厉西钊沉声丢过来一句："坐好了。"

自行车出了小区，往江边去。天幕已完全暗下，绚烂街灯一个接一个亮起，除夕的夜晚街上行人稀少，夜色中只有远远近近的城市灯火，偶有车疾驰而过，车灯拖出层叠的光轨接着快速远去。

他们在这样的沉夜里显得突兀却又怡然自得。

许知月觉得有些冷，把厉西钊的腰抱得更紧，她靠在厉西钊背上，仿佛能听到他的心跳声与自己呼吸的频率重合。

浮浮沉沉十数年，在这一刻她终于有了实感，她现在拥着的这个人，便是心安之处是归途。

第十六章　危机

　　许知月没什么睡意，继续看手机，晚上的事情铺天盖地的新闻报道已经出了，她随手点开看了看，就这么短短几小时时间，她已经成了网民嘴里的英雄女机长，到处都是夸赞她的声音。

　　过完年，许知月回去临城工作，厉西钊则留在了沪市。转眼一个月，厉西钊只去过临城两回。

　　厉西钊不在，许知月干脆搬回兰欣苑跟苏娉一起住，一直到情人节前一天，消失了大半个月的厉西钊才从沪市回来，许知月当天却要飞四段，晚上八点多才能回到临城。

　　厉西钊又想给她调个班，许知月没答应，再三警告厉西钊不许做多余的事情，当天一大早就去了公司。

　　在飞行准备室里，许知月看着气象报文，跟身边的副驾驶交代："晚上回来的时候会有局部雷暴天气，到了鹏城之后记得让机务给多加些油。"

　　今天航班的第四段是晚上六点从鹏城返回，是夜航，天气看着也不大好，怕会有麻烦，小心一些总不会错。

　　正事说完，一样早上要飞的顾明泽过来，问许知月："苏娉还没来吗？"

　　许知月看一眼腕表，笑道："还早吧，她一贯踩点，估计没这么快。"

　　苏娉今天跟她一起飞，也是有情人节但不能过的人。

　　"那我估计等不到她了，一会儿就要进场。"

　　顾明泽有点无奈，又顺嘴问起许知月她师父的情况，许知月笑叹道："好多了，已经出院回家了，现在在家里静养，我本来以为他会申请提前退休，他自己却说等身体养好了还要回来，不能飞还可以做模拟机教员，发挥余热。"

"那挺好嘛，严教员果然老当益壮。"顾明泽调侃了一句。

说了几句话，顾明泽看着时间必须得离开了，苏婷果然还没来。

他拿出了一个蓝色小盒子，递给许知月："你一会儿见到苏婷，帮我送给她吧，我得先走了。"

许知月见状一扬眉："情人节礼物？这不会是戒指吧，那得你自己送她。"

"哪能呢，"顾明泽咧起唇角，"我跟她八字刚刚有一撇呢。"

这事许知月是知道的，苏婷到现在还没正式接受这位顾教员，顾明泽从前在情场上一贯无往不利，如今连着两次受挫，确实有些怀疑自己的魅力，追起人来也倍加上心。

许知月接过盒子，在手里晃了晃："那这到底是什么？能说吗？"

顾明泽道："我当年航校毕业时拿到的银鹰奖章，送给她。"

许知月闻言有些意外，然后笑了："这样啊，那等一会儿她来了，我一定第一时间交给她，祝你早日如愿以偿。"

顾明泽戴上机师帽，笑着冲她一点头："谢了。"

苏婷是在十五分钟后到的，她风风火火拖着飞行箱过来，做完酒测进门便先跟许知月打了招呼。

许知月顺手把东西递给她，说了是顾明泽让她转交的，苏婷一撇嘴打开盒子，看清楚里面的东西，直接瞪圆了眼睛。

"他送这个给我啊？"

不怪她这么惊讶，银鹰章是航校毕业时优秀学员的奖励，各个航校都有类似的奖章，算是一名飞行员在真正踏入这个行业前最初的荣耀，颇有意义。后来不知道是谁开了个头，把这奖章送给自己认定的另一半，其他人纷纷效仿，这个行为也就成了他们圈子里的一种浪漫传说，经久不衰。

当然，奖章就这么一枚，送出去就没了，所以一般不是合法夫妻，不会随便就送给对方的，更别提顾明泽和苏婷这样连男女朋友都算不上的。苏婷红了脸，嘴上嗔怪着顾明泽耍滑头，其实春风满面，看得出是真正被打动了。

许知月揶揄她："你连顾教员的银鹰奖章都收了，还不肯点头给人承诺啊？"

苏娉轻哼："再说吧。倒是你，这奖章早送给厉总了吧？"

"没有，"许知月一本正经道，"我送他干吗？"

苏娉不信，许知月一摊手："真没送。"

她压根不记得这回事了。

苏娉还想追问，许知月赶紧把人打断："不说了，时间快到了，去做准备吧。"

进场时许知月又想起这个事，抱着手机鬼使神差地给厉西钊发了条消息，说了她帮顾明泽给苏娉转交礼物的经过。

五分钟后，那边回复过来："你没有这个奖章？"

许知月："我当然有啊。"

她当年毕业时也是入了优秀学员名单的，怎么会没有。

厉西钊："那你为什么不送我？"

许知月："……"

厉西钊："我以为你没有，没跟你提怕伤你自尊，原来你有。"

许知月觉得，她似乎给自己挖了个坑？不打算再回时，那边又发来一条："既然是送另一半的，回来送我吧。"

许知月："呵。"

她直接关了机。

之后那一整天，不断重复起飞降落的过程，最后一次从鹏城机场起飞，不偏不倚正好是晚上六点。飞机进入巡航状态后，副驾驶放松心神，顺口调侃了许知月一句："现在回去许机长你还能赶上过个情人节吧？"

许知月笑道："你也一样。"嘴上跟人说笑着，她盯着气象雷达，其实隐约有些担忧。

客舱里，苏娉正与同事合作，推着餐车一一为乘客送餐，女空乘们笑容甜美、服务周到。快送到最后一排时，苏娉刚要把手中餐盘递出去，耳边忽地响起一声惊天动地的爆炸声，轰隆巨响回荡在整个客舱内，飞机随之剧烈颠簸抖动了几下，苏娉手里的餐盘直接落到了餐车上，她手撑着餐车才勉强稳住身体没有摔倒下去。

整个客舱一片哗然，惊叫声四起。

苏娉惊愕睁大眼，刚才那是什么声音？雷声吗？

不，是爆炸的声音吧！

驾驶舱里的俩人自然也听到了这从后方传来的巨大响声，原本已昏昏欲睡的副驾驶瞬间一个激灵惊醒过来，错愕望向身边的许知月："什么声音？"

他话音落下，刺耳的火警警告声已经响起，是货舱火警。

副驾驶还没回过神，许知月已动作迅速地切断警铃，盯着货舱火警面板上显示的异常，冷静道："是后货舱火警，做货舱火警检查清单。"

副驾驶这才如梦初醒，快速翻出检查单，和许知月配合着做确认。

驾驶舱中渐渐弥漫开烟味，灭火瓶释出后，火警灯并没有熄灭，许知月提醒副驾驶挂紧急代码，联系管制申请就近降落，自己则拿起内话拨打给乘务组，问外边客舱的情况。

乘务长快速回答她："先是一声巨大的爆炸声，现在有好几个点在冒浓烟，安全员已经拿了灭火瓶去后舱……"

许知月立刻问："哪些地方在冒烟？"

乘务长："后卫生间，右二门机身侧壁与厕所后壁板连接处，还有座位20F的地板和侧壁板连接处……"

许知月听完快速吩咐她："尽可能灭火，安排乘客往前坐，分发湿毛巾，让他们捂住口鼻，我们会尽快降落。"

挂断内话后，她和副驾驶一起戴上了防烟面罩。

管制通知他们可以在最近的机场降落，副驾驶忽然颤声道："不行，雷暴区，就在前面，现在过去就直接冲进雷暴区了。"

许知月的目光迅速扫向气象雷达，红色的雷暴区标识异常明显，横亘在他们行进航线的前方不远处，仿佛随时会吞没他们一般。

她接过通讯，直接跟管制沟通，管制提议他们绕行，到了这个时候许知月反而异常冷静："绕过去至少要五十分钟，恐怕不行。"就在刚刚，乘务长又打了内话进来，告诉她外面的烟雾还在不断冒出，客舱里浓烟弥漫，快连眼睛都睁不开了，乘客们都很恐慌，甚至有人因为过度紧张引发心脏病发作，正在进行急救。

乘务长一边说话一边咳嗽："这些烟雾味道太刺鼻了，不知道是什么化学物质，乘客们可能坚持不了太久，已经有人出现了窒息的症状。"

副驾驶额头上已经冒出了冷汗，下意识地看向身边的许知月。

许知月眉头紧拧，红唇抿成了一条线。

若是绕过雷暴区再降落，他们还得在这飞机上待上一个小时，眼下货舱火势情况不明，刺激浓烟不断冒出，不说飞机本身的安全隐患，这种情况下机上乘客很快就会陷入窒息中。

她必须尽快做出决定。

星野总裁办公室里，厉西钊正心不在焉地盯着笔记本屏幕，文件看了几页却静不下心，没来由地一阵烦躁。直到助理脚步匆匆进来，告诉他许知月的航班出事了。厉西钊匆忙赶到运控中心时，这里已经乱成一团，刚刚才通过卫星电话联系上机组。

许知月将自己半分钟前告知管制的决定复述给公司运控中心，她要争取时间，直接穿过雷暴区。

接电话的是运控中心主任，他满头大汗、面如死灰，提醒许知月："很危险……"

"我知道，"许知月打断他，"我有把握。"

厉西钊大步上前，从运控中心主任手里拿过电话，沉声问那边的许知月："你决定了？"

听到厉西钊的声音，许知月微微一愣，回神道："嗯，决定了。"

对面的人是厉西钊，她又多解释了一句："这是孤立的雷暴，范围和强度都有限，中间有无云的缝隙区域，我只要选择上风一侧，从云隙间擦过去，不会有危险。"

厉西钊喉咙滚动，艰难挤出声音："好。"

得到他肯定的答案，许知月心头稍松："厉西钊，银鹰奖章回头送给你，还有，下次我会试一试飞机上看月亮是什么感觉。"

话说完，她直接挂断卫星电话，不再犹豫地解除了自动驾驶。

乘务开始分发湿毛巾后，客舱里的骚乱有片刻的停止，恐慌的乘客终于听话地坐回了座位里系上安全带，如同抢到救命稻草一般纷纷捂住口鼻，按着乘务说的弯腰低下头。苏婍强忍着刺鼻呛人的烟味来来回回地前后走动，安抚那些因为过度紧张而手足无措的乘客，即便她自己也紧张得手心都在冒汗。

直到许知月的声音，在旅客广播中响起。

"女士们、先生们，我是本次航班的机长，航班现在遇到了一些突发状况，需要紧急迫降，但请大家放心，我们是经过专业训练的飞行员，情况依旧在我们掌控中，请大家听从乘务员的指挥，回到座位坐好，系好安全带戴上氧气面罩，相信我们会平安把大家送往目的地。"

许知月的声音镇定而有力度，莫名有种安抚人心的力量，嘈杂的客舱终于渐渐安静下来。苏婍心头稍松，在确定了所有乘客都已就绪后，她听从乘务长安排，也回到了空乘座椅上系上安全带。

闭上眼睛之前，她脑中只有一个念头，如果这次能平安回去，就去投入地谈个恋爱吧。

驾驶舱内，飞机机头冲入雷暴区的一瞬间，副驾驶的心跳直接提到了嗓子眼，睁大的双眼里甚至有恐惧。

机身随之剧烈抖动，如一叶扁舟入了汪洋，只能随着其中无处不在的乱流不断颠簸。刺耳的超速和失速警告声交替响起，许知月双手死死握住不时抖杆的驾驶盘，用尽全身力气才能维持住机身姿态，勉力将速度修正回可控范围内。

她尽可能地操纵着飞机擦着云层的缝隙过去，这很不容易，要注意气象雷达，要用肉眼观察前方的具体情况，还要跟不断冲击着机身的乱流做斗争，她必须保持高度的注意力集中，一秒都不能犹豫地迅速做出判断，不能出任何一点差错。

她跟厉西钊说不会有危险，其实不是，她只是两害取其轻，放手一搏而已，身边经验尚浅的副驾驶帮不上她的忙，她只能靠自己。

整整四分钟，却漫长得像四个世纪，许知月已是满头大汗，看到前方隐约的城市亮光，副驾驶终于回魂叫了一句："快出去了！"但不等他和许知月高兴，机舱外忽然传来一阵密集的闷响声，如同有什么东西砸到机身上，仪表盘的数据开始疯狂乱蹿，各样的警告接二连三出现，双发推力陡然下降，在飞机冲出雷暴区的一瞬间，EGT指示上出现了刺目的"ENG FAIL"警告。

驾驶舱在一瞬间陷入令人窒息的黑暗中，副驾驶不可置信地喃喃："双发失效了……"

双发失效，意味着两边的发动机都失去了作用，即便飞机上还有辅助动力装置维持电力，若不能尽快重启引擎，他们的飞机将沦为一台滑翔机，能否顺利飞到机场成功着陆，全是未知数。

许知月瞬间就想明白了，刚才那一阵闷响，应该是遇到了雷暴区的冰雹，发动机吸入过多冰雹熄火了。两侧发动机都已停止工作，飞机下降率大得惊人，她立刻启动辅助电力，维持住飞机姿态，提醒副驾驶做双发失效检查单、尝试重启引擎，同时联系地面管制，告知他们现下的状况。

听到他们虽然出了雷暴区，却因为遭遇冰雹双发失效了，管制倒吸一口冷气，问他们能否重启引擎，哪怕一侧也好，许知月冷静回答："还在尝试。"

管制："火警情况呢？现在怎么样了？"

他们还没来得及联系客舱，但许知月自我感觉驾驶舱里的烟雾浓度并未再增加，情况应该没有继续恶化，总算不幸中的万幸。

客舱内，在经历了那几分钟的生死颠簸后，不等众人喘口气，一直萦绕在耳边的发动机引擎声突然就消失了，机舱随之陷入黑暗，长达半分钟，人们处于极度恐惧中，甚至没有人敢提出质疑。

苏娉手指深掐进手心里，变故发生的第一时间她已明白过来，是双侧发动机都失效了，但是她不能说。

直到一道颤颤巍巍带了哭腔的年轻女声打破沉寂："灯为什么灭了？发动机是熄火了吗？为什么没有声音了？"这一句话，仿佛一滴水溅入沸腾的油锅里，瞬间点燃了所有乘客的情绪。

尖叫、哭号、怒骂声此起彼伏，甚至有人起身想往前冲。

其他乘务员的安抚不起作用，苏娉终于忍无可忍，一声吼："不想死就都闭嘴坐好！"

驾驶舱中，副驾驶第三次尝试重启发动机，右侧发动机的EGT指示终于有了反应，数值出现并开始缓步升高。

副驾驶瘫进座椅里，已是汗流浃背。

左侧发动机重启还是没有成功，但至少右边的引擎恢复了动力，单发失效已经是较好的结果，安全着陆的概率要比两侧发动机都不能用大得多得多。

许知月紧绷的神经也放松了一些，现在只要操纵飞机降落就可以了。

他们之前就已经宣布MAYDAY，还挂了7700的紧急代码，管制早帮他们清空了周围空域，一路畅通无阻，只是他们将要迫降的淮海机场还在下雨、地面湿滑，着陆条件并不好，但到了这个时候也没得挑了。

许知月做了最后一次机长广播，这次更简单，只有一句话，告知乘客他们即将降落，让大家听从指挥，做好准备。

她已经能看到前方机场闪耀的引进灯，就快要结束了。

"执行单发着陆检查单。"

副驾驶愣了一下，回神后立刻配合她开始做着陆检查。

在许知月挂断卫星电话后，厉西钊没有继续留在运控中心，出门上车，让司机直接开去淮海市。从临城到淮海市需要一个半小时，厉西钊全程靠在座椅里，看着窗外呼啸后退的公路夜景，不知在想什么。

助理盯着手机与运控中心保持联系，每五分钟跟他报告一次航班的最新情况，厉西钊始终一言未发。

直到那句"飞机平安降落了"从助理嘴里说出口，厉西钊维持着快要僵硬的姿势才骤塌下来，闭上眼，将所有翻涌的情绪全部压下。

前排的助理也彻底松了口气，他甚至不敢想，如果等来的是不好的消息，厉西钊会怎么样。

飞机着陆前的最后一刻，许知月仍然在压盘蹬舵修正方向，单发失效加上地面湿滑，接地时机翼依旧有左偏现象。

滑行至飞机彻底停下时，几乎冲出跑道，好在千钧一发之际，最终停了下来。

从穿越雷暴区到降落，一共不过二十分钟的时间，已有部分乘客因为吸入过度浓烟陷入失能状态，好在大部分乘客还能维持清醒意识。

客舱里的乘客们还处于蒙的状态，面面相觑，甚至不敢相信他们已经得救了。

乘务员们立刻起身，拉开应急舱门，放出滑梯，开始组织乘客撤离。

不远处的停机坪上，等候已久的消防车、救护车正闪烁着灯光，向着他们疾驰而来。

确认乘客全部撤离后，许知月最后一个从飞机上下来。

副驾驶原本想让她先走，毕竟许知月是女生，让她垫底似乎不太说得过去，许知月摇了摇头，她是机长，她必须最后一个下去。走下飞机，在淅沥落雨中回望已经被消防车包围的飞机，许知月怔神了足足半分钟，机场地服过来喊她时，她才恍惚回神，冲对方点了点头。

对方告知她民航分局的调查人员已经来了，想请她过去一趟。

许知月皱眉轻"嘶"了一声，苦笑道："我恐怕得先去趟医院，手腕好像扭到了。"先前穿越雷暴区时，为了稳住飞机，她不得不使劲全力与不断抖动的方向杆较劲，那会儿神经高度紧绷甚至没察觉到疼痛，现在一彻底放松下来，才觉一阵阵钻心的痛感从右手手腕处升起，怕是不去医院看看不行。

厉西钊赶到医院时，许知月刚搽了药由苏娉陪着从诊室里出来，一抬头看见前方匆匆走向她的厉西钊，直接愣住了。

厉西钊大步过来，目光先是落到她的脸上，再转至她红肿的手腕间，哑声问："疼吗？"

许知月尴尬笑了一下："还好吧。"

比起上次被人泼热水，确实还好，她察觉到的时候，最疼的那股劲都已经过了。

苏娉似乎意识到自己这个灯泡过于耀眼，丢下句要去看乘务组其他受伤的同事，赶紧溜了。

被厉西钊目不转睛地盯着，许知月有点无奈："你把人都吓跑了……"

厉西钊弯下腰，将她打横抱了起来。

许知月吓了一跳："你干吗？这是公共场合，你别这样了，放我下来。"

厉西钊充耳不闻，抱着她往医院外面走。

他的车就停在医院门口。

许知月："你要带我去哪里？"

"回家。"厉西钊说。

许知月赶紧提醒他："我还要去见民航分局的人。"

"今晚不用，"厉西钊道，"我刚跟他们说了，机组和乘务组都有人受伤，明天等你们都回去临城，再一起约谈。"

他把许知月抱进车后座，上车牵住了她另一边没有受伤的手，用力握紧。

"跟我回家。"

许知月心头被触动了一瞬，在厉西钊沉沉的目光中，安静靠向了他肩头。

那就回家吧。

高度神经紧绷之后骤松下，随之而来的是全身心的疲惫和困意，上车不到五分钟，许知月靠着厉西钊直接睡了过去。

厉西钊将她揽紧在怀，下巴轻贴了一下她的额头，小心翼翼。

车子开上高速公路，返回临城去。

许知月迷迷糊糊间做了个梦，她独自操纵飞机撞进了一团骤然炸开的白光里，身体和意识一起碎成千万片时，听到那个人的声音。

是厉西钊，厉西钊在叫她回来。

猛睁开眼，对上厉西钊正盯着自己的黑目，许知月恍惚了一瞬，意识到他们已经回了临城的家。

她睡得一点知觉没有，厉西钊什么时候把她抱回房间，帮她脱了衣服，她也完全不知道。

"几点了？"开口时许知月才觉自己嗓子哑得厉害。

"十二点多。"厉西钊说了一句，下床去帮她倒水。

许知月坐起身，发呆片刻，摸过床头柜上自己的手机，重新开机。

从下飞机到在医院厉西钊把她抱上车，她还没看过手机，开机的瞬间微信短信里冒出无数条消息，朋友、同事、同学，全是跟她问平安的。

连远在澳大利亚的她妈妈林静语也破天荒发了微信来，说在新闻上看到消息，问她现在怎么样了。

许知月从上到下翻了一遍，一一回复之后忽然想到什么，又把微信列表拉到最上面，这么多问候里面，唯独没有置顶对话框里厉西钊发来的消息。

上次她师父出事，厉西钊还惦记着给她发了十几条微信，今天竟然一点动静都没有？

在许知月慢慢抿起唇角时，去烧水的厉西钊走回床边将水杯递到她手边。

许知月接过杯子，抬眼看向他。

厉西钊在床边坐下："看什么？"

许知月："你……为什么不给我发消息，别人都发了。"

厉西钊目光落向她手机，顿了顿，平静道："你在飞机上看不到，给你发也没意义。"

许知月："那下飞机后了呢？"

"你开机了？"厉西钊反问她。

没有，厉西钊就是太了解她了，知道她在心情没有平复之前根本不会开手机。

许知月："不只这个原因吧？你自己是不是也吓蒙了？不记得给我发了？"

她原本只是想揶揄厉西钊一句，没想到厉西钊目光盯着她，眼里没有半分笑意，就这么承认了："是吓到了。"

"……"许知月瞬间不知道该怎么接话了。

厉西钊也没再说下去："很晚了，把水喝了，睡觉吧。"

"睡不着了，"许知月诚实道，"我还没吃晚饭，肚子饿。"

本来是想等晚上回来跟厉西钊补过情人节的，结果情人节没过成不说，还经历了一场生死惊魂。

厉西钊没说什么，让她等会儿，去了楼下帮她煮面。

许知月没什么睡意，继续看手机，晚上的事情铺天盖地的新闻报道已经出了，她随手点开看了看，就这么短短几小时时间，她已经成了网民嘴里的英雄女机长，到处都是夸赞她的声音。

但也有不和谐的评论夹杂其中，有质疑她选择穿越雷暴区的决定是否过于冒进，也有指责她落地时操纵失误差点让飞机冲出跑道。

许知月放下手机，长出一口气，外人的评说她不放在心上，甚至明天民航局的调查员也肯定会有同样的质疑，她都不担心，她只是有点介意厉西钊过于平静的态度。明明是在后怕，却要强忍着不说装作若无其事，除了那一句"是吓到了"，从刚才到现在厉西钊几乎没表露出什么情绪。

这太不正常了。

心不在焉地想着这些事情，她也起床披了件衣服下楼。

厉西钊刚把面煮好，瞧见许知月还肿着的手腕，问她："要我喂你？"

"不了，"许知月赶紧拒绝，坐下拿起筷子，"我左手也能吃。"

厉西钊坐她对面看着她吃，许知月被他盯得受不了了："……你能不能别一直盯着我啊？"

厉西钊："手怎么样了？"

"就这样吧，反正也没骨折骨裂，就是扭到了，过两天就能好。"

她用故作轻松的语气，说起自己在飞机上跟乱流较量的经过，厉西钊安静地听，不置一词。

许知月说了一半，见他不给反应觉得没意思，也闭了嘴，低头把面吃完。

之后谁都没再说话，吃完东西厉西钊去洗碗，许知月上楼回房冲澡，关了灯重新躺上床时已经快凌晨一点了。

黑暗中许知月拉住了厉西钊的手，靠近他小声问："真有这么害怕？"

她听到厉西钊略重的呼吸，片刻，后颈被他的手用力按住，厉西钊的吻也跟着落了下来。急切的、炙热的、不顾一切的，像是为了确认她还平平安安，就在自己身边。许知月慢慢闭起眼，抬手回搂住他。

第二天，和民航局的调查员约的下午一点，在星野的公司大楼见。

许知月的手看着比昨晚肿得更厉害了些，厉西钊坚持给她贴了张药膏到手上，这几天她肯定不能再飞了，不过在民航局那边定性前，她本来就得停飞。

厉西钊早上没去公司，陪着许知月在家里吃了午饭，再跟她一起过去。

这次的事件已经由民航那边接手调查，调查员清早飞到临城，昨天航班上的机组、乘务组、安全员和负责维修的机务都被叫了来接受问询。

昨晚飞机降落后，救护车立刻将几位失能的乘客送去了医院，好在都没有生命危险，也有一些乘客受了轻伤，除了许知月，还有个乘务员下飞机时扭伤了脚，都不算严重。

没有出人命，便是不幸中的万幸。

到公司后许知月和厉西钊分开，厉西钊先去接待民航局的人，许知月则去了会议室等。其他人还有比她来得更早的，苏婷在会议室外喝咖啡，是今天不用飞的顾明泽陪着她一起来的，两人靠在一块正在小声说话，看到许知月过来才稍稍分开了些。

许知月走近笑着调侃了句："你俩挺好嘛。"

苏婷轻咳一声，转移话题，问她："你手怎么样了？"

"没事，过两天就能好，反正最近也不能飞了。"许知月不在意地道。

顾明泽接腔："你昨晚处理得挺好的，我要是你也会选择穿雷暴区搏一把，落地机翼虽然有一点偏了，毕竟是在单发失效又下大雨的情况下，谁都不是神仙，不用太担心。"

"我不担心，"许知月微微摇头，"我心里有数的。"

她确实不太担心，可能她的操作不完美，但没有可以指摘的地方，这就够了。

顾明泽和苏婷还告诉了她一个刚听来的新消息，公司安监部门已经大致查清楚了货舱爆炸起火原因，是有乘客偷带了违禁品上飞机。

许知月听得有些无言："这是鹏城机场的安检没做到位吧……"

苏婷撇嘴："反正不是我们的问题。"

顾明泽笑了一下，指着苏婷冲许知月说："你倒是问题不大，不过她就倒霉了，今天一早被乘客投诉了，说她昨晚在飞机上骂人。"

许知月不可思议地看向苏婷："你骂人了？"

苏婷翻白眼："没骂，就是让他们不想死就闭嘴坐好。"

许知月笑出声，她都能想象昨天后面客舱是个什么情况，苏婷又是个急性子，要不是忍无可忍，也不会说这种话。

苏婷："投诉就投诉吧，大不了就是再培训罚钱。"

许知月提醒她："你快升乘务长了吧，这样会对你升迁有影响的。"

"所以请你帮帮忙，跟厉总说说吧，这事也不能怪苏婷，她不强势点，昨天那种情况，说不定真有人不管不顾去冲开驾驶舱的门。"顾明泽道。

苏婷用力揪了一下顾明泽手臂："你跟月月说这个干吗？不用你多事！"

许知月："我会跟他说，只要不会影响你升迁就行。"

苏婳一愣，赶紧道："真不用，我不想你难做……"

许知月摆了摆手，笑着打断她："没事，我用点女朋友的特权，他会更高兴的。"

顾明泽笑吟吟点头："我赞同。"

苏婳无话可说了，她本来还挺尴尬的，结果突然吃了一嘴狗粮是怎么回事？

一点快到时，厉西钊带着运行副总和安监部的经理陪同民航局调查员一起来到会议室。进门时许知月与他目光对上，厉西钊冲她轻点了点头，许知月愈加放松。

两个半小时后，第一轮的问询结束，民航局的人谢绝了星野的晚饭邀约，赶着去了鹏城，其他人便各自工作去了，当然除了暂时停飞的许知月。

厉西钊把她直接带去了楼上的总裁办公室。

坐电梯上楼时，厉西钊看到电梯门映出的许知月欲言又止的模样，淡声说了句："有话就直说，今天肯这么听话跟我上来，是有什么不好意思开口的事情？"

许知月确实有点不太好意思，虽然在苏婳他们面前说是女朋友的特权，但想起上次闯进总裁办公室帮师父说情，结果被厉西钊奚落一顿的事情，她又有点犹豫。

好吧，那个时候还不是女朋友来着。

"苏婳被人投诉了，她没有骂人，就是说话难听了点，也是担心有乘客情绪失控去冲撞驾驶舱。"

许知月快速说完，眼巴巴地看着厉西钊："能不处罚吗？"

厉西钊瞥向她："帮你朋友说情？"

许知月用力点头："帮帮忙吧。"

厉西钊："看你表现。"

许知月一下没反应过来："啊？"

电梯门已经开了，厉西钊大步走出去，扔给她一句："让我高兴了，我就如你愿。”

许知月："……"

说好的女朋友特权呢？

走进办公室，厉西钊回头冲正腹诽他的许知月示意："过来。"

许知月走上前，心有不快："干吗？"

厉西钊伸手，手指在她额头上弹了一下，在许知月皱眉前先问："你自己说过的话，不记得了？"

"我说了什么？"许知月问完随即想起来，是她昨天在飞机上说的，回头要把银鹰奖章送给厉西钊。

当时她确实脑子一热就说了，现在想想那种情况下还有心情说私事，她也够出格的。

厉西钊瞅着她，眼神分明写着让她自己看着办。

许知月："……东西在家里。"

厉西钊拿了落在办公室的东西，冲她道："那回去。"

"现在？"许知月惊讶道，"这才四点不到。"

厉西钊："你要工作？"

许知月："你明明知道我停飞等着调查……"

厉西钊："嗯，那就回去。"

好吧，他是老板，他说了算。

回家许知月上楼去自己房间取出她珍藏的奖章，送给厉西钊的时候还有些不舍："你得好好收着啊，千万别弄丢了，我只有这一枚。"

厉西钊接过奖章在手里摩挲了一下，看向她："舍不得？"

"没啊，"许知月当然不会承认，笑容满面，"给你也一样。"

"我会收好了。"

厉西钊盖上盒子，郑重道。

许知月微微一愣，突然这么认真，她都不知道怎么接话了。

"你……"稍一犹豫，她问出了从昨晚开始就一直想问的问题："你怎么不跟我说让我换个工作？你其实有这个想法的吧？"

厉西钊了解她，她也了解厉西钊，从昨晚起厉西钊的情绪就不太对，许知月稍微想想就能猜到他的心思，她思来想去还是决定摊开来说，免得又跟以前一样沟通不善产生矛盾。

厉西钊眸光闪烁了一下："为什么这么问？"

许知月："你是有这个想法的吧？"

厉西钊没有否认："嗯。"

许知月："但你没有跟我提？"

"提了有用吗？"厉西钊反问她，"你会答应？"

他早已知道飞行事业是许知月的毕生理想，他能为当年的不理解跟许知月道歉，如今就更说不出口让她放弃。

再多的担心害怕，他都只能选择相信，相信许知月能行。

许知月诚实说："不会答应。"

厉西钊轻哂："所以我提什么？等着你再跟我分手一次？"

当年就是这样，因为这件事，许知月最终决定甩了他，他不会再给许知月第二次机会。

许知月有点无奈："厉西钊，你是对我没信心，还是对你自己没信心啊？我都不知道你原来这么自卑，这么怕我甩了你啊？"

厉西钊微眯起眼，眸色沉了几分。

许知月怀疑大少爷怕不是气得在磨牙，笑了笑："你要是觉得我说的不对，那以后就别说这种话。"

笑过她也恢复正经，语气认真了些："行了啊，别说这些有的没的了，我说了要跟你分手吗？你就算真跟我提了，我也不过跟你摆事实讲道理，说服你打消主意。我学的就是这个，不开飞机能干吗呢？你明明知道的，你就是再担心害怕，也不能关心则乱吧。"

"我没提，"厉西钊的声音有些闷，"你自己做假设而已。"

许知月："那你就别一直想昨晚的事情了，那种概率可能这辈子就碰上那一次了，不会那么倒霉的。"

厉西钊皱眉："你还想有第二次？"

"那当然不。"许知月赶紧摇头，英雄女机长什么的，虽然说出去好听，但她只想做个普普通通的打工人，真没兴趣再拿命赌荣誉。

　　厉西钊勉为其难点头，算是被她哄好了。

　　看厉西钊这会儿心情有转好的迹象，许知月趁机问："那苏娉的事情……"

　　厉西钊："你让我高兴了？"

　　许知月气沉丹田，送他一个标准的露齿笑："你要怎样才能高兴？"

　　银鹰奖章都送你了，还不高兴过分了啊。

　　厉西钊："走吧。"

　　许知月："去哪？"

　　厉西钊转身先走："去外面吃饭。"

　　许知月瞬间明白了他的意思，这是要去补过情人节。她追上去，双手挽住了厉西钊一边胳膊，在厉西钊目光落过来时，再次冲他笑："吃完饭顺便去看场电影呗？"

　　之前厉西钊说他很久没去影院，没空也没人一起，其实许知月一样有大半年没去过了。

　　厉西钊神色动了动，在许知月含笑的目光注视下，拉下她一只手牵住。

　　"走吧。"

　　迫降事件发生一星期后，许知月的手腕彻底养好时，终于得到了解除停飞的通知。至于苏娉那边，投诉最后不了了之了，本来就是乘客故意找茬的情绪发泄，厉西钊的助理又特地打了招呼，结果自然无人追究。不管怎么说，许知月这个女朋友特权，总算起了作用。

第十七章　云上的月亮

> 厉西钊黑沉双眼里闪动起亮光，他伸开双臂。
> 许知月出了机舱，利落跳下，跳入面前人怀中。
> 月亮奔向他。
> 厉西钊拥住他失而复得的月儿，他的全世界。

复飞之后许知月第一个班是飞国际，去澳大利亚。

这还是许知月升单飞机长后第一次执飞国际航线，而且这次又有厉西钊同行。

按厉西钊自己的说法，他去那边谈个生意，同行的还有他家总部公司的人和助理，但特地选择搭乘许知月这班飞机，总归不是巧合。

飞机进入巡航阶段，吃晚饭时，许知月一抬头，看见前方渐次铺开、肆意流淌在云端的晚霞，怔了怔神。

她飞了这么多年，累积了数千个小时的飞行时间，却从未用心欣赏过舷窗之外的景色，即便是在百无聊赖的自动驾驶巡航时间，她都宁愿趁机休息一会儿，而非把心神浪费在无意义的诗情画意上。

因为这些在别人看来难得一见的景致，都是她日日所见稀疏平常的画面。

但是今天，或许是经历了一次劫后余生，又想到客舱里的某人，她的心态确实起了一些微妙的变化。

乘务长进来收餐盘时，许知月将人叫住，笑道："帮我个忙吧？"

头等舱中，厉西钊用完晚餐，开了阅读灯正在看书，乘务长过来，小声问他："厉总，许机长邀请您去驾驶舱参观，您去吗？"

厉西钊抬目看向面前笑容灿烂的乘务长，对方肯定地道："许机长说，请您现在过去。"厉西钊的目光微微一顿，他之前两次提出要去驾驶舱参观，都被许知月拒绝了，今天许知月竟然主动邀请了他。

驾驶舱内，知道厉西钊要来，两位副驾驶正襟危坐，再不敢偷懒，并且把许知月后方的那个位置让了出来。

厉西钊被乘务长带进来，两位副驾驶跟他打招呼，他随意点了点头，在空着的那个位置坐下，许知月全程没有回头，声音传来："月亮快出来了。"

厉西钊知道她的意思，他曾经问许知月有没有在飞机上看过月亮，提醒她下次注意看，那晚在卫星电话里，许知月亲口说下次会试一试，今天便是她实现约定的时候。

所以邀他一起进来看。

天际依旧有大片极致渲染的红霞，如铺展开浓墨重彩的画卷。

月亮从其后露出了明而亮的轮廓，跃然云上。

皓月的光辉掺进晚霞的余韵里，指引着航线行进的方向。

厉西钊安静看了片刻，收回的视线落向他前方的许知月。

浮光月影停于她脸侧，却成了陪衬，不及她万一。

他的月儿是云上的月亮，也是他心头唯一的明月。

没有在驾驶舱久待，天色渐暗下后，厉西钊起身回去了客舱。

不久乘务长进来送水，递了张字条到许知月手里。

不用问也知道是谁做的，和上回一样，只有厉西钊这么幼稚。

厉西钊让她落地之后跟自己一起走，许知月笑笑，把字条收进裤子口袋里。

旁边神经紧绷了半天的副驾驶终于放松下来，调侃她："没想到许机长和厉总是这样谈恋爱的。"

人在驾驶舱的时候不交流，离开之后又传字条来，这算是情趣吗？

许知月笑而不语。

她很乐意陪厉西钊一起玩这样的游戏，乐在其中。

出机场之后许知月直接上了厉西钊的商务车，厉西钊确实是来这边谈生意的，不过需要他亲自出马的行程只有一天，他硬是带上了许知月一起，被外人误会许知月是他秘书也不解释。

雷厉风行地处理完公事，拒绝了这边生意伙伴的商务晚宴邀约，傍晚时分，厉西钊陪着许知月单独离开，去见她妈妈。

林静语和新丈夫的家在郊外，他们开了一座农场，日子过得很悠闲。

当年许知月跟着她妈妈初来这边，林静语嫁的是一位定居这里的华裔富商，住在城中心的富人区，看似风光，那却是许知月人生中最难熬的一段时日，离开了熟悉的朋友、同学，来到全然陌生的异国他乡，寄人篱下，连话都听不懂几句，她在每一个睡不着独自辗转反侧的深夜，想的全是远在万里之外的那个人。

那一段仿佛已经久远的岁月，现在想起来，依旧叫她唏嘘不已。

"在想什么？"

开着车往城外去的路上，厉西钊忽然问。

许知月回神，不由有些讪然，现在说这些往事好像也没什么意思了："没什么，就是想到刚来这里时的事情，已经很久了。"

厉西钊："以前住在哪？"

"市区，住了大半年，"许知月道，"后来去了布里斯班，毕业之后也一直留在那边，之后就回国去了临城。"

厉西钊没再说什么，目视前方专心开车，余晖渐渐沉入他眼底。

车开到农场时，暮霭已浸染整片天空。

林静语正在农场上给奶牛喂草挤奶，看到许知月从车上下来，笑着迎上前，给了自己女儿一个热情的拥抱。

放开人，她目光落向后一步下来的厉西钊，打量了他片刻，没出声。

厉西钊走上前，唇角微掀，礼貌问候："阿姨您好，我是厉西钊。"

许知月有些稀奇地睨了他一眼，这人说话竟然这么客气？而且他是在紧张吗？

……厉西钊这个模样，确实是紧张了吧？

林静语笑了："你不是大卫的朋友吗？我跟大卫结婚时你还来了吧？我记得你，那天谢谢你送小月回去。"

许知月皱了一下眉，她妈明知道厉西钊是她老板，而且应该也看出来他们现在的关系，故意不提，什么意思？

"妈，他现在是我男朋友。"无奈之下，她只能自己说。

林静语："是吗？那挺好啊，你终于肯带男朋友来给我看了。"

见许知月有些尴尬，厉西钊开了口，主动解释："我们打算结婚，请阿姨答应。"

许知月一愣，你来之前明明没有说是来提亲的！

林静语也有些意外，大约没想到厉西钊会直接说到结婚的事情，她笑道："别站这里说了，先进去吧，大卫给你们做了一桌子好吃的。"

至于答不答应结婚的，那等等再说。

大卫见到厉西钊也十分欣喜，他这人爱玩爱冒险，四十岁就不再工作，喜欢去世界各地旅游，在欧洲玩跳伞时结识了厉西钊，虽然大多数人都觉得厉西钊太冷淡不好相处，但他仗着年纪比厉西钊大了几十岁，说什么都不太顾忌，跟厉西钊竟然意外地聊得来，因此成了忘年交。就是没想到现在这个忘年交来到家里，说要娶他新妻子的女儿，这倒是很有趣。而且他觉得厉西钊跟许知月很般配，林静语还没表态，他已经先举起双手赞成。

林静语让他别捣乱，淡定问起厉西钊的家庭、工作，厉西钊一一回答，林静语听得神情反而凝重了些，她之前就知道厉西钊是有钱人，但没想到他家这么有钱，她自己在感情方面放得开随便结婚离婚，却不想女儿跟她一样，下意识地就对厉西钊这种家庭背景的有些犹豫，怕许知月嫁过去会不适应。

"你爸妈知道你跟小月的事情吗？小月她工作很忙，连跟我这个妈一年到头也见不到几回，她要是没法顾家你家里人会不会介意？如果你要她嫁给你就得放弃自己的事业，那我肯定不会答应的。"

听到林静语这么说，许知月有些意外，她妈妈是最反对她开飞机的人，怕她会像她爸爸一样，尤其她刚刚才经历了一次重大特情，她还以为她妈会借机又劝她改行。

厉西钊认真道："我爸妈都见过知月，也很喜欢她，知月的工作他们很支持，我弟弟也干这一行，家里不会因此有偏见，如果我能娶知月，是她选择了我，不是我选择了她。"

林静语顿时就说不出话了，厉西钊看着话少性情冷，说起许知月时态度却格外诚挚。他是真心想娶自己女儿。

入夜，林静语打发许知月去帮她喂后面院子里的几条狗，叫住也要跟着去的厉西钊："书房的灯泡坏了，你帮我去换一个吧。"

大卫就在客厅看电视呢，非叫厉西钊去换灯泡，还把自己支开，许知月看穿她妈妈的心思，也懒得说了，听话地去了后院。

厉西钊则跟着林静语去了书房。

换灯泡时，林静语随口问他："你跟小月，当初为什么会分手？你提的还是她提的？"厉西钊其实不愿再说以前的事，但问的人是许知月妈妈，他只能说实话："知月提的，她当时想考航校，我觉得女生开飞机太辛苦了，也担心她，一直想劝她学别的，因此跟她有了矛盾，我们那时年纪小又见不到面，沟通不善，总是吵架，才分了手。"

林静语闻言叹气道："原来是这样，别说你了，我跟她那会儿都快吵得母女反目成仇了，你应该知道她爸爸怎么去世的吧，我是最不想她去学飞的，但她脾气倔，非要继承她爸爸的遗志，最后一个人去报了航校。"

厉西钊轻拧了拧眉。

林静语道："自从她爸爸去世后，我这个妈就一直没尽到责任，完全忽视了她还是一个小女孩，需要人关心照顾，自私地顺着自己的心愿把她带来这里，她跟我第二任丈夫家里处不来，被他家的小孩欺负也没告诉我，连她爸爸留给她的、她最看重的一支钢笔被人弄坏了，她哭着出门去找地方修，也没肯告诉我原因，我都是后来才知道的，那几年我们母女关系几乎降到冰点，一直到她后来回国工作，关系才渐渐缓和，可能我确实不是个好母亲吧。"

后面林静语还说了什么，厉西钊几乎再没听进去。

许知月是因为爸爸遗物被人弄坏哭了吗？他几乎从未见过许知月哭，即便是在生死关头，她都能理智判断，迅速做出决定，他甚至以为许知月天生就是这样坚强的个性，面对什么都能从容解决。但其实她也有软弱无助，需要人安慰的时候，在怀城医院的重症病房外，许知月红着眼睛面对他时，那已经是他的月儿愿意展露给他看的脆弱一面的极限，那么当年呢？当年只有十几岁的许知月，是不是比那天更难过？

厉西钊出来时，许知月已经喂完狗，靠在院子外的木栅栏边抬头看星空。

厉西钊走上前，许知月依旧仰着头，轻笑了一声："当年来这边，唯一让我喜欢的，就是这里璀璨的星空。"

"嗯，"厉西钊目不转睛地看她，"是挺好看的。"

许知月收回视线转向他，歪了歪脑袋："你说好看你怎么不看？你有点不正常。"

厉西钊没有出声，片刻，抬手帮她把被夜风吹乱的发丝拨去耳后。

"喂，是不是我妈跟你说了什么啊？"许知月已经大概猜到了，"你听听就算了，我妈是怕你欺负我，故意把我说成小可怜呢。"

厉西钊走近她，转过身，与她一起背靠着身后的木栅栏，抬头看向夜空。

许知月轻推了一下他胳膊："你怎么不说话？"

厉西钊拉下她的手握住，似全神贯注地欣赏夜景，还是没理她。

他只是很遗憾而已，遗憾他和许知月之间浪费了的十年。

如果他能早一点低头，他们也早就重新在一起了。

许知月疑惑地问他："你刚跟我妈说的，是我选择了你，不是你选择了我，是什么意思？"

厉西钊："字面意思，你自己想。"

他才是向许知月祈求爱的那个人，只要许知月肯要他。

"……"许知月撇嘴，不说算了。

厉西钊将她的手牵紧，与她并肩，看满天星辉。

在农场住了一晚，转日清早吃早餐时，许知月说起一会儿就准备走，林静语问她不是后天才回去？现在急什么，许知月解释她得去一趟布里斯班。

"我念书时航校的一个教员正巧过生日，约了我去参加她的生日会。"

林静语有点不高兴，自己和女儿好不容易见上一面，她却还要特地飞去别的城市给人过生日。

"下次妈妈回国看我吧。"许知月笑着说。

林静语："那等你结婚的时候就去，我看那小子还不错，够格做我女婿。"

许知月目光落向落地门外，厉西钊正在帮大卫一起修理一台老旧的手推车，盯着那个人的背影看了片刻，她唇角上扬："好。"

院子里，说是修东西，其实是林静语不喜欢烟味，大卫趁这个机会出来外面抽根烟。他顺手递了根给厉西钊，厉西钊没接："已经戒烟了。"

大卫扬了扬眉，厉西钊又说了一句："她不喜欢。"

大卫笑了，把烟收回去："我也想学你，可我这个年纪想戒烟实在太难了。"

厉西钊："事在人为。"

大卫耸了耸肩，大约是赞同他的。

许知月走出来时，正听到这最后两句，推车已经修好，大卫跟她打了个招呼，先进去了里面。

许知月好奇地问厉西钊："你真戒烟了？"

厉西钊："嗯。"

许知月想想，似乎确实很久没看到厉西钊抽烟了，自从他们重新在一起以后。

细算起来，应该是从那次同学会之后开始，因为她那句"一口烂牙讨不到老婆"？她随口的一句玩笑，没想到厉西钊竟然当了真，厉西钊这人，有时还是挺可爱的嘛。

许知月这么想着，忍笑没说出来。

厉西钊要是知道她把他形容为可爱，一准又要黑脸。

厉西钊将卷起的衬衣袖子放下，目光睨向她："走不走？"

许知月："走！"

厉西钊陪她一起搭乘公务机去布里斯班，落地是下午一点，午后阳光正炽热时。

出机场上车后，许知月说起那位邀请她去参加生日会的教员："她是航校当时唯一的一位女教员，我是仅有的几位女学员之一，还是年纪最小的外国人，所以她一直很照顾我，我穷得连生活费都成问题时，也是她借钱给我，要不我那时能不能顺利从航校毕业都成问题。"

"你没跟我说过。"厉西钊突然道。

许知月来这边之后从没在电话里都跟他抱怨过什么，他并不知道原来许知月碰上过这么多不如意的事情，最难熬的时候也只能一个人咬牙强撑，不告诉他大约是觉得他不可靠吧，他这个男朋友做得太不合格，难怪许知月会甩了他。

许知月："……我们那时已经分手了，我怎么跟你说？"

"之前那些也没说过，"厉西钊指的是她在继父家被人欺负的事情，"算了，以前的事情不提了。"

再多说也没有意义，许知月不需要这种十年后迟来的安慰，他没有在事情发生时陪在许知月身边，错过了就是错过了，遗憾没法再弥补，只能往前看。

生日会在主人家中举办，规模不大，许知月的到来无疑给了这场生日会的主人意外之喜。

"没想到你真的能有空来。"笑容满面的女教员拉着许知月的手说话时，亲昵度不下于她与林静语之间。

如果说这些年是严卫民代替了父亲的角色指引许知月成长，那么面前这位吉玛女士就是在那段最艰难的岁月里，于许知月亦师亦友，更如同母亲一样关心照顾她的人。所以许知月也想带厉西钊来给她看看。

厉西钊看出许知月对这位吉玛女士的尊敬，与人问候时彬彬有礼，格外客气。

女教员笑着冲许知月竖起大拇指，是在肯定她的眼光很不错。

许知月已经不再是因为失恋偷偷躲在停机库的飞机后面哭泣的小姑娘了，当年她将许知月从那里带出来，告诉许知月命运早已安排好了一切，只需等待，今天的许知月已经等到了。

许知月唯一没有说的是，厉西钊就是当年的那个人，那个这么多年从未真正从她心里离开过的人。

她等待的是命运，也是再一次与她重逢的厉西钊。

傍晚时分，许知月带着厉西钊离开吉玛女士的家，前往附近的航校训练基地。

吉玛女士已经先帮他们跟人打了招呼，让他们可以进去借飞机一用。

走进停机库，许知月摸着停在那里的从前自己惯常开的机型，想起一些往事，一时有些恍惚。

"知月。"

听到厉西钊的声音，她抬眸看去，厉西钊就站在飞机的另一侧，正敛目安静地看着自己。

现在是十年后的她和厉西钊，不是当年，提分手的是她，难过却无人诉说只能一个人躲起来哭泣的也是她。

许知月回神，冲对面的人笑了笑，神采重新飞扬："上去吗？"

厉西钊已先一步进去机舱里。

两座的小型飞机，许知月闭着眼睛都能开的机型。

飞机推出停机库时，厉西钊忽然问："非飞行执照持有人，坐在你飞机副驾驶的，我是不是第一个？"

许知月笑咧起唇角："恭喜厉总，答对了。"

飞机沿着跑道助跑起飞，翻滚的麦浪逐渐退后，越过山光水色、阡陌纵横，迎着缀满云间的晚霞，往更远的方向去。

许知月从容操纵着飞机，轻声道："我第一次在这里飞的时候，也是这样的傍晚，带我飞的人就是吉玛女士，她说只要我是真心喜爱飞行的，那么不管别人说什么，我此刻眼前所看到的一切都不会辜负我。"

厉西钊侧头看她，她的眼睛被挡在墨镜之后，只能看到不断眨动的眼睫，和晕开在眼尾眉梢的暖色霞光，昭示着她心情的愉悦。

"那张照片，也是在这里拍的？"厉西钊问她。

许知月一下没听明白："什么照片？"

厉西钊："你应聘机长时，放在简历前页的照片。"

许知月笑了："你说那个啊，是在这里，那是我第一次单独飞，很开心，很兴奋，我到现在还记得那时的心情。"

厉西钊："今天呢？今天开心吗？"

许知月回头看了他一眼，笑容更灿烂："嗯，见到了妈妈，还见到了吉玛女士，当然开心。"

厉西钊转开视线，许知月笑够了才接着说："最开心的，当然是我的副驾驶位置上终于坐上了第一个非飞行执照持有人，而且是你啊，我的男朋友。"

听到最后那五个字，厉西钊眸光微动，轻点了点头："嗯。"

再往前，便到了海上，流云长风、沧溟碧落，绵延不见尽头。

许知月操纵着飞机在海面盘旋，和厉西钊说："我一共飞到这里四十六次，每一次看到云流动的形态和方向都不同，很有意思。"

厉西钊："记得这么清楚？"

"是啊，"许知月笑道，"每一次都记着呢，今天是第四十七次了。"

厉西钊："今天的有什么不一样？"

许知月想了想，回答："很轻柔，像水一样。"

也许是她心情好，所以看什么都觉得温柔似水。

厉西钊没再问，安静地与她看同一片风景。

暮色更沉一分时，许知月眼中的神色也更柔和了一分，她看向厉西钊，扬起唇角，眼睛即使藏在墨镜之后，厉西钊也看清楚了其中的情绪。

他取出早已准备好的那样东西，在许知月视线重新落向前方时，牵住了她一只手。

许知月感觉到有什么东西滑进了自己的无名指上，目光移过去，果然是一枚闪闪发亮的戒指。

厉西钊故作镇定："结婚吧。"

许知月收回手握住驾驶盘，轻声笑："你这是跟我求婚？有你这样直接戴上戒指后再求婚的吗？"

厉西钊："你答应了？"

许知月觉得厉西钊这人有时也狡诈得可以，她要是不答应，就必须同时松开两只手取下戒指，但飞机现在是手动操纵状态，她不可能这么做，所以也就不可能取下戒指。

见许知月没表态，厉西钊道："那就是答应了。"

许知月："我考虑一下。"

厉西钊拧眉："还要考虑？"

"考虑一下怎么了？"许知月坚持，"下飞机时告诉你。"

天际余晖逐渐敛尽时，他们的飞机返航，二十分钟后平稳着陆在飞行训练基地的跑道上。

厉西钊先一步跳下飞机，绕到驾驶座这边，朝着许知月伸出手。

许知月坐在开了舱门的驾驶座里没动，笑歪着头看着他。

"厉西钊，你是诚意十足的吗？"

厉西钊肯定道："是。"

许知月："以后也不变？"

厉西钊："不变。"

许知月笑容明媚："为了让你能在三十岁时成功摆脱诅咒，不至于真的孤独终老，我勉为其难答应吧。"

厉西钊黑沉双眼里闪动起亮光，他伸开双臂。

许知月出了机舱，利落跳下，跳入面前人怀中。

月亮奔向他。

厉西钊拥住他失而复得的月儿，他的全世界。

-正文完-

番外一

婚后一年，许知月和厉西钊基本处于两地分居状态，厉西钊这个星野挂名总裁一个月能回临城一次已算不错，大部分时间他们一个在沪市，一个满世界飞，一直到新房装修完。

许知月调去星野沪市基地的手续办好后，这种聚少离多的日子才告结束。

对许知月来说，沪市虽然是她出生长大的地方，工作后这么多年她的朋友同事都在临城，她其实很舍不得离开。但她已经和厉西钊分开了十年，他们这一辈子也不剩多少个十年了，她不想再浪费。

厉西钊当初能为了她去临城，她也可以为了厉西钊回到沪市。

新房在厉家的公司和机场中间位置，许知月上班不如在临城时方便，之前在临城一直是厉西钊安排司机接送她，她上下班时间不固定，许知月觉得怪麻烦的，干脆抽空去考了个驾照，之后每天自己开车来回机场，生活和工作才终于都走上了正轨。

随之而来的又是新的烦恼。

某次在厉西钊爸妈家吃饭，二老随口问起他们打算什么时候要孩子，许知月正喝汤听到这个差点呛到，厉西钊淡定倒了杯水给她，回答他爸妈说"以后再考虑"，轻描淡写地挡开了话题。

结果许知月却再没心思吃饭，她仿佛今天才真正意识到自己已经结婚了，人生大事完成了一半，还有另一半，是她之前想都没想过的，现在却必须开始考虑了。

"在想什么？"开车回他们自己家的路上，厉西钊忽然问。

许知月一直在走神，被厉西钊的声音唤回思绪，尴尬笑了一下："没想什么。"

厉西钊瞥她一眼，淡道："我爸妈的话不用放在心上，生不生孩子是我们自己的事情，不必在意别人怎么说。"

许知月犹豫问他："你想生吗？"

厉西钊："随你，你还没准备好就先不生。"

许知月倒也不排斥这件事情，反正早晚是要生的，早点解决了也好，就是刚一下没转过弯来："你喜欢男孩还是女孩，生几个？"

"你还想生几个？"厉西钊皱眉。

许知月有点不高兴："你怎么是这种态度？肚子是我的，我想生几个就生几个。"

厉西钊把车停在街边，推门准备下去，许知月问他："你要买什么？"

厉西钊："必需品用完了。"

许知月看到前面的便利店招牌，心思转了一圈，拉住厉西钊的手："那什么，反正都要生了，就别买了吧。"

厉西钊看着她目光顿了顿："不买？"

他眼神中的意味不言而喻，许知月耳根一阵发烫，视线飘忽了一下："不买。"

然后她听到一声轻笑，戏谑而愉悦的，不等许知月再说，厉西钊已重新踩下油门。

许知月原本以为，他们不做措施之后很快就能有，结果三个月过去还是没动静，找去年刚生了孩子的温瑜问过才知道，原来还得提前调理身体、算日子，总之没那么容易就是了。

"我觉得我身体好得很。"许知月摁掉和温瑜的微信对话框，嘟哝着。

虽然她确实不算很年轻了，但也够不上高龄产妇，而且她职业特殊，对身体素质要求高，每半年按时体检，她很确定自己身体很健康。

"是不是你的问题？你太虚了吧……"

把怀疑目光落向厉西钊，许知月越想越觉得可能性很大，这人隔三岔五地各种应酬，虽然戒了烟，酒却是戒不了的，谁知道是不是外强中干底子虚。

厉西钊轻眯起眼："你说谁虚？"

许知月干笑，明智闭了嘴。

后来他俩还是一起去医院做了全面检查，两个人身体都没问题，医生让回家算日子继续试就行。

许知月干脆把这件事抛去了脑后，放松心情，也懒得算日子了，顺其自然便是。

结婚周年纪念日那天，许知月飞外地过夜，厉西钊陪她一起。

副驾驶恰巧是宁远辉，这小子也刚调来了沪市的基地，做起飞前准备时他好奇地问许知月："我哥今天跟我们一起飞，就是纯粹想跟你庆祝结婚周年吧？"

许知月莞尔："不知道，反正他总有理由。"

宁远辉啧啧，又问她结婚周年纪念，厉西钊送了她什么礼物。

"航模。"许知月高兴地道。

宁远辉"啊"了声，他还以为是什么好东西呢。

许知月和厉西钊的婚房里有一整个陈列室的航模，有许知月自己以前攒的，也有厉西钊后来四处给她搜罗来的，许知月对珠宝首饰、衣服包包没兴趣，就爱收藏这些，厉西钊当然想方设法满足她。

"嫂子你可太好打发了，不像我每次给我女朋友送礼物，都得绞尽脑汁，就怕挑到她不满意的，我哥就容易了，随便买个航模就能满足你。"宁远辉感叹道。

"不是随便买的，"许知月笑着纠正他，"都是特别款、纪念款，要不就是定制的，绝版，不比你帮女朋友买限量款包包容易。"

虽然未必厉西钊买回来的每一件她都喜欢，但厉西钊有这份心，她就再没什么不满意的。

宁远辉想了想，摇头："搞不懂你们这些浪漫。"

"所以你才经常被女朋友甩啊。"许知月笑他。

宁远辉拱手讨饶："我们家有我哥这个痴情种就够了，我就算了。"

厉西钊这次陪着许知月一起飞确实没别的事，只为了晚上能跟她一起吃顿饭，庆祝结婚一周年。

宁远辉很自觉没跟着去做电灯泡，许知月在饭桌上说起今天飞机上和宁远辉讨论的话题，笑厉西钊这个弟弟以后不知道能被哪个真命天女镇住，厉西钊却问她："你对我满意吗？"

许知月一愣："你突然问这个做什么？"

厉西钊提醒她："你自己说的，实习家属，现在一周年了，能转正了吗？"

厉西钊不提，许知月都快忘了这一出。

领证那天，她随口逗厉西钊，说他现在只是个实习家属，跟当年的实习男朋友一样，能不能转正还得看后续表现，原本只是一句玩笑话，没想到厉西钊竟然当了真。

许知月反问他："我要是说不能，你打算怎么办？"

厉西钊："为什么不能？"

"你别得了便宜还卖乖了，"许知月戳穿他，"哪有人做实习家属期间就天天拉着我造人，妄图以此套牢我的？"

厉西钊面不改色："没有天天。"

许知月："……"行吧，当她没说过。

说到造人，她忽然想到什么，拿起手机，点开微信。

下飞机之后一直忘了看手机，昨天的抽血检查单结果已经出了，看到诊断结论里的早孕两个字，许知月呆了几秒，一下没反应过来。

她这次例假推迟了三天没来，之前已经有过两次因为同样原因去医院检查证实乌龙一场的事情，这回她也没放在心上，甚至今天还照常飞了，结果竟然中了？

厉西钊见她神色变了又变，问她："怎么？"

许知月回神，抬头冲他笑了一下："厉西钊，送你一个周年礼物。"

厉西钊扬眉。

许知月将自己手机屏幕送到他面前，厉西钊的目光移过去，看到那两个字，也呆住了。

"明明试纸没测出来的啊，前两次还有印子呢，结果不是，这次怎么就有了……"

许知月自言自语，下意识抬手摸了一下自己小腹，这里正在孕育一个生命吗？可她一点都没感觉到。

他俩最后平静地接受了事实，没有狂喜和过度激动，毕竟也准备了好几个月了。

和两边家长报备完，许知月松了口气，又有些忐忑："我难道得在家里躺十个月吗？"

"想不想出去玩？"厉西钊随口提议。

许知月心不在焉："随便吧，你决定就是了，也得大忙人你有空。"

上车回酒店时，许知月似乎依旧有些不得劲。

身边人伸手环过她的腰，让她靠着自己。

许知月贴着厉西钊肩膀，抬眼看向他："做什么？"

厉西钊："害怕？"

许知月："……我哪有。"

其实说没有是假的，哪怕早就在做准备了，但真正到来的这一刻，依旧会不由自主地想东想西、忧心忡忡。

厉西钊拉过她的手，轻轻握住："没事，别怕。"

许知月怔了怔，额头抵着厉西钊肩膀，闷声笑起来。厉西钊突然这么温柔，她真的不太适应。

"厉西钊，你对孕妇这么好的吗？"

对上许知月眼中的促狭笑意，厉西钊问："现在不紧张了？"

许知月一撇嘴，本来是有点的，这下倒真的彻底放松下来了。

她靠着厉西钊闭起眼，不再说话，渐渐心安。总归，有厉西钊陪着，就没什么好担心的。

番外二

厉西钊才走进家门，客厅飞出的纸飞机就落到他肩膀上。不等他皱眉，许知月笑着大步过来："哇，好准。"厉西钊一脸看傻子的表情看她："你在家很无聊？"

那当然很无聊，许知月的工作性质注定了她从怀孕那天起就得休假，但她是闲不下来的人，在家养胎半个月，唯一的感觉只有度日如年。好在肚子里的孩子也不折腾，或者说还没开始折腾，她每天看看专业书，研究研究菜谱，倒也轻松。

"无聊不是学你的吗？"许知月弯腰想去捡掉落地上的纸飞机，被厉西钊拦住。他自己捡了起来，提醒许知月："你以后注意点，别总忘了自己现在是孕妇，刚走路也是，收着些。"

许知月受不了他的唠叨："知道了。"她从厉西钊手里接过那只纸飞机，又笑了："这个折法我还是跟你学的，你记得吧？"

厉西钊的眼神有一点微妙，许知月说的他当然记得，学生时代的那些往事他很少提，但许知月很喜欢拿出来糗他。

那也是高一刚开学不久，有一回课间，他在教室窗边看到许知月在楼下跟高年级的男生说话，对方不知道说了什么，许知月一直在笑，他看着不爽，随手撕了张作业纸快速折出只纸飞机朝许知月扔去，正砸在她肩膀上，许知月回头时，他又装作是意外，淡定地收回视线坐了回去。后来许知月上来找他理论，他不咸不淡地说了句"对不起"，把许知月噎得无话可说。

最后许知月也没把那只纸飞机还他，看在她自己喜欢飞机的分上，她没跟厉西钊计较，还研究了一下那纸飞机的折法，偶尔无聊时，一个人去放学回家经过的那片湖边，也会折一只那样的纸飞机，看着它从自己手中飞走。

"我很多年没折这个玩了，今天突然想起来的，以后还可以给宝宝折。"许知月一边说一边笑，"不过我得教我们宝宝，别没事乱吃飞醋，拿这种无聊的东西去砸人。"

厉西钊直接岔开话题："中午吃了什么？"

"还不就是你叫人做的营养餐，每天把我当猪喂，就半个月我已经胖了三斤。"

许知月就不想说这个，她已经决定从明天开始，营养餐只吃一顿，晚上还是自己做点清淡些的。

"你今天回来得很早啊？"许知月看看时间，这才刚五点，"翘班了吗？"

厉西钊伸手将她捞进怀，带着人往客厅里头走。好歹记着许知月现在是孕妇，他的动作没平常那么粗鲁，偏头嗅了一下许知月发丝间洗发水的香气，低声呢喃："以后都早点回家来陪你。"他知道许知月无聊，让她跟自己去公司她也不愿意，他只能自己把工作带回家里来，这倒也无所谓。

许知月最受不了就是厉西钊突然变温柔，被按坐进沙发里时，她双手搂住了这个男人的腰，看着他笑。

厉西钊扬了扬眉："撒娇？"

许知月："你还是这样，比较讨人喜欢。"

厉西钊问她："我其他时候不讨你喜欢？"

喜欢当然是喜欢的，但厉西钊嘴巴比较毒，爱拿话刺她，惹人生气的本事也不赖，许知月的手指在他心口点了点："喜不喜欢我不说，你自己反省。"

厉西钊哼笑了声，捉起她的手塞了个抱枕给她，站起身："老实待着吧，我去做饭。"

他往厨房走，随手挽起衬衣袖子，已经习惯了做这件事。只要厉西钊在家，都会亲自下厨，许知月顶多给他打打下手，口头指挥。厉西钊忙碌时，许知月跟过来，趴在岛台上看他。大概除了她，其他人很难想象厉西钊这位大少爷洗手做羹汤是什么样，这个人虽然有这样那样的坏毛病，但丈夫这层身份，他一直在努力做到最好。

厉西钊正在腌制牛排，抬眼间见许知月目不转睛地盯着自己，漫不经心地说："我好看吗？"

许知月："厉总，你是不是自我意识过剩啊？"

厉西钊倒了杯刚榨好的果汁给她，让她先喝着："喝这个吧，别把注意力放我身上。"

许知月："我影响你做饭了？"

厉西钊收回视线："知道就好。"

许知月忍笑，厉西钊这种一被她盯上就不自在的毛病，还真是十年如一日。

吃过晚餐，他们把家里的灯都关了，打开投影仪看电影。

片子是许知月挑的，国外的恐怖片。

厉西钊不太赞成："你怀着孕能看这个？"

许知月坚持点下播放，开了包薯片淡定靠进沙发里："放心，就算你吓得往我怀里钻，我也不会有事。"

厉西钊懒得再说，他对恐怖片没半点兴趣，拿了个抱枕帮毫无孕妇自觉的人垫住腰，靠她身边拿了个平板自己玩。

电影没什么意思，简介说得挺吓人，实际成片效果差强人意，许知月看到后面都要打哈欠了，她又不喜欢半途而废，所以没有另换一部的想法，坚持看了下去。

厉西钊见她兴致不高，问她："想好之后我们去哪里玩吗？"

许知月："啊？"

厉西钊就知道她没把自己之前说的话当回事："你不是说不想在家里躺十个月？我当时跟你说的，出去玩，不记得了？"

记得是记得，但许知月以为厉西钊只是随口一提，毕竟上半年他们结婚时刚出去度了蜜月，厉西钊这么个大忙人，哪里来的那么多闲工夫陪她出去玩？

许知月咬着薯片，舔了舔唇："你真有空？"

"等你过了三个月，稳定了再出去，我正好这段时间把工作提前调度安排一下，"厉西钊说着将平板递过来给她看，"我选了几个地方，你再挑挑，看想去哪里，要是时间够，多去几个地方也可以。"

许知月接过，随手划拨了几下，他挑的地方都是出名的旅游胜地，国内国外都有，也全是她感兴趣的。

"你什么时候变这么体贴了？"

"我什么时候不体贴了？"厉西钊沉声反问她。

许知月干笑："好吧，我老公最体贴了。"

厉西钊眸光动了动，唇角上扬，每次许知月说起这两个字，无论是讨好还是撒娇，他都很吃这一套。

之后他们一起研究旅游攻略，挑选合适去的地方，许知月有点拿不定主意，厉西钊让她慢慢考虑："不用急着决定，在出发前随时都可以换地方。"

"那过几天再说吧，现在不愿想。"许知月轻出一口气，侧头靠到了厉西钊肩膀上，这次应该是真的在撒娇。在厉西钊面前，她好像越来越容易生出那种类似于小女人的情绪，习惯了依赖他、信任他，什么都交给他去拿主意，不用再事事自己一力扛，这种变化说不上好是不好，但她并不排斥。

厉西钊垂目向她，在她红润的唇上轻碰了碰。

许知月轻声笑："亲人之前能不能先打声招呼啊？"

"咸的。"厉西钊嫌弃道。

她嘴上还沾着薯片屑子，当然是咸的。许知月："我又没让你亲我，你自己突然凑过来。"最后一个字出口，厉西钊不客气地衔住了她的唇，舌抵进去，强势又缠绵地亲吻她。

唇舌纠缠，许知月快呼吸窒塞时，被抱坐到了厉西钊的身上。

一吻结束，厉西钊侧头停在她耳边低声喘气。

许知月笑问他："要不要我帮你啊？你是不是忍得很辛苦？"

"不用了，"厉西钊咬住牙根，"你坐着别乱动就行。"

许知月双手抱住他脖子，故意装傻："那没办法，我现在怀孕了。"

厉西钊："等过了前三个月。"

"哦，"许知月逗他，"厉西钊，现在是不是觉得，还是二人世界好？"

厉西钊看着她，眼神却逐渐变得柔和，与她额头相抵。

许知月愣了愣。

"你要是觉得好就好。"他无所谓地说。

对厉西钊来说，二人世界确实是他想要的，但多一个孩子也没什么不好。

这个孩子跟他和许知月血脉相连，让他和许知月之间的牵绊变得更深，他的月儿从此再不能轻易离开他。